爆肝工程師的異世界狂想曲 25

Kadokawa Fantastic Novels

呈現在眾人眼前的，
是冒著黑煙的王都城鎮，
以及受到嚴重損害的
王城光景——!?
露露
出身於
庫沃克王國，
亞里沙的姊姊。
小玉
貓耳族少女。
娜娜
面無表情的魔造人。
佐藤
闖進異世界的三十歲左右
程式設計師。
亞里沙
前庫沃克王國公主，
前世為日本人。

莉薩
橙鱗族少女。
蜜雅
喜歡音樂的寡言精靈。
波奇
犬耳族少女。

「……佐藤先生。」
不光是坐在我兩腿間
睡著的蜜雅，
就連坐在一旁的賽拉
也抱著我的手臂進入夢鄉。
難怪從剛才開始就有美妙的觸感
從手臂傳來。

爆肝工程師的異世界狂想曲

25

愛七ひろ

Death Marching to the Parallel World Rhapsody

Presented by Hiro Ainana

Kadokawa Fantastic Novels

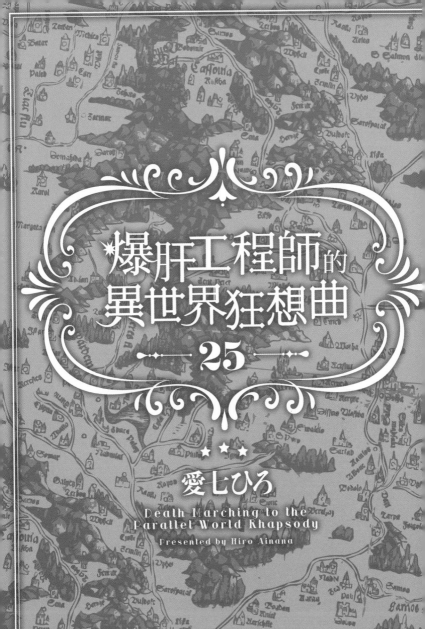

插畫／shri

C O N T E N T S

Death Marching to the Parallel World Rhapsody 25

弑魔王者

「我是佐藤。雖然存在『名人稅』這個詞彙，我對於連私人時間的一舉一動都被人緊盯的名人不禁感到同情。就算會對他們感到憧憬，也不想變成那種立場呢。」

「有鑑於佐藤．潘德拉剛子爵協助勇者一行人『討伐魔王』的偉大功績，授與你聖王青輝杖劍勳章。」

國王親自在希嘉王國的謁見大廳將一枚看起來很重的勳章頒給了我。

這裡明明是個符合大國風範的寬敞謁見大廳，卻因為擠滿了許多王族、貴族和文武百官，甚至會讓人覺得狹窄。不僅希嘉八劍齊聚一堂，連希嘉十三杖也幾乎都到場了。

雖然很難相信，不過在這裡的人似乎都是為了見證我們被授與勳章的瞬間。

「感謝陛下厚禮。」

我回以臣下之禮，依照事前說明在等了一會兒之後挺起上半身，看著國王親手將勳章戴在我胸前。由於一般只會收下放在盤上的勳章，或是交由侍從負責配戴，這種情況可說是非常特殊。

「——起來吧。」

國王小聲催促我，在我起身之後親切地將手搭在我肩上，讓我轉身面對臣子們的方向。

這件禮服的胸前擠滿了數個以退龍勳章和祕銀章為首的勳章，因此十分沉重。一般而言衣服會因勳章拉扯而變形，為了不讓這種事情發生，我現在穿的衣服是王室御用的裁縫工人用傳統手法縫製的特別款式。

「為英雄的誕生獻上祝福吧！」

當國王用響亮的聲音這麼說完，在場的人們立刻發出震耳欲聾般的歡呼聲。

不久前還在演奏莊嚴曲目的樂團也不甘示弱地將演奏的曲子換成英雄上陣般的雄壯樂曲，炒熱現場的氣氛。

我暫時露出陪笑的笑容回應歡呼聲，隨後樂曲在司儀的手勢下有了改變，我才得以從這個苦行中解放。

「下一位，『黑槍』莉薩．基修雷希嘉爾扎名譽女爵士。」

「——是。」

司儀攤開卷軸唸出上面的內容，莉薩向前走出一步。

今天莉薩穿的是用武官服修改過，威風凜凜的服裝。作為橙鱗族特徵的橙色鱗片被禮服的長袖子和手套遮住，僅能從腰際伸出的尾巴看出她的種族。

即使面對強大的魔物也無畏挑戰的莉薩，在這種場合似乎也會緊張，她的動作顯得有些僵硬。莉薩一瞬間投來求救似的眼神，為了讓她安心，我微笑對她點了點頭。

「閣下似乎接手對付了跟在魔王身邊的魔物，好讓勇者一行人和潘德拉剛卿能心無旁騖地和魔王交戰。他們的偉績在汝等奮不顧身的努力下才得以成就，閣下大可引以為傲。」

「遵命。」

莉薩簡短地回答國王的稱讚，並深深低下頭。

她從侍從手上接過「希嘉王國蒼翼劍勳章」，其他夥伴們也依序被傳喚過去。

「『波爾艾南之森的少女』蜜薩娜莉雅大人。」

接下來被叫到的，是精靈幼女蜜雅。在以祕銀探索者身分收到勳章的時候，排在莉薩之後的人是亞里沙，這次順序卻有所不同。這麼說來，加在名字前面的稱號與之前好像也有些許差異？

「嗯。」

蜜雅穿著以綠色為基調的精靈民族服飾，踏著輕快的腳步向前走去。

她那綁成雙馬尾的綠色頭髮隨著步伐搖晃，從中能夠窺見精靈象徵性的微尖耳朵。

「聽說近身戰的核心是『黑槍』，而妳則是後衛的關鍵。」

「不對，亞里沙。」

「──是這樣啊。」

面對不知所措的國王，蜜雅「嗯」的一聲點了點頭。

在蜜雅接過勳章退下的期間，司儀慌慌張張地在流程表上寫著東西，大概是要更換傳喚的順序吧。

「『爆焰公主』亞里沙・橘名譽士爵。」

「是！」

亞里沙用興奮的聲音回答，優雅地走了出去。

彷彿隨時都會踏起小跳步的她頭髮呈金色，作為轉生者證明的淡紫色頭髮則用假髮遮住而看不見。

「唔嗯，年紀輕輕就能擔任後衛的關鍵人物嗎？看來那個國家聽信愚蠢的謠言，錯失了最棒的寶石啊……」

國王似乎知道亞里沙原本是庫沃克王國的公主。

他後半段說得很小聲，我認為只有亞里沙和擁有順風耳技能的我聽得見。

「不，陛下。正因為有那段過去，我才能夠與佐藤大人相遇。託這段相遇的福，我才能在危難之中拯救故國。」

亞里沙小聲回答。

國王對此默默地點了點頭，接著示意侍從將勳章交給亞里沙。

「今後也繼續侍奉潘德拉剛卿，讓國家更加繁榮吧。」

「是，陛下。」

面對沒有明說是**哪個**國家的國王，亞里沙以淑女禮儀回應。

「『盾公主』娜娜·長崎名譽士爵。」

接著被傳喚的人是娜娜。

以銀色絲帶點綴的朱紅色絲綢禮服在謁見大廳的燈光下閃閃發光。外表看起來是人族金髮巨乳美女的她，其實是個還只有一歲的魔造人。

話說回來，一般在稱呼爵位時，慣例上應該不會加上「名譽」才對，但像這種正式場合似乎不會省略。

「妳就是防禦的核心嗎？雖然人們總會重視攻擊，正因為有妳專注在防禦上，其他人才能夠發揮本來的實力。今後也繼續協助潘德拉剛卿，成就偉業吧。」

「是的，陛下。」

娜娜面無表情地點了點頭。

為了不碰到娜娜的胸部，侍從費了一番工夫才將勳章戴上。

收到勳章的娜娜退下後，這次輪到露露。

「『女僕王』露露．渡名譽士爵。」

露露如絲綢般柔順的黑髮隨風飄動，拂過翠綠色的絲綢禮服。

雖然她是個就算用「傾城」這個詞彙都顯得客氣，擁有超絕美貌的和風美少女，以這片大陸上的審美來看似乎被歸類為醜女。從幾天前開始，她就為了今天仔細地做了護膚，還好好化了妝，導致她美到不只是城堡，感覺就連時空或概念都能夠扭曲。

「妳的槍技就連希嘉八劍的赫密娜都讚不絕口。接下來也繼續協助潘德拉剛卿，貢獻心力吧。」

「是，陛下。」

露露用緊張的語氣僵硬地點頭回覆。

有種過於緊張顯得自顧不暇的感覺。或許是同樣察覺到這件事，國王立刻向侍從示意，順利地結束授與勳章。

「『貓忍者』小玉．基修雷希嘉爾扎名譽士爵。」

「系──是。」

一頭白色短髮的貓耳貓尾幼女小玉猛然站了起來。

雖然她原本打算跟平時一樣用「系」來回應，回想起莉薩事前不斷叮嚀：「回答要用

『是』。」便改口說了「是」。

平時我行我素的小玉似乎也很緊張，同手同腳地走了出去。

「不必那麼緊張。妳應該對自己年紀輕輕就跟著前往魔王的巢穴，完成使命的事蹟感到自豪。今後也繼續協助大姊莉薩，侍奉潘德拉剛卿吧。」

「系。」

國王配合小玉的身高蹲下，溫柔地撫摸她的頭髮鼓勵她。當國王伸出手時，小玉嚇了一跳並緊緊閉上眼睛。從她的出身看來，這應該也是沒辦法的事。

當國王站起身時，侍從立刻上前替小玉戴上勳章。

「『犬武士』波奇・基修雷希嘉爾扎名譽士爵。」

「是的喲！」

因為太過緊張，帶有茶色鮑伯短髮的犬耳犬尾幼女波奇大喊著站了起來。坐在一旁的莉薩反應迅速地接住了因她的反作用力而掀飛的椅子。要是讓椅子就這麼飛出去，肯定會引發事故。

波奇露出一副緊張到頭昏腦脹的表情，像個發條人偶般僵硬地向前走。

「——很危險喔。」

國王伸手扶住自己絆到腳的波奇。大概是這種事並不常見吧，貴族間起了一陣騷動。

可能是覺得自己犯了錯，波奇臉色蒼白，一副隨時都會哭出來的模樣。

觀眾席的對面傳來像是卡麗娜小姐的聲音喊著的聲援：「波奇，振作點！」但腦袋一片混亂的波奇並未聽見。

「波奇～」

或許是看不下去了，小玉用瞬動衝到波奇身邊安撫她。

在小玉行動的瞬間，位在國王身後的希嘉八劍首席祖雷堡先生和希嘉八劍的「聖盾」雷拉斯先生做出了反應，但大概覺得沒有危險，他們並未阻止小玉。

「慢慢深呼吸～」

「好、好的喲。」

波奇大口大口地深呼吸。

如果是個沒耐心的領導者大概會開口斥責吧，不過國王用慈愛的目光守望波奇和小玉的姊妹情誼。

「冷靜下來了嗎？」

「……是的喲。」

波奇用細若蚊鳴的聲音回應。

「多虧有妳們和潘德拉剛卿並肩作戰，他的偉業也是因為妳們才能夠達成。接下來也要和妳們的姊姊同心協力侍奉潘德拉剛卿喔。」

「是的喲，波奇會加油喲。」

聽見波奇精神飽滿的回答，國王像個和藹的老爺爺般「嗯」的一聲點了點頭。

波奇收下侍從給與的勳章後，和小玉手牽手回到原本的位置上。

「各位，讓我們再次為達成偉業的英雄們獻上祝福吧！」

國王用宏亮的聲音催促後，從希嘉八劍和武官們開始拍手和發出歡呼聲，接著便響徹了整個謁見大廳。

◆

時間回溯到授與勳章的兩天前——

離大魔女阿卡緹雅被鼬人惡魔召喚師佐馬姆格密詛咒的事件相隔還不到半個月，我們便和前來迎接的潔娜小姐、卡麗娜小姐和娜娜的姊妹們一同返回希嘉王國了。

儘管從要塞都市啟程時受到蘿蘿他們挽留，由於已經是第二次道別，現場氣氛並不算太感傷——我是這麼想的。

另外，與潔娜小姐她們一同前來迎接的小光表示：「既然來到大陸西邊，就順便去給故友掃個墓吧。」便朝著內海的方向出發。我雖然也想跟她一起去掃墓，潔娜小姐和卡麗娜小姐告誡我：「既然收到了國王的詔書，就應該直接回去。」於是我放棄這個念頭。

為了讓蘿蘿和要塞都市不被盯上，我委託小光進行讓浮游要塞的幻影被內海沿岸都市的人目擊的偽裝行動。能在空中映出幻影的裝置，則是我趕工做出來的。

「Unbelievable～？」

「非常非常嚇人喲！」

令人訝異的是，連希嘉王國王都機場外都擠滿了前來接機的人潮。

而且據說幾乎都是前來迎接我們的。

「真是驚人的接機陣仗呢。」

「嗯，人好多。」

年少組興奮地說。

進入機場之後，我們搭上國王準備的豪華馬車從機場前往王城。由於還有近衛騎士團的儀仗隊負責護衛，實際上變得像凱旋遊行一樣。

主要幹道兩旁就像在觀戰奧運馬拉松一般人山人海。他們拚命地揮舞握有旗子的手，發出的歡呼聲大到像是會使喉嚨沙啞的程度，不斷地呼喊我們的隊伍名稱和「弒魔王者」這個稱號。

面對道路的屋子窗邊擠滿了人，屋頂上也爬滿了人朝我們揮手。

偶爾會看見有人快要從屋頂或窗邊跌落，於是我用魔術版的念力「理力之手」將他們推回去。

「喵～」

我因為聞到很香的味道向後一看，發現小玉拿著與我們人數相同、看似剛烤好的肉串。

「是感覺很好吃的肉串先生喲！」

「小玉，這是怎麼來的？」

「從路邊攤買來的～？」

面對詢問肉串出處的莉薩，小玉指著人群對面的路邊攤說。

看來似乎是小玉用忍術穿梭在影子之間抄捷徑買來的。

「主人也吃～？」

「謝謝妳。」

我從小玉手上接過肉串，瞬間吃了一塊之後將剩下的部分收進儲倉裡。儘管是一串香氣四溢的美味肉串，我實在沒有一邊吃肉串一邊遊行的膽量。

馬車駛過平民區並穿過貴族街，來到距離王城不遠的地方。

「差不多要到王城了呢。進入王城之後，應該能稍微喘口氣吧？」

「要是可以就好了。」

從地圖情報看來，這個願望應該難以實現。

一如預期，即使抵達王城，在城裡工作的人們和喜歡湊熱鬧的貴族們也為了看我們一眼而聚集過來。

有種變成剛到上野動物園的貓熊的感覺。

近衛騎士們護衛我們的前後，帶領我們來到宰相的勤務室。

跟宰相見面的人只有我，夥伴們則在勤務室隔壁的接待室中和紋章官進行面談。雖然完全忘記了，由於夥伴們也得到爵位了，好像必須登錄家紋。

宰相見到我之後，先是祝賀我平安無事，接著他針對我參加討伐魔王一事抱怨了一番。在就任觀光副大臣時他明明囑咐過：「遇到魔王或是龍的話要立刻逃跑。」我卻表現得像是完全忘了似的，只能老實地道歉。

在那之後，我將討伐魔王的詳情以講出來也沒問題的方式告訴宰相，並解開流傳在王都的幾個誤解。

「——你說自己不是弒魔王者？」

宰相用銳利的眼神反問我。

「是的，討伐魔王的是勇者隼人大人。我們只是勇者隼人大人以及他的各位隨從大人們的幫手而已。」

「不過，琳格蘭蒂殿下可是寄了寫著閣下『與勇者一同討伐魔王』的信過來喔？」

「那是琳格蘭蒂大人偏心吧。實際上我只是為了吸引魔王注意，砍中他一兩刀罷了。而那恐怕連有效攻擊都稱不上吧？」

縱然實際上削減了魔王不少體力，不必特地一五一十地說出來。

「——這樣啊。」

宰相簡短地這麼說，手指扶著下頷陷入沉思。

「然而，你的確為討伐魔王做出了貢獻。不光是琳格蘭蒂殿下，沙珈帝國的皇帝和巴里恩神殿都送來了感謝信。沙珈帝國可是要我國授予你名譽伯爵的地位，以及只有勇者的隨從能夠得到的特別勳章喔。」

宰相這麼說著，將沙珈帝國寄給我的信遞了過來。

我婉拒他，接著撕開封蠟粗略地看起信件，上面寫的內容跟宰相剛剛說得一模一樣。

「這個是巴里恩神國新任法皇多布納夫的感謝信。」

看來多布納夫樞機卿平安地成為引退的札札里斯法皇的繼任者。

「能跟新法皇成為朋友和締結新的貿易關係，還真是出乎意料的功績啊。」

「只是運氣好而已。」

畢竟貿易一直是多布納夫新法皇的希望嘛。

「如果光靠運氣就能達成，大家就不必辛苦了。看來正如『鐵血』所說，只要賜予閣下職責和爵位放著不管，同伴就會自動增加呢。」

宰相搬出穆諾伯爵領的妮娜．羅特爾執政官的別稱，說著失禮的話。

可以請你們別把人比喻得像是鮭魚或香魚嗎？

「無論如何，我了解正確的情況了。接下來要請你再跟陛下說明一次。」

宰相帶著我來到國王的勤務室。

國王今天的護衛是擔任希嘉八劍首席的「不倒」祖雷堡先生和希嘉八劍的「聖盾」雷拉斯先生兩位。希望這個比平時更加豪華的陣仗不是為了提防我而準備的。

「——唔嗯。」

聽完我的說明，國王摸著自己雪白的鬍鬚朝宰相看了一眼。

「按照原定計畫進行就行了。」

「遵命。」

宰相帶著侍從離開房間，國王也退下了守在一旁的希嘉八劍以外的女僕和文官。

我隱約有種不好的預感。

「潘德拉剛卿好像還沒有娶妻吧？有未婚妻嗎？」

「有一位正在積極追求的女性，但尚未得到好的答覆。」

所以說，相親的話題就不必了。

「雖然年紀比你大一點，你覺得老夫的女兒希斯蒂娜怎麼樣？聽說女兒似乎邀請你參加了她的私人茶會？」

「我只是因為兩名家臣和希斯蒂娜殿下私交良好才能受到邀請罷了。而且最重要的是，若是屈就於我這種來歷不明的暴發戶，將會有損公主殿下的名譽。」

就是這樣，拜託別再幫我找未婚妻了。

「的確有很多貴族把血統看得很重要，但『對討伐魔王做出巨大貢獻』和『砍了魔王兩刀』的武勇表現，都是足以推翻這件事的偉大功績。」

這種程度的功績，巴里恩神國的聖劍使和沙珈帝國的黑騎士都辦得到。

「要是對希斯蒂娜沒興趣，換成其他公主也行喔。如果覺得小女孩比較好，希斯蒂娜的妹妹多莉絲也沒有未婚夫。」

不不不，說起多莉絲公主，她可是個年紀比波奇和小玉還小的孩子耶。

沒辦法了，在擅自被安排未婚妻之前，就算明知失禮也得提出異議。

「──陛下，我深愛自己追求的對象。倘若無法跟她結為連理，我即使捨棄現今擁有的一切，說不定也要前往有機會實現這個願望的地方。」

我委婉地表達如果要妨礙我和雅潔小姐談戀愛，自己將會拋棄爵位離開希嘉王國一事。

「……唔嗯。」

或許是我說的話出乎他的意料，國王像是看到稀奇事物般注視著我。

「雖然曾經從妮娜和蕾特兒那裡聽說你是個沒有欲望的年輕人，不光是榮華富貴，沒想到居然連跟王室締結良緣都沒興趣啊。」

國王一邊說著妮娜女士和迷宮都市賽利維拉的蕾特兒．亞西念太守夫人的名字，一邊像是很傻眼似的小聲說。

「好吧。要是強迫立下婚約而導致你離開我國，將是國家的損失。這樣會被妮娜和雷奧記恨。」

國王說著妮娜女士和穆諾伯爵的名字並打消念頭。

儘管伴隨著冒犯國王的危險，看來勉強賭贏了。

「基於興趣，老夫想問一下，能讓你如此傾心的女性究竟是誰呢？」

「非常抱歉，由於她並不想讓人知道名字──」

我含糊帶過國王的提問。

一旦老實地說出「妖精的女王」或「波爾艾南之森的高等精靈」這類名號，或許會以不同種族之間無法生育當作理由，而被視為「只是單相思的年輕人說的玩笑話」也說不定。

雖然留下繼承人是貴族的義務，潘德拉剛家只要領養孩子來繼承就行了。

只要當事人願意，就算是夥伴的其中一人也無所謂；或是由價值觀相近、越後屋商會的葵少年來繼承也不錯。

「讓您久等了。」

在我思考這些事的時候，宰相帶著抱有巨大箱子的侍從回到房間裡。

「首先是這個——」

國王接過文件乾脆地簽上名字。

「佐藤．潘德拉剛子爵，在此將你擢升為觀光大臣。晉升伯爵的事宜將在下次的王國會議上，與穆諾伯爵升為侯爵一事同時進行。」

穆諾伯爵晉升為侯爵的確讓人高興，但我個人並未特別追求加官晉爵。

感覺責任和工作會增加，實在高興不起來。話雖如此，由於把這些話說出來實在不敬，我還是行了臣下之禮並說出「這是我的榮幸」這句場面話。

「嗯……成年後不久的年輕人立刻成為大臣，還從平民晉升為伯爵。這在希嘉王國漫長的歷史中也未曾見過，你可以感到驕傲。」

我個人倒是覺得最下級的名譽士爵就足夠了。只要擁有讓入城審查變輕鬆，不會讓獸娘們被旅館或餐廳拒絕這種程度的特權就行了呢。

「然後是這個——」

侍從小心翼翼地打開箱子。

——呃。

「聖劍朱路拉霍恩。」

「這個就借給你吧。」

看到放在箱子裡的劍，雷拉斯先生發出驚訝的聲音。

真希望不要給我這種驚喜。

要是得到這種東西，連佐藤這個身分都會被當成勇者。

如果發生這種事，難得準備勇者無名這個假身分就沒有意義了。

「這對我來說負擔太過沉重了。此等名劍應該由希嘉八劍的其中一位大人持有，才更為適合吧？」

「連聖劍都要拒絕嗎……你應該能夠完美發揮這把劍應有的能力吧？」

「我的劍術以切斷技為主。恕我冒昧，我認為這把劍應該交給以突刺技為主的人來使用比較好。」

由於聖劍朱路拉霍恩的劍刃根部本來就跟取名由來的幻獸「捻角獸(朱路拉霍恩)」的角一樣帶有彎曲，使用突刺以外的技術都需要訣竅。

「唔嗯——祖雷堡？」

「我認為潘德拉剛卿說的話也有道理。」

遭到國王提問的祖雷堡先生鄭重其事地同意了我的說法。

「這樣啊……那麼就是海姆或雷拉斯了吧？」

「比起我這種老傢伙，應該把機會讓給年輕人。」

被提到的「聖盾」雷拉斯先生拒絕。

「陛下，海姆也跟潘德拉剛卿相同，使用以斬擊為主的劍術。新來的傑利爾雖然擅長突刺技巧，要借用聖劍還稍嫌過早吧。」

「這樣啊。那麼，這把劍還是暫時留在寶物庫裡吧。」

太好了，看來成功迴避了。

波瀾萬丈的報告會勉強以和平方式落幕，今天我們會在王城的迎賓館中住一晚，並在隔天迎接授勳儀式。

◆

然後到了當天——

原以為在授動儀式上已經好好體會到攬客貓熊的心情，但產生這種想法似乎還太早了。

「潘德拉剛卿，可以請您說說討伐魔王時大顯身手的事嗎？」

「您還記得我嗎？我是在立頓伯爵夫人的茶會上跟您打過招呼的——」

「能否容我介紹姪女給您認識呢？她在王都也是出名的美女——」

當我一來到大廳時，無論見過還是沒見過的貴族都擺出一副十多年好友的態度聚集到我身邊。

由於他們都是名門貴族的親屬或高官，不能強行趕走，這使我煩惱該如何應付他們。

雖然想跟卡麗娜小姐和潔娜小姐會合，她們被埋沒在人群的另一端連看都看不見。

「噫啊啊啊，這是演唱會結束後的粉絲人潮嗎——！」

「哆。」

「喵～」

「感覺會被擠扁喲。」

年少組看來很不妙。

「留在這裡會妨礙其他人，我們去那邊的宴會廳吧。」

我提高音量說，將人群引導到和大廳相連的宴會廳裡。

因為稍微有了點空檔，我用眼神指示夥伴們前去避難。縱然有幾個人跟著夥伴們，有亞里沙和莉薩在，肯定能設法應付吧。

移動到宴會廳之後，我彷彿體驗到舉辦握手會和簽名會的偶像有多辛苦。我一邊留意不被抓到話柄，一邊應付毫無秩序地想握手或擁抱的貴族和貴族千金。王城的佣人們似乎正用閃閃發光的眼神從遠方看著我們。

「哎呀呀，你就是『弒魔王者』嗎？不僅年輕，還很纖瘦呢。用那麼纖細的手臂跟魔王戰鬥，實在令人難以置信。」

一名身穿巴里恩神殿巫女服的少女說著失禮的話站到我面前。

她的外表明明有一股虛幻且清純的感覺，言行卻不像巫女。

「菈維妮雅大人，這樣對『弒魔王者』大人很失禮喔。」

像是隨從一般跟在她身邊的祭司悄悄地對巫女說。

「哎呀——這很失禮嗎？」

巫女起先露出疑惑的表情，接著直接對我問道。

「可能有人會這麼想也說不定。」

「是嗎？」

原以為是貴族獨有的迂迴諷刺，但她似乎真心感到不解，或許只是不諳世事也說不定。

「菈維妮雅大人，講正事吧。」

「對喔！」

經祭司催促，巫女菈維妮雅拍了一下手跟我對上眼。

「身為聖女候補，同時也是巴里恩大人巫女的我將會加入『弒魔王者』的隊伍！你就為此感到光榮吧！」

巫女菈維妮雅突然講出像是在賣人情的話。

她的跟班紛紛說著：「這還真厲害！」「這可是很光榮的事喔！」開口幫腔。

「只要有我在，你一定能夠得到勇者的稱號。」

巫女菈維妮雅一臉得意地說出這種大話。

由於我不能說出自己早已擁有勇者稱號，只能露出苦笑。

正當我想著該說什麼才能讓她打退堂鼓時，一道清脆的聲音傳進耳裡。

「佐藤先生並不期望這種事喔。」

人群自然地分開，一名身穿特尼奧神殿巫女服的可愛少女走了過來。

「特尼奧神殿的賽拉！妳怎麼會在這裡！」

巫女菈維妮雅狼狽地大聲說。

賽拉無視巫女菈維妮雅直接走到我面前。

或許是接近一年沒見面的關係，總覺得她稍微長高了一些，表情也帶點成熟的氣息。

「好久不見了，賽拉小姐。」

「是啊，佐藤先生。我很想見你呢。」

我跟久未見面的賽拉敘舊起來。

老歐尤果克公爵也跟在她身後，我向他打了招呼。畢竟在復興穆諾伯爵領的時候受過他的照顧嘛。

「巫女賽拉！妳突然插嘴是什麼意思？」

巫女菈維妮雅一邊抱怨，一邊擠到我和賽拉之間。

「您還在啊？」

「我的話還沒說完呢！」

賽拉有些困擾地說，但巫女菈維妮雅卻手扠著腰，一副要吵架的模樣纏著賽拉。

看來她們兩個似乎之前就認識了。

「潘德拉剛子爵！我可是在說很有可能成為下任聖女的我將會加入你這支沒有神官的隊伍喔！你應該感到光榮！」

「雖然很抱歉，請容我拒絕。」

依照目前的情況，隊伍裡就算沒有神官也不會覺得困擾。

回復有蜜雅和我的魔法，應付生病或異常狀態的魔法藥和萬靈藥也一應俱全。因為擁有相關技能，我就算徒手也能消除詛咒。

「你、你居然要拒絕嗎？拒絕我？」

巫女菈維妮雅身體不斷顫抖，嘴上還喃喃自語地說著：「怎麼可能。」

被拒絕加入隊伍有這麼讓人意外嗎？

「事情就是這樣，請妳回去吧。」

賽拉催促一動也不動的巫女菈維妮雅和跟班祭司們離開。

當回過神來之後，巫女菈維妮雅露出嚴肅的表情瞪著賽拉。

「像妳這種人，不過是被踢出聖女候補的瑕疵品而已！」

接著忿忿不平地這麼說。

這個瞬間，神殿相關人士和歐尤果克公爵領的相關人員表情當場僵住。

「巫、巫女莅維妮雅！」

注意到巫女莅維妮雅失言的跟班祭司臉色蒼白地帶她離開。

祭司拚命地低頭向賽拉和歐尤果克公爵道歉。

「賽拉小姐，我們稍微換個地方吧。」

「好的。」

因為賽拉的臉色很糟，我們前往歐尤果克公爵分配到的休息室。

那些聚在一起打算向我搭話的人們看起來一臉遺憾，但對我來說賽拉比較重要。

休息室就像旅館套房一樣，由客廳和好幾個房間構成。我帶著賽拉來到其中一個接待室就座。

「……那個人說的是事實。」

賽拉輕輕開口說：

「與佐藤先生在古魯利安市道別之後，我被魔王信奉團體抓住——」

說到這裡便停了下來。

巫女莅維妮雅口中的「瑕疵品」，應該是指被魔王「黃金豬王」附身的事吧。

「我沒資格當巫女——」

我伸手擋在賽拉面前打斷她的話。

「不管發生什麼事，賽拉小姐都是我認識的那個賽拉小姐。」

「……佐藤先生。」

「而且賽拉小姐才沒有失去資格。妳現在也能收到來自特尼奧神的神諭，不就是明顯的證據嗎？」

我的腦中浮現附身在雕像上顯現的特尼奧神的模樣和聲音。

『此後也不要忘記虔誠的祈禱、戀愛、生兒育女，繁榮下去吧。』

我不認為會對信徒說出這種話、充滿慈愛的特尼奧神會光憑被利用當作魔王的軀殼，就以汙穢為理由捨棄賽拉。

「擅自斷定自己失去資格對特尼奧神很失禮喔。」

「……是。」

聽我半開玩笑地這麼說，賽拉的表情總算放鬆下來。

「賽拉小姐，所謂的神諭是神明單方面下達的嗎？」

「是的，沒錯。巫女的職責正是向人們傳達神明所託付的思想和話語。」

我回想起之前透過卡里恩神與神界的烏里恩神交神時的事。由於祂瞬間將數不清的話語和想法壓縮並傳達過來，就算我擁有達到上限的智力值還是難以理解。

「如果能由我們主動提問就簡單多了……」

「呵呵呵，像我的煩惱那一類小事，怎麼能勞煩偉大的特尼奧神呢。」

賽拉半開玩笑地說。

要是特尼奧神能像奧貝爾共和國時一樣降臨在神體上就輕鬆了——對了。

從世界樹的樹枝上切下來的木材還有很多，就做個能當作神體的雕像送給公都的特尼奧神殿吧。說不定哪天祂會想透過神體降臨。

「佐藤先生，您之前去過西方諸國對吧？那麼，您知道特尼奧神降臨的傳聞嗎？」

「是的。我也去了奧貝爾共和國，所以曾經聽說。」

不如說我就是當事人。

不過就算對象是賽拉，這件事也不能說出來。

「是真的嗎！」

「是的。雖然是從遠處看到的，祂長得很像賽拉小姐喔。」

畢竟是用賽拉小姐長大之後的形象做的嘛。

「——像我？」

「是的。祂的外表看起來就像稍微成熟一點的賽拉小姐。」

「真的嗎？」

「是的，絕對沒錯。」

見我這麼斷言，原本半信半疑的賽拉露出笑容。

「巫女，在哪裡？」

「巫女，在這裡嗎？」

此時海獅人的小孩們從入口處探出頭來。

「巫女，找到了！」

「組人！組人在這裡！」

海獅孩子們穿過門縫，蹦蹦跳跳地跑了過來。

既然會叫我「組人」，她們一定是我在公都見過的海獅小孩們吧。

「是從公都帶過來的嗎？」

「是的。因為她們很想見佐藤先生和娜娜一面，就讓她們作為我的隨從一起來了。」

賽拉溫柔地摸著海獅孩子們的頭。

「組人，娜娜呢？」

「組人，娜娜在哪裡？」

娜娜她們才剛在連接謁見大廳前的大廳跟我分別。

我用地圖搜索找了一下，發現娜娜正在位於大廳前方庭院裡的涼亭裡避難。潔娜小姐和卡麗娜小姐也在一起。

於是我用空間魔法「遠話」聯絡亞里沙。

『亞里沙，妳們那裡沒事吧？』

『主人！我們趁主人把人群引到會議廳的時候離開，所以平安無事。雖然也有一些貴族很纏人，我們從很高的窗戶跳了出去，沒有任何人跟得過來。潔娜娜和卡麗娜大人也跟我們在一起，放心吧。』

我透過地圖尋找較為安全的路線。

『這樣的話，我們先會合吧。因為有特別來賓，就由我去找妳們。』

我這麼說完切斷通話。

「組人，娜娜不在？」

「組人？」

海獅孩子們將手放在我的膝蓋上，從下方窺探著我的表情。

「沒事。我們決定好會合地點了，現在就帶妳們過去。」

「好高興。」

「組人，走吧。」

海獅孩子們拉著我的手，催促我快點過去。

「賽拉小姐也一起來吧。」

畢竟不能放著現在這個狀態的賽拉不管嘛。

◆

「王城裡居然有這種地方啊。」

我們走在由高約兩公尺的樹籬構成的迷宮裡。

這裡或許是那些身分尊貴的人幽會的地方也說不定。

「王城裡有許多由歷代國王或王妃打造的庭園喔。」

走在我身旁的賽拉這麼告訴我。

「主人～」

現在我和賽拉一人牽著一個海獅孩子的手。畢竟雙手都牽著人很難行走嘛。

或許是心情在一起散步的期間平復了下來，賽拉露出一如往常的笑容。

小玉跳過樹籬，落在我的肩膀上。

看來她來迎接我們了。

「喵？認識的人？」

「小玉，她是在公都見過面的賽拉小姐喔。」

「哈囉～」

小玉像是要躲在我腦袋後面似的朝賽拉揮了揮手。

打過招呼後，小玉帶著我們前往夥伴們的所在地。

夥伴們在一座有圓形屋頂的涼亭等待。用西洋的說法好像叫做觀景亭吧？

「佐藤先生，在這裡！」

看到我從樹籬後方現身，潔娜小姐用力地揮起手來。

「——咦？」

接著她無力地停下動作，露出了驚訝的表情。

「好漂亮的人……」

從我的順風耳技能聽到的喃喃自語看來，她似乎看到賽拉而嚇了一跳。

卡麗娜小姐正在向潔娜小姐說明賽拉的身分。

「是主人喲！」

「歡迎回來。」

波奇和蜜雅朝我們跑了過來。

「手刀。」

蜜雅用手刀拍開我和賽拉牽著的手，像是要將我的手搶走似的緊緊抱住。

「您好，蜜薩娜麗雅大人。」

「嗯，久違了。」

賽拉看起來沒有絲毫不快，開朗地向蜜雅打招呼。

蜜雅有些尷尬地回答之後，將臉埋進我的衣服裡別開視線。

「幼生體！」

「娜娜，在這裡！」

「娜娜，見到了！」

發現海獅孩子們的娜娜衝了過來，她們也蹦蹦跳跳地朝娜娜跑了過去。

見到三人緊緊擁抱彼此的模樣，賽拉用充滿慈愛的語氣小聲說了句：「太好了。」

「歡迎回來，主人。我還在想你怎麼這麼慢，原來遇到小賽拉了啊。」

亞里沙在涼亭裡招手，賽拉走到她推薦的位子上就座。

我原本想坐在賽拉身邊，很快就被蜜雅阻止了。她的動作比狩獵時更快。

「喵～」

在我坐下的同時，原本坐在我肩膀上的小玉流暢地移動到我的膝蓋上，緊接著波奇爬上我的背，從後方抱住我的脖子。

「嘿嘿～喲。」

她們兩個今天都很愛撒嬌呢。或許是人潮太多，讓她們感到不安了吧。

「賽拉小姐，這位是聖留伯爵領的領軍魔法兵，馬利安泰魯士爵的千金潔娜小姐。潔娜小姐，這位是歐尤果克公爵家的千金，特尼奧神殿巫女的賽拉小姐。」

由於現場彼此不認識的只有潔娜小姐和賽拉兩人，於是我代替她們互相做介紹。

「初次見面，賽拉大人。我是馬利安泰魯家的潔娜，因為在聖留市被佐藤先生——潘德拉剛子爵大人救過一命才認識！」

「初次見面，潔娜大人。我是特尼奧神殿的巫女賽拉，自從在穆諾伯爵領認識佐藤先生之後，就一直保持良好的關係。」

她們以共同朋友的我當作話題展開交流。

「我經常和佐藤先生一起參加侍奉活動，佐藤先生在孤兒院非常受歡迎喔。」

「就是說啊。佐藤先生也在迷宮都市打造私立孤兒院，收留了那裡的孩子們。」

「是的，佐藤先生寫信告訴我了。佐藤先生還是我認識的那個佐藤先生這點，令人很高興呢。」

「我、我也收到信了！佐藤先生真是愛寫信呢。」

「是啊，很開心能知曉他的近況。」

潔娜小姐和賽拉和氣地聊天。

「是錯覺嗎？感覺她們之間火花四濺耶？」

「嗯，劈里啪啦。」

雖然亞里沙和蜜雅將臉湊過來開著這樣的玩笑，就我看來兩人的談話內容很祥和。在兩人對面的卡麗娜小姐因為無法加入對話，顯得不知所措。

「要繼續這樣看下去是無所謂，不過潔娜娜的情勢看起來不太妙耶。基於武士的憐憫，是不是該幫她一把呢？」

亞里沙像個老頭子般發出「嘿咻」的聲音站起身，朝著賽拉她們走去。

「話說回來，小賽拉會來王都真是稀奇耶。」

「是的。我是陪爺爺來的。」

「陪爺爺？如果是公爵大人，就算沒有小賽拉陪同，能使用神聖魔法的隨從也是要多少有多少吧？」

經亞里沙這麼指謫，賽拉小姐稍微遲疑了一下。

「其實……」

「你在這裡啊，潘德拉剛卿！」

一道宏亮的男性嗓音蓋過賽拉準備講出前來王都真正理由的話語聲。

「伯、伯爵大人！」

潔娜小姐立刻跳了起來，用士兵的方式向來者敬禮。

來訪的是聖留伯爵和他的護衛騎士——奇果利準男爵兩人，他們都是潔娜小姐的上司。

「嗯？這不是馬利安泰魯家的潔娜嗎？妳怎麼會來王都？」

「實、實在非常抱歉！」

面對聖留伯爵的問題，潔娜小姐出聲道歉。

「我在問妳理由。作為迷宮選拔隊的一員，應該在迷宮都市賽利維拉執行任務的妳為什麼會出現在王都？」

「這件事說來話長——」

「因為馬利安泰魯小姐接到國王陛下的命令，前來尋找我的下落。」

我代替正猶豫該如何解釋的潔娜小姐，簡短地做了說明。

「國王陛下的命令？是真的嗎？」

「是的。正確來說是得到國王陛下命令的光圀女公爵大人委託我與她同行……」

「委託？光圀女公爵是指王——那個光圀女公爵嗎？」

聖留伯爵說到一半改口。看來他應該也知道光圀女公爵——小光的真實身分就是王祖大和本人。

「是、是的。」

潔娜小姐點了點頭。

「為什麼女公爵會這麼做？」

聖留伯爵的矛頭又回到潔娜小姐身上。

「下官曾在迷宮接受女伯爵的訓練，就是因為這個緣故。」

「女公爵親自訓練妳？為什麼？不，比起這個，妳們是在哪裡認識的？」

「我們在列瑟烏公爵領參加都市防衛戰時認識的。」

「什麼？我不知道這件事喔？是忘記報告了嗎？」

「不、不是的！我提交報告了！我還記得自己寫了高級魔法使和魔法劍士們前來救援的報告書，只是當時我沒有機會詢問公爵大人的姓名。之後在聖留伯爵領再次遇見的時候，公爵也只身穿平民的服裝，以美都之名自稱……」

「原來如此……那麼在知曉之後，沒有進行報告的理由又是——」

「伯爵閣下，會不會是報告書還沒送到呢？」

因為情況變得對潔娜小姐不利，我開口幫忙打起圓場。

畢竟要從迷宮都市送信到聖留市，再怎麼快也要花上一個月左右。

「而且馬利安泰魯小姐也是最近才知道美都小姐——光圀女公爵的家名。」

此時聖留伯爵眼神銳利地看著我。

「潘德拉剛子爵似乎很了解馬利安泰魯家的潔娜和光園女公爵的事呢。」

「因為我在返回王都的旅途中打聽了許多事。」

我藉由詐術技能和無表情技能老師的幫助，躲避聖留伯爵的追問。

「你似乎與馬利安泰魯家的潔娜很親近，她是你的女朋友嗎？」

「不，馬利安泰魯小姐是我重要的朋友。」

潔娜小姐和賽拉幾乎同時小聲地說出「朋友」這個詞。明明是同一個詞彙，她們說話的溫度卻天差地別。

「馬利安泰魯家的潔娜，這是事實嗎？」

「……是的。」

潔娜小姐猶豫了一會兒之後做出肯定。

見到她很不情願似的這麼說，讓我有種罪惡感。

「——原來如此。」

聖留伯爵露出一副對所有事情了然於心的表情點了點頭。

「伯爵閣下？您不是有事要找佐藤先生嗎？」

「確實如此——您是巫女賽拉小姐吧？沒想到聖女大人的得意門生會來王都，這麼晚才向您打招呼，還請見諒。」

經賽拉這麼詢問，聖留伯爵恭敬地道歉。

「潘德拉剛子爵——」

聖留伯爵再次轉過頭來，接著視線在賽拉和卡麗娜小姐之間游移，說不出話來。

「這裡似乎不適合談論太複雜的事，之後再麻煩你空出時間商討。」

他這麼說完，轉頭看著潔娜小姐。

「——馬利安泰魯家的潔娜。」

「是！」

「我命令妳暫時在王都值勤。在接到其他命令前，妳就擔任潘德拉剛子爵的護衛吧。」

不曉得在這段簡短的交談中，聖留伯爵的內心發生了什麼變化，他突然對潔娜小姐下達這樣的命令。

「如果尚未決定住處，就用王都的聖留伯爵府當作據點吧。」

「魔法兵潔娜接受這個任務！」

聖留伯爵滿意地聽完潔娜小姐的回答之後，沿著來時的通道離開。

「喵～」

「好緊張喲。」

躲在我身後的波奇和小玉如同軟體生物般坐倒在地上。

看來是緊張的氣氛讓她們累垮了。

「——潔娜大人！」

莉薩很擔心似的扶著因為鬆了口氣坐在地上的潔娜小姐。

「太好了呢，潔娜娜。上司允許妳留在王都了喲。」

亞里沙露出悠閒的表情對潔娜小姐說。

「——是的。」

潔娜小姐先是看了我一眼，之後露出如同陽光般燦爛的笑容。

◆

從發生了許多事情的授勳那天開始，直到今天我們依然沒有返回自己的宅邸。因為屋子附近埋伏許多看熱鬧的人群十分麻煩，在宰相的推薦下，我們目前仍舊住在第一天下榻的迎賓館裡。

「唉，這也是沒辦法的事嘛。周圍的貴族也沒有提出抱怨對吧？」

妮娜女士隨便地說了句：「別在意。」

最近幾天我都奉陪她和穆諾伯爵的政治策略，不過差不多快要結束了。

「話雖如此，還是給他們添麻煩了，必須想辦法做點補償才行。」

「你去出席周圍宅邸舉辦的茶會就夠了吧？只要把你當作誘餌，就能賣人情給那些想要攀關係的家族。」

「咦～那不就是妮娜小姐這幾天在做的事嗎？」

「是啊。拜此所賜，各方面都有了進展。」

就算聽到亞里沙的諷刺，妮娜女士的表情也沒有任何不快。

「都是因為這樣，我們完全沒時間跟主人相處了！」

「別這麼生氣。到昨天為止，想要取得關係的貴族都已經問候完了，接下來只要趁你還留在王都的時候跑個一兩趟就行了。」

「如果是這樣就好了……」

「不過，你要參加晚會或茶會的時候，儘量也帶著卡麗娜大人一起去。」

妮娜女士再次轉頭看向我說。

「那孩子不是會主動參加社交的性格，而且這麼一來也能牽制那些前來單方面向你求婚的貴族吧？」

「妮娜小姐，妳是不是打算先從外緣下手？」

「佐藤不是那麼簡單就被攻陷的人吧？」

「說得也是。」

「話說回來，卡麗娜大人呢？」

「她跟莉薩小姐一起出門了。」

不只是今天，除了我以外的人也會借用官僚們使用的公家馬車出門。

順帶一提，莉薩和卡麗娜小姐的目的地是位於希嘉八劍根據地的聖騎士團駐紮處。潔娜小姐似乎也想跟她們一起去，但因為從聖留伯爵那裡接下護衛我的任務而作罷。我安慰她等自己有空時會陪她一起去。

波奇和小玉前去王立學院跟好友及小弟們敘舊；娜娜帶著海獅孩子們參觀王都；露露去迎賓館的廚房和認識的宮廷廚師們交流；蜜雅和亞里沙則和希斯蒂娜公主舉辦茶會，或是進行討論。

「子爵大人，您有客人。」

在迎賓館工作的女僕小姐將賽拉帶了過來。

擔任歐尤果克公爵隨侍的賽拉每天都會前往王城，因此經常來找我玩。

「小賽拉也很勤勞呢～」

「因為我是爺爺的隨從。」

「如果是隨從，應該不能離開對象身邊吧？」

賽拉用笑容躲避亞里沙的吐槽。

「我今天是來幫忙佐藤先生的。對吧，佐藤先生？」

接著露出意有所指的微笑。

「等等！這個氣氛是怎麼回事啊！」

「呵呵呵。」

「『呵呵呵』個什麼勁啦！」

由於我今天受到王妃殿下邀請，要去參加王家茶會，才拜託習慣這種場合的賽拉陪同。

「要是卡麗娜大人也能像這樣積極進攻就好了呢～」

妮娜女士看著賽拉喃喃自語地說。

◆

在只是讓人一味感到疲憊的王家茶會結束後的隔天，我開始被朋友、上級貴族和重臣們邀請參加茶會或晚會的日子。

有許多貴族送名劍和鎧甲給我當禮物，或是想把女兒嫁給我。

特別是拒絕後者非常麻煩，因此我參加茶會或晚會時都會拜託卡麗娜小姐、賽拉或潔娜小姐其中一人與我同行。儘管潔娜小姐一開始用自己只是護衛的名義堅持拒絕，在不想參加茶會或晚會的卡麗娜小姐懇求下，她答應與我同行。

我曾經和賽拉一起去探望王都的孤兒院一次。由於我的真實身分被發現，導致引來許多看熱鬧的人們造成騷動，給孤兒院添了麻煩。在那之後，我就自制地不去打擾了。

「主人，你今天的行程是？」

「要參加王子和公主的茶會、亞西念太守夫人的午餐會，晚上則是由歐尤果克公爵主辦的大型晚會。」

最近我的行程排得很滿，幾乎沒有自由時間。

不過，今天的晚會是由歐尤果克公爵領的貪吃鬼貴族羅伊德侯爵和何恩伯爵兩位努力準備的。

會場肯定會擺放許多美食，因此我其實相當期待。

「這樣啊。既然如此，就沒時間調查終極藥水的祕密了呢。」

「不要取奇怪的名字。」

亞里沙揮著裝有魔法藥的小瓶子說。

小瓶子裡裝的是「魔神的產物」事件尾聲，我讓手臂再生時使用的桶裝高級魔法藥。

「可是啊～這跟普通的藥水不一樣吧？」

原本這只是單純的上級魔法藥，但現在已經變成完全不同的東西了。

原因我很清楚。是砍掉被「魔神的產物」侵蝕黑化的手臂時流出的血混進藥水中的緣故。當時淋到血的番薯突然生長到異常巨大的模樣，直到現在我都還記憶猶新。

「畢竟還讓小白鼠進化成『賢者鼠』的生物。」

事件發生後，用小白鼠做效果實驗時曾發生過這件事，但由於離開王都後發生太多事，使我完全忘了實驗的事。

因為那次實驗誕生的賢者鼠「啾太」突然出現在迎賓館的寢室，才讓我想起這件事。牠大概是察覺到我的氣息或味道了吧。

「我都想乾脆叫牠涅克塔或索瑪（註：涅克塔是古希臘和古羅馬神話中的美酒名稱，索瑪是古印度的神酒名稱）了。」

「涅克塔和索瑪——」

是哪來的神酒啊？

當我在心裡吐槽的時候，迎賓館的女僕走進房間。

「好像差不多是客人來訪的時間了。」

「辛苦了。實驗就等有空再說吧。」

「畢竟再怎麼說也不能在半夜外出啊。」

以別國的間諜為首，打算夜襲的千金小姐們和無論如何都想打好關係的可疑人物每天晚上都會出現，因此附近無論早晚都有許多士兵和魔法使在戒備。

在這種狀況下，假如使用魔力波動劇烈的轉移魔法只會讓人產生多餘的懷疑，因此我一直忍著沒有前往實驗設備萬全的祕密基地。

真想快點自由地進行研究或工作。

當我思考這種事的時候，今天的客人很快就出現了。

「嗨，潘德拉剛卿！小玉老師在嗎？」

充滿藝術家氣息的第五王子以爽朗的態度造訪迎賓館。

自從在王家茶會上得知自己中意的雕像作者是小玉之後，他就經常跑來玩。

不過小玉好像很不擅長應付王子，一旦她憑藉天生的第六感察覺王子正在靠近，就會像個忍者一樣消失無蹤。

「不好意思，她說今天要跟學校的朋友去平民區探險。」

「這樣啊……真是遺憾。」

雖然對真心感到遺憾的第五王子很抱歉，我個人還是想以小玉的心情為優先。

而且，今天他應該沒有來訪的預定才對。

「哎呀，哥哥大人。您也要參加我和潘德拉剛卿的茶會嗎？」

「不，我就不必了。」

緊接在沮喪的第五王子之後，異卵雙胞胎的第九王子和第十一公主兩人走了進來。

自從王室茶會之後，我跟王族接觸的機會就變多了。目前沒有交流的只剩下正在擔任見習騎士的第八王子和出嫁的公主們，以及因為療養離開王都的第二王妃而已。順帶一提，王子共有五人，公主則是十三人。

「今天您的搭檔是亞里沙公主嗎？」

「還是不該叫公主，應該用王妹稱呼才對呢？」

「叫我亞里沙就行了，兩位殿下。」

「這樣啊？跟亞里沙和潘德拉剛卿交談不必那麼死板，真令人開心。」

看來這對王子和公主似乎知道亞里沙是庫沃克國王艾路斯的妹妹。由於他們的母親第三王妃是波布提瑪伯爵家的成員，情報或許很靈通也說不定。

「話說回來，潘德拉剛卿知道夏洛利克哥哥失蹤的事嗎？」

「不是聽說夏洛利克第三王子殿下正在修道院療養嗎？」

「嗯，據說他從那座修道院消失了。」

在公都遇到的麻煩人物第三王子失蹤，我只有種會出事的預感。

「我的隨從還說，艾迪娜大人會去米瑪尼鎮上療養，就是為了藏匿夏洛利克王兄喔。」

第九王子口中的艾迪娜大人指的是第二王妃。從儲倉的貴族年鑑看來，艾迪娜第二王妃似乎是第三王子的親生母親。

依照地圖搜索看來，第三王子並不在米瑪尼鎮上，所以只是單純的謠言吧。

「有陰謀的感覺呢！該輪到名偵探小亞里沙上場了嗎？」

「亞里沙又開始無言亂語了。」

「果然跟亞里沙在一起不會膩呢。」

總覺得這兩人只是想找亞里沙玩，拿我當藉口罷了。

◆

與第九王子和第十一公主的茶會結束後，我在下一場午餐會之前又跟幾個人見了面。

他們大多都是投資或是提親之類，如果沒有上級貴族陪同或者帶著大臣的介紹信就會吃閉門羹的內容。

「喋喋喋，恭喜您達成『弒魔王者』的偉業。」

沙北商會的霍米姆多利先生用獨特的笑聲向我打招呼。由於他是個鼬人，我才趁著討厭鼬人族的莉薩出門的今天和他見面。

這是紅繩事件以來第一次見面吧？拍賣會上雖然也見過面，當時並沒有交談，因此我認為不算也沒關係。

「這些是祝賀的禮品。」

這麼說完，他將三個卷軸遞了過來。

根據AR顯示，這些卷軸都出自鼬帝國的夢幻迷宮，分別是土魔法「鐵裂」、「鐵樁」和水魔法「銹侵蝕」，都是些感覺很難找到用途的類型。

「真是稀有的物品呢。」

「因為聽說潘德拉剛卿是個卷軸收藏家，我才聯絡商會總店調過來。」

見到我滿意的模樣，霍米姆多利先生的笑意變得更深了。

「我另外還準備了各位小姐感覺會喜歡的東西，請您之後再過目。」

霍米姆多利先生一邊這麼說，一邊發出「喋喋喋」的笑聲將目錄遞了過來。

目錄上寫著樂器、雕刻或是稀有的裝飾等，夥伴們感覺會很開心的物品。

原來如此，看來他似乎調查得很詳細呢。

「我們另外還有出售小動物或小鳥等生物，假如其中包含任何您感興趣的商品，願意將敝商會的商人招至府上，將會是我們的榮幸。」

原來如此。因為對象是上級貴族，不是邀請前往店鋪，而是請對方把商人找回宅邸啊？

不過，畢竟也收了他不少東西，等回到王都宅邸之後，大概得請沙北商會的商人來一趟才行。

在我向霍米姆多利先生打聽鼬帝國和地吉麥島的事情時，會面時間結束，於是便決定之後再聊。

上午最後的見面對象是越後屋商會的掌櫃。

我讓擁有越後屋商會顧問這個身分的亞里沙也一同參加。

「恭喜您達成『弒魔王者』這項偉業。」

這場以最近常聽到的句子當作開場白的會談，內容基本上以收取交易和對策的謝禮，以及分紅的支票為主。其中也有給露露和小玉的支票，我便代替她們收了下來。

「這部分不是報酬，而是我們慶祝您討伐魔王的賀禮。」

掌櫃拿出幾本魔法書和幾個卷軸，今天我跟卷軸還真有緣呢。

雖然有種想立刻打開確認的衝動，但那樣有點失禮，於是我一邊向掌櫃道謝，一邊透過ＡＲ顯示確認情報。

卷軸包含術理系的中級護身魔法「輪鋸斬」、火系的軍用攻擊魔法「路塔式火球」和

「路塔利式火球」、光系的下級攻擊魔法「光彈」、出自吸血迷宮的闇黑魔法「闇吸收盾」和「對詛咒結界」、出自繁魔迷宮的水魔法「召喚雨」和「召喚濃霧」、土魔法「雜草陷阱」，以及召喚魔法「召喚老鼠」，總共十個。

其中有許多讓我感興趣的魔法。

當我不用場面話，而是真誠地表示感謝後，或許是感覺到了這點，掌櫃一臉滿足地點了點頭。

雖然和成果豐碩的掌櫃聊天很開心，我接下來還有預定，於是在負責計時的管家指示下結束會面。

下次就換我主動去越後屋商會玩吧。

在那之前，得以庫羅的身分完成工作才行呢。

和越後屋商會的掌櫃見過面後，接下來是和從迷宮都市前來祝賀的太守夫人和孩子們的午餐會。

「佐藤閣下！妾身聽說了你的活躍喲！身為朋友，妾身也覺得非常自豪！」

目前停留在迷宮都市、諾羅克王國的米提雅公主精神飽滿地這麼對我說。

其他像是太守三男蓋利茲和他的跟班，同時也是愛吃鬼的魯拉姆，以及杜卡利準男爵的千金梅莉安小姐等令人懷念的人們也齊聚一堂。他們在迷宮似乎相當努力，孩子們的等級都有所提升，外表和身體也有些許成長。

不過魯拉姆豐滿的體型倒是一點都沒變。

「子爵閣下，這是父親大人慶祝您討伐成功的禮物。」

當梅莉安小姐把杜卡利準男爵的禮物交給我之後，其他貴族子弟們也接二連三地將來自父母的禮物遞了過來。

儘管他們的父母也想同行，似乎因為人數過多而放棄了。

另外，除了太守夫人，原本被稱作綠貴族的波布提瑪原伯爵也一起來了。

「妾身也帶來了故鄉的禮物。雖然比不上其他人送的，這點還請見諒。」

「不不不，才沒那回事。這是非常棒的禮物。」

我打從心底用並非場面話的方式道謝。

米提雅公主送給我的禮物是諾羅克王國的名產起司。雖然非常好吃，因為生產量少，所以很難取得。

「哎呀？潘德拉剛卿喜歡起司嗎？」

太守夫人很意外似的說。

「諾羅克王國的起司非常美味。」

「我也喜歡白起司喲。」

諾羅克王國不只有像莫札瑞拉起司的白色起司，上面有黴菌覆蓋、類似卡蒙貝爾起司的那種也非常棒。

接著我們聊了一會兒起司的話題、迷宮都市的傳聞，以及向他們請教實驗農場的現狀。因為許久沒見面，話題根本聊不完，但我接下來還有邀約，便決定散會了。

「潘德拉剛卿——」

在我目送太守夫人他們前往玄關的時候，波布提瑪原伯爵說出令人在意的傳聞。

「——沙珈帝國似乎有悄悄進行勇者召喚的跡象。」

他用只有我能聽見的音量說。

「是指繼勇者隼人大人之後，又召喚了勇者嗎？」

「是的，沒錯。不過，由於情報管控得相當嚴謹的樣子，我也不清楚詳情。」

根據波布提瑪前伯爵的說法，新勇者的情報混亂到甚至連男女都無法判別的程度。依照他的看法，其中似乎也包含了非常多的假情報。

「這是只有國王陛下和高層人士才知道的祕密，請您務必保密。」

「告訴我真的可以嗎？」

「您對我有還不清的恩情——更重要的是，你有很多機會能見到勇者。」

波布提瑪前伯爵這麼說完，隨即快步走到太守夫人身旁。

我在心中默默向他的好意道謝。

另外，太守夫人和波布提瑪前伯爵也知道第三王子失蹤的事。從失蹤後完全無法掌握消息看來，他們說第三王子的失蹤並不是突發事故，而是事前就仔細做好準備。

這件事在王都的貴族們之間似乎傳得很開，多到在參加的茶會或晚會上至少會聽到一次的程度。

接著在初次聽到傳聞的幾天後——

「找到夏洛利克殿下了？」

我從情報靈通的立頓伯爵夫人那裡得知第三王子的消息。

據說在碧領周圍巡邏的飛龍部隊遇到了搭乘飛空艇的第三王子。

他好像最近就會返回王都，這使得「第三王子失蹤的理由」再次在立頓伯爵夫人的社交會上引起話題。

當然，話題不是只有那個。

「艾瑪大人和拉優娜大人都戴著很棒的胸針呢。」

「刻有家紋的寶石嵌在其他寶石裡面？簡直就像出自傳說的寶石魔法使裘葉爾之手的作品呢。」

「呵呵呵，很棒對吧？」

立頓伯爵夫人用帶有深意的視線瞥了我一眼。

最近終於把很久之前訂製的家紋版符文光珠交到立頓伯爵夫人和樂活子爵夫人手上，她們能喜歡真是太好了。

「說到王家，各位知道多莉絲殿下收到一隻很棒的小鳥這件事情嗎？」

知道我不想接受訂單的立頓伯爵夫人提出其他話題。

「當然知道。是一隻像寶石一樣美麗的鳥對吧？」

「聽說那是只棲息在大陸東邊盡頭的稀奇鳥類喔。」

「是外祖父比斯塔爾公爵送給她的嗎？」

「據說是御用商人獻上的。」

「因為同一個肚子出生的索多利克王太子很疼愛多莉絲殿下嘛。」

「是指射人先射馬的意思嗎？」

希嘉王國好像也有這個俗語。

是從小光那裡傳開的嗎？

「呵呵呵，說到馬就想到聖騎士團的那個人呢。」

「哎呀，討厭。一大早就說這個。」

謠言不知停歇，話題一個接一個地持續下去。

太太們有空就喜歡聊八卦，這不只是從古至今，就連世界不同似乎也一樣。

紅繩再現

「我是佐藤。正如廚房的害蟲不管消滅多少都還是會出現一樣，每當程式修正錯誤，就會有地方冒出新的錯誤。異世界裡出現的魔物會不會就是這種感覺呢——」

「果然跟佐藤大人一起研究就會很有進展呢。」

擁有禁書庫之主這個外號的希斯蒂娜第六公主一邊這麼說，一邊用閃亮的眼神看著我。

今天我陪同她的朋友亞里沙和蜜雅兩人來到她的房間參加茶會。

「對了、對了，之前您點出問題的路塔式火球修正計畫，王立研究所的魔法編撰局已經開始進行了。」

所謂的路塔式火球，是我和希斯蒂娜公主相遇時聊到的軍用魔法。

「那真是太好了。」

「不過，不把佐藤大人的名字加進研究人員之中真的可以嗎？您明明擁有這個資格。」

「是的，沒關係。畢竟我只是指出問題而已。」

指出錯誤是我的強項。

「殿下——」

希斯蒂娜公主的侍女向她說起悄悄話。

根據順風耳技能，好像是事先告知她同父異母的妹妹多莉絲第十二公主將會來訪。連跟自己的兄弟姊妹見面也必須事先告知，王族還真是辛苦。

希斯蒂娜公主向我們知會一聲之後，允許了多莉絲公主的來訪。

「希斯蒂娜姊姊大人！」

嬌小的多莉絲公主抱住希斯蒂娜公主。

多莉絲公主向自己的王姊撒嬌一陣子之後，轉向蜜雅的方向興高采烈地開口說：

「蜜雅大人！今天我為了蜜雅大人，把稀有的豎琴和翡翠帶過來了！」

她口中的翡翠並不是指寶石翡翠，而是擁有翡翠般羽毛的漂亮小鳥——翡翠鳥的名字。

翡翠在豪華的鳥籠裡發出悅耳的鳴叫聲。

「真漂亮的小鳥呢。」

「聲音也很好聽。」

不愧是能在立頓伯爵夫人的茶會上被拿來討論的鳥，亞里沙和蜜雅似乎也很喜歡。

「吶，蜜雅大人。彈彈看吧！」

蜜雅接過豎琴，用手指彈了幾下琴弦確認音階。

這是一把符合大國公主風範，帶有神祕感的豎琴。本體擁有水晶般的寶石質感，還裝有彷彿用黃金製成的琴弦。

另外，本體的琴柱部分還刻著長髮女性的浮雕。

這座女性雕像似乎不是單純的裝飾，還具有類似回音管的功用。蜜雅正露出認真的表情反覆嘗試，企圖掌握樂器的特徵。

或許是因為沒被蜜雅搭理而閒了下來，多莉絲公主蹦蹦跳跳地來到我身邊。

「佐藤大人，恭喜你**打**達成『弒魔王者』的偉業。」

她用像是背誦般的口吻對我說。

「謝謝您，殿下。雖然在王妃大人的茶會上也訂正過，我並不是『弒魔王者』，只是協助勇者隼人大人討伐了魔王而已。」

「那不是一樣嗎？」

雖然我跟平時一樣進行訂正，年幼的多莉絲公主好像沒聽懂。

接著她左顧右盼了一會兒，然後朝亞里沙看了過去。

「亞里沙，把位置讓給我。」

「不～要。」

對方明明是一國公主，亞里沙卻隨便地拒絕了她的命令。

或許是沒料到會被拒絕，多莉絲公主的眼神猶疑了起來。

亞里沙和蜜雅坐在我的左右兩側。大概是不敢要求蜜雅讓開吧，她暫時露出困擾的表情。接著她就像察覺到什麼似的露出笑容，向我伸出雙手。

——這是要我做什麼？

「佐藤大人，讓我坐在你的大腿上。」

原來如此，她想要坐在我大腿上嗎？

明明使用了命令語氣，對我的稱呼還是加上了「大人」，是因為希斯蒂娜公主這麼稱呼我吧。

「多莉絲，這樣很失禮喔。」

「公主殿下，請來希斯蒂娜殿下身邊坐。」

儘管遭到希斯蒂娜公主和奶媽責備，多莉絲公主仍然不死心地用懇求的眼神看著我。

「——不行嗎？」

「遵命，多莉絲殿下。」

我抓住多莉絲公主的腰，讓她坐在我的大腿上。

蜜雅和亞里沙看起來很不滿，但妳們就原諒這種可愛小孩子的撒嬌吧。

◆

琴弦調整結束後，蜜雅開始彈奏豎琴。

或許是很喜歡蜜雅的曲子，翡翠色的小鳥也配合旋律鳴叫起來。

——嗯？

我感覺到魔力的波動。

根據AR顯示的詳細情報，這是來自豎琴材料水晶樹的能力，似乎擁有能讓聽眾情緒變敏感的效果。

簡單來說，這個豎琴好像具備讓人容易感動的追加效果。

除了進行抵抗的我之外，目前在這裡的所有人都專心陶醉地聆聽蜜雅的演奏。

絕對不是我的感性出了問題才對。

算了，畢竟也沒什麼壞處，就安靜地聆聽蜜雅的曲子吧——

這時，鳥的慘叫聲響起，金屬彈開的詭異聲響響徹整個房間。

緊接著傭人們尖銳的慘叫聲使得房間陷入混亂。

我的眼前有一隻張開翅膀的魔物正踩在碎裂的鳥籠上。

綠寶石顏色的鳥型魔物張開牠赤紅色的雙眼。

那寶石般的羽毛上浮現紅色繩狀的魔法陣。

——竟然是紅繩魔物？

年底在王都出現、在王都內引發混亂的「紅繩魔物」，為什麼會在這裡？

又有人把能將生物變成魔物的「轉魔丸」帶進王都了嗎——

「翡翠的籠子被——！」

「有、有魔物！」

「快、快把殿下帶到安全的地方！」

我將三個幼女拋向房間角落，抱起希斯蒂娜公主移動到房間的一角。

「殿下啊啊啊啊啊啊！」

雖然對快要昏倒的侍女很抱歉，但我只有兩隻手。

我將希斯蒂娜公主放在幼女三人的著地位置，依序接住墜落的幼女們。

在這種狀況下亞里沙居然還想奪走我的嘴唇，真是不得了。

接住亞里沙的途中，我感覺到魔物打算展開行動的氣息，因此將一個看起來頗為沉重的沙發踢向魔物。

「唔。」

「**紅繩魔物**為什麼會出現在這種地方？」

「總之先打倒牠吧。」

縱使蜜雅和亞里沙的疑問很有道理，這裡的非戰鬥人員太多了。

在有人受傷之前，儘快排除魔物才是上策。畢竟希斯蒂娜公主的兩位侍女雖然等級有三十，兩人都是保護重要人物和專門對人作戰的類型，因此不能當作戰力。

「不行！不要殺了翡翠！」

正當我打算排除魔物時，多莉絲公主用身體制止了我。

那隻魔物果然是多莉絲公主的小鳥變成的嗎？

「對不起，殿下。」

我向嬌小的多莉絲公主道歉，朝著魔物的方向衝了過去。

很遺憾，我準備得不夠充分。

——KYURYEEEEE。

我用無詠唱的「風壁」抵消小鳥放出的超音波氣息，同時一掌拍中了魔物的身體。

「翡翠——————！」

背後傳來多莉絲公主拚命的慘叫聲。

——必須反省。

就算勉強，也不該輕易放棄。

雖說得到許多人幫助才成功，我連魔王化的札札里斯法皇都能恢復原狀。區區因為轉魔丸變成魔物的小鳥，我就拯救給妳看。

懷著死馬當活馬醫的想法，我藉由擊中魔物的手掌施展「魔力搶奪」，澈底奪走魔物的魔力。

圍繞魔物身體的紅繩狀魔法陣消失。

到這裡都跟預料中得一樣，接下來只能靠運氣了。

我打算用術理魔法「透視」特定魔核的位置，然而或許是體積太小，因此沒能發現。

果然沒辦法嗎……

——慢著，說不定——！

我同時使用瘴氣視和魔力視，藉此分辨魔力的路徑和瘴氣的濃度。

——很好！

能夠感覺出魔物體內的瑪那分布。

魔力的路徑沿著血脈和體表流動，胃的附近瘴氣似乎很濃。

我認為兩者重疊的位置應該就是魔核。

我戴起祛除詛咒用的魔法陣手套，一邊使用魔力治癒技能，一邊將手插進魔物體內拔出魔核。

然而，我的直覺告訴我，光是這麼做只會把魔物殺掉。

——接下來該怎麼辦？

把充滿體內的瘴氣祛除就行了嗎？

我立刻執行這個想法。

與詛咒不同，須將滲透進牠全身的瘴氣除掉。

小鳥轉化為魔物的瘴氣滲透進肌肉組織、微血管，乃至細胞內。我將其抓住，像是從土裡拔除雜草時一般小心翼翼地摘除。

雖然感覺就像過了好幾個小時，實際上大概只有幾秒鐘。

我拔除魔物體內大約九成的瘴氣。

魔物的體型縮小，逐漸變回小鳥的模樣。

「翡翠！」

「公主殿下，不行！」

「不要！放開我！」

奶媽制止打算衝過來的多莉絲公主。

小鳥的眼睛雖然看見多莉絲王女，無力張開的嘴卻沒能發出鳴叫聲。

雖說小鳥奇蹟似的恢復原狀，受到的傷害實在太過巨大了吧。

小鳥的生命之火正逐漸消逝。

我確認起儲倉中的魔法藥庫存。

用萬靈藥太過頭了，但下級魔法藥也不行。縱然覺得中級藥或許可以，我沒把握一定能夠成功。

「主人！這是上級魔法藥！」

我將亞里沙從後方遞給我的魔法藥撒在小鳥的傷口上，並且把剩下的部分倒進牠嬌小的嘴裡。

——嗶、嗶、嚕、嗶嚕、嗶嚕、嗶嚕嚕嚕。

原本處在生死關頭的小鳥逐漸恢復精神。

「翡翠！太好了！」

真不愧是上級魔法藥。

——呃，這個瓶子不是混入我的血，用來做實驗的上級魔法藥嗎？

雖然幸虧小鳥沒有像那時候的番薯一樣變得巨大，如果可以還是希望妳拿一般的上級魔法藥給我。

「亞里沙？」

「抱歉，一緊張就把那個遞過去了。」

亞里沙一邊流著冷汗，一邊像是要蒙混過去似的搔了搔臉頰。

「魔、魔物……變、變回原本的生物了？」

聽見希斯蒂娜公主彷彿帶有熱情的嗓音，我和亞里沙互看一眼。

雖然有點搞砸了的感覺，既然能避免多莉絲公主留下奇怪的心理創傷，這麼做可說相當不錯了吧。

那麼，該怎麼找藉口呢？

畢竟那個藥的性能明顯比一般的上級魔法藥更加優秀，使用時的反應也跟萬靈藥不同。

就把責任推給某種具有特別感的高效藥物身上吧。如果難以重現就更好了。

「佐藤大人，這個是……」

「希斯蒂娜大人，剛剛使用的藥物叫做『神酒』，是在某個遺跡深處發現的道具——」

加油啊，「詐術」技能。

今後的和平就靠你了！

◆

「居然使用這麼貴重的物品……」

我將神酒無法再次取得的事情告訴希斯蒂娜公主，請她保密以避免引發醜惡的爭奪戰。

另外，我還編造除了神酒之外，翡翠能夠恢復成原本的小鳥是因為剛魔物化不久，狀態還不安定的緣故。

接著讓附有聖碑迴路、用來祛除詛咒的手套發出藍色光芒展示給她看，並說這是用來祛除瘴氣的魔法道具，藉此提高可信度。

因為覺得光是這樣還不夠，我還引用有名的文獻和「睿智之塔」的名字來編造解除魔物化的根據。

「——古文書上是這樣寫的。」

「佐藤大人真是博學呢。」

對熱愛咒文的希斯蒂娜公主來說，讓化為魔物的小鳥恢復原狀這個奇蹟，她似乎不太感興趣，還提出「在那本古文書中，有沒有什麼稀奇的魔法理論呢？」這種毫無關聯的問題。

儘管侍女們對此似乎也抱有疑問，她們並未不管自己的主人開口插嘴。

「翡翠，真是太好了！」

畢竟對年幼的多莉絲公主來說，翡翠能恢復原狀比較重要。

「多莉絲也要跟佐藤大人道謝喔。」

「是，姊姊大人。謝謝你，佐藤大人。」

「不客氣。」

察覺到我視線的希斯蒂娜公主催促多莉絲公主向我道謝。

「公主殿下，翡翠說不定還會變成魔物，請把牠交給我。」

「不要——！」

多莉絲公主的奶媽似乎想要讓一度變化為魔物的翡翠遠離多莉絲公主，但是被她堅定地拒絕。

小鳥被多莉絲公主緊緊抱住，一臉痛苦地發出求救的叫聲。

＞個體名「翡翠」尋求所屬，要允許嗎？（YES／NO）

翡翠身上跳出一個視窗。

——這是什麼？

總之因為看起來很不妙，我選擇了NO。

被我拒絕的翡翠大受打擊的模樣，眼角浮現淚光，但我決定狠下心來。

畢竟有滿滿事情會變得很麻煩的預感啊。

「我說，蘿莉公主。要是抱得這麼緊，好不容易救回來的小鳥會沒命喔？」

「嗯，危險。」

聽見亞里沙和蜜雅的提醒，發現翡翠狀態的多莉絲公主鬆開緊緊抱住的手。

趁著這個機會，翡翠鑽出多莉絲公主的手臂，朝著窗外飛走了。

「啊啊啊啊，翡翠逃走了！」

多莉絲公主對自己的失誤嚎啕大哭。

為了之後能夠回收，我對翡翠加上記號。

到了晚上牠大概就不會飛了，到時候再去抓就好了吧。

雖然多莉絲公主的奶媽很擔心，不過翡翠再次變成魔物的可能性應該很低。畢竟除去那麼大量的瘴氣，只要不受到人為操作應該就沒問題。

「佐藤，去抓住翡翠。」

多莉絲公主一邊哭，一邊伸手抓住我的衣角。

「公主殿下，就算是子爵大人，也不可能抓住飛在空中的鳥啊。」

「我不要——！翡翠——！」

此時出現了新的客人。

「怎麼了，多莉絲？翡翠逃走了嗎？」

「索多利克哥哥大人，幫我抓住翡翠！」

來的是今年三十二歲的希嘉王國第一王子。或許是眉毛很粗的緣故，王子比起貴公子更像是個耿直的軍人。他也是希斯蒂娜公主和多莉絲公主的親哥哥。

「沒問題。你們幾個，拿著網子去抓小鳥。記得帶幾個有實力的風魔法使。」

王子對身邊的其中一個親信下令，安排人手前去捕捉翡翠。

接著他有些疑惑地看著被魔物化的翡翠弄亂的房間。

跟我對上眼的時候，王子顯得有些驚訝，但他搭話的對象是希斯蒂娜公主。

「蒂娜，這個房間究竟發生什麼事才變成這樣？」

「哥哥大人，其實這裡出現了魔物。」

對於王子的問題，希斯蒂娜公主乾脆地做出回答。

再這樣下去，好不容易救回來的翡翠將會被處理掉。

希斯蒂娜公主大概也注意到這件事，她連忙轉移話題的方向。

「但、但是！因為在那邊的潘德拉剛子爵大顯身手，魔物已經被解決，化為煙霧一般消失了。」

——好勉強！太勉強了，希斯蒂娜公主！

就像要將希斯蒂娜公主的說話聲蓋過一般，此時響起一陣巨響。

「怎麼回事?」

「殿下!那邊冒出煙了!」

王子的親信環顧四周說。

「難不成翡翠只是佯攻?」

「可能性很大。」

我和壓低音量的亞里沙相互確認狀況。

「是在謁見大廳的方向吧——我們走!得去確認陛下的安危!」

「請您留步。」

我制止準備衝出去的王子。

「請殿下留在這裡,由我去確認吧。」

不能讓國王和繼承權首位的王太子同時待在危險的地方。

「——主人。」

「這裡交給妳們了。」

我將之後的事託付給亞里沙和蜜雅,朝謁見大廳衝了過去。

儘管國王身邊有希嘉八劍和近衛騎士團,我想應該沒問題,要是發生萬一就麻煩了。

◆

我邊跑邊進行地圖搜索，得知不只是希斯蒂娜公主的房間和謁見大廳，王都的其他幾個地方也出現了紅繩魔物。

『亞里沙，幫我接通戰術輪話。其他地方也出現紅繩魔物了。』

我用「遠話」魔法聯絡亞里沙。

與年底不同，這次紅繩魔物只出現在國軍和騎士團的駐紮地以及大貴族的宅邸，不用擔心一般民眾受到傷害。駐紮地自然不必說，大貴族的宅邸裡一定也有能夠戰鬥的人才。

『戰術輪話接通了。』

『主人，聖騎士團的駐紮地出現了紅繩，已經被聖騎士們鎮壓完畢了。』

在亞里沙進行通話後，莉薩隨即簡短地做出報告。

『謝謝妳的報告。其他駐紮地好像也遭受襲擊的樣子，不過都處於優勢。』

與年底面對紅繩陷入苦戰的情況不同，讓越後屋商會販售「英傑劍」的系列產品似乎有了價值。

『其他還有哪裡遭受襲擊嗎？』

『有幾間貴族宅邸，大家去那邊支援吧。』

不知為何，遭受襲擊的貴族宅邸全都是領主家，而且都是像歐尤果克公爵府、加尼卡侯爵府、穆諾伯爵府和聖留伯爵府等領地位於王國東側的領主。同樣屬於東方領地的庫哈諾伯爵府似乎沒有成為目標。

我派遣莉薩前往潔娜小姐所在的聖留伯爵府，波奇和小玉前去卡麗娜小姐所在的穆諾伯爵府，娜娜和露露則前去賽拉所在的歐尤果克公爵府。

雖然加尼卡侯爵府被我放在後面，那裡有四十級的騎士在，應該能自行處理吧。我姑且使用「物質傳送」魔法送出信件，將加尼卡侯爵府遇襲的事情傳達給最近的駐紮地。

『我們不去真的可以嗎？』

『雖然很抱歉，但妳們先待命。蜜雅，召喚希爾芙到王城上空進行戒備。』

『嗯，交給我。』

畢竟可能會有其他勢力把紅繩當作誘餌發動襲擊也說不定。

做完指示之後，我邊跑邊用「眺望」和「遠耳」確認謁見大廳的情況。

要是情況危急，我打算不是用佐藤，而是以勇者無名的身分趕過去。

『居然附身在紅繩身上潛進來，卑鄙的魔族！』

希嘉八劍的「聖盾」雷拉斯先生正在和一隻身高幾乎要碰到謁見大廳高聳天花板的巨大中級魔族對峙。

雷拉斯先生用帶有藍色光芒的聖盾抵擋魔族的猛攻，身穿長袍的魔法使正在他身後用攻擊魔法阻止魔族靠近。近衛騎士也在和雷拉斯先生並肩作戰。

仔細一看，皮膚呈暗灰色的魔族腳下有幾具看似紅繩魔物的屍體。魔族似乎在他們和紅繩魔物的戰鬥結束後才出現。

『只要有王祖大人託付的聖盾普利特溫，休想碰陛下一根汗毛——「守護結界」！』

雷拉斯先生將國王和王妃護在身後，用聖盾創造發出藍色光芒的圓形空間，連同周圍的重臣們一起保護起來。真不愧是「聖盾」雷拉斯先生。四周沒有見到希嘉八劍首席祖雷堡先生的身影，看來今天擔任國王護衛的只有他一個。

『陛下！陛下平安無事吧！』

支援的近衛騎士們從左右通道衝進大廳。

他們身後還能看見身穿長袍的宮廷魔術師——希嘉三十三杖的身影。

『唔唔！這可不是紅繩魔物啊！』

『敵人是魔族！等級在中級以上！恐怕是上級魔族！』

『第一隊重新編對！別妨礙雷拉斯大人！』

『『『是！』』』

魔族厭煩地看了近衛騎士們一眼，接著噴出如同煙霧般濃厚的漆黑氣息。

『這可能是毒氣，所有人撤退！』

『風魔法使隊，把煙霧吹回去！』

部分魔法使用發動迅速的魔法將煙霧推了回去。

本該早就死去的魔物屍體動了起來，變成不死族朝近衛騎士和魔法使們靠近。

『王之力啊！賜予吾之僕從們戰鬥的力量吧──「勇心」、「千力」、「王壁」！』

國王手上的權杖發出藍色光芒，包覆住以雷拉斯先生為首的騎士和魔法使們的身體。

那大概是運用都市核之力的支援魔法吧。

『王之力啊！制約吾之敵人吧──「棘戒」、「黏地」、「群光」！』

接著國王對魔族和不死族們施展了妨礙魔法。

因為兩種魔法他都沒有進行詠唱，看來是透過詠唱廢棄來使用都市核之力。不過我也能不藉由詠唱就對碧領和大沙漠地下的都市核口頭下達命令，所以並不怎麼稀奇。

受到支援魔法強化的近衛騎士們蹂躪因為妨礙魔法動作而變得遲鈍的不死族們。

這邊看來沒什麼問題。問題在於──

──ＦＺＷＣＨＵＲＵＵＲＹＵＵ。

魔族不斷射出漆黑的子彈，像是在煽動恐懼般逐漸逼近雷拉斯先生。

雷拉斯先生被漆黑子彈擊中，用聖盾的聖句創造出的圓形空間不斷地遭到削減。縱使國王使用都市核的力量重新張設守護結界，再這樣下去只會越來越糟，不快點想辦法肯定會出現傷亡。

我關閉影像，加緊腳步在走廊上奔跑。

◆

可以看見謁見大廳所在位置的牆壁上破了一個大洞。

我選擇抄近路，衝上牆壁跳進謁見大廳。

「——唔哦！」

落地的同時前方有個東西飛了過來。

我反射性地打算躲開，隨即發現是雷拉斯先生便接住了他。在大廳另一邊能見到魔族甩動長尾巴的身影。

——ＦＺＷＣＨＵＲＵＵＲＹＵＵＵ。

魔族發出咆哮，到處亂射漆黑的子彈。

我將雷拉斯先生扛在肩上跳向側邊，並直接在地上翻滾躲避子彈。儘管只要使用中級術理魔法「自在盾」或白銀鎧的「方陣」應該就能輕鬆擋下，此時我還是決定避開。

我將雷拉斯先生放到障礙物後面，拔劍衝了過去。

魔族的視線緊盯著我。

「你的對手是我！」

我用附加挑釁技能的聲音開口大喊。

在魔族準備進入攻擊態勢的瞬間，一道類似魔力砲的光線猛然撞上魔族的障壁。

可以看見在我跳進大廳的洞穴對面有一艘小型飛空艇。那是王家的專用艇。

飛空艇一口氣拉近距離，看起來像是要直接朝魔族撞過去，卻在碰撞之前拉起船頭從建築物上面低空飛過。

「「——櫻花一閃！」」

從飛空艇上躍下的兩道身影在著地的同時向魔族施展突進系的必殺技。

「王家的紋章？」

其中一名身穿銀色金屬光澤鎧甲的人身上披著繡有希嘉王國紋章的藍色斗篷。另一名矮小肥胖、穿著銀色鎧甲的人身上，也披著繡有聖騎士團團章的白色斗篷。

穿著金屬光澤鎧甲的劍士和魔族拉開距離擺好架式。

「真不愧是上級魔族，一擊解決不了嗎——」

是我有印象的聲音。

「——櫻花亂舞！」

他用類似櫻花一閃的步伐接近魔族，用寬大的大劍從障壁上方不斷揮砍魔族。

面對讓人聯想到原希嘉八劍葛延先生的剛劍亂舞，就算是魔族似乎也只能專心防禦。

從魔族的大小看來，劍士的身高比身材高大的雷拉斯先生高出一個頭。鎧甲的設計也很獨特，比一般希嘉王國的鎧甲還要有機械感。

「夏洛利克殿下！」

在我身邊的雷拉斯先生朝劍士大喊出聲。

聽他這麼說，那個如同女性般胡亂甩動白色長髮戰鬥的，跟在公都遇見的夏洛利克第三王子十分相像。透過ＡＲ顯示，也確認了他就是本人。

最後一次見面時，他的等級明明因為魔物的「搶奪生命」掉到二十級，現在卻恢復到超過五十級。傳聞中他似乎在偏遠的修道院進行療養，其實去到某個地方進行武者修行了也說不定。

「真是奇特的鎧甲呢。是國寶嗎？」

印象中第三王子的身高應該比雷拉斯先生來得矮，他身上穿的該不會是類似強化外裝之類的鎧甲吧？

畢竟他現在一副讓人想叫他機械王子的外表嘛。

「不，我不認識那種鎧甲。」

既然雷拉斯先生也不知道，會是機密開發的產物之類的嗎？

根據ＡＲ顯示，王子的鎧甲似乎叫做「聖骸動甲冑」，真是誇張的名字。

「話說回來，王子還真強呢。」

因為還記得他在公都的笨拙模樣，我做好隨時都能支援的準備，然而看情況似乎不需要幫忙。

「嗯嗯，遠比我認識的殿下強大許多。」

治療受傷近衛騎士這方面他們自己似乎應付得來，以防萬一我跟雷拉斯先生一邊守望王子的戰鬥，一邊移動到能將國王和宰相護在身後的位置。

「另一位是聖騎士團的成員嗎？」

「我沒印象有穿著那種鎧甲的人……」

矮小肥胖且穿著鎧甲的劍士用二刀流用力揮舞看起來相當沉重的魔劍支援王子。

根據ＡＲ顯示，他是個名叫「提爾巴」的劍士，可惜我對這個名字沒印象。他大概是王子的護衛吧。

「上級魔族只有這種程度嗎！」

第三王子的無雙停不下來。

他光是一般攻擊就有跟葛延先生的必殺技不相上下的威力。

等級五十的人照理說沒有這種力量，我想大概是那個聖骸動甲冑增強了王子的實力吧。

『主人，你那邊狀況如何？』

亞里沙傳來通話。

『第三王子正在這裡大顯神威喔。』

『咦？第三王子是那個在公都遇到的麻煩傢伙對吧？他為什麼會在那裡？』

這個我才想知道。

『大家的狀況如何？』

『我已經協助潔娜大人結束討伐，現在士兵們正在調查紅繩出現的洞穴。』

『波奇也和小玉跟卡麗娜一起完成討伐了喲！大顯身手全部輕鬆解決了喲！』

『小玉正在調查紅繩的洞穴～？』

『主人，我是露露。歐尤果克公爵府的紅繩還剩下一點。途中雖然出現了魔族，不過我和娜娜小姐合力解決了。』

『主人，幼生體和巫女賽拉平安無事，我這麼報告道。』

夥伴們似乎還在處理剩下的敵人。

加尼卡侯爵府的人似乎退到避難所等待支援了，不過希嘉八劍「槍聖」赫密娜小姐和精銳聖騎士小隊馬上就要到了，所以應該沒問題。

各個駐紮地由於出現的紅繩數量眾多，似乎陷入了苦戰。然而希嘉八劍的「雜草」海姆先生、「割草」盧歐娜女士和「風刃」包延先生正各自率領聖騎士小隊前往支援，所以應該很快就會搞定。

剩下的「不倒」祖雷堡先生和「紅色貴公子」傑利爾先生等兩位希嘉八劍則正朝著王城移動中。

——FZWCHURUURYUUU。

判斷情勢不利的魔族和王子拉開距離。

魔族拔下好幾根角，將其化為眷屬。

「提爾巴，去解決小嘍囉。」

提爾巴用雙手的魔劍接連不斷地將下級魔族砍倒在地。他也相當有實力呢。

根據AR顯示，這個小胖子身上的鎧甲名稱似乎叫做「動甲冑」。

我想大概是王子身上穿的「聖骸動甲冑」的下位版本吧。

「怎麼了，魔族！讓我多享受一會兒吧！」

王子的劍粉碎了魔族的障壁，挖開牠如同鎧甲般的外皮。

——FZWCHURUURYUUU。

伴隨魔族發出的咆哮，牠的身體冒出無數荊棘，朝王子刺了過去。

在極近距離放出的荊棘如同近距離引信的飛彈般接二連三地爆炸，將王子包覆在盛大的火焰之中。

「——殿下！」

雷拉斯先生擔心王子。

不過沒有那個必要。

「可笑！」

王子依然健在。

球狀的白色障壁保護了他。

這光景我好像在哪裡見過——對了，跟卡麗娜小姐的「拉卡的守護」很相似。

「毀滅吧，魔族！」

王子的胸甲左右開啟，彩色的光芒開始舞動。

「——『龍焰閃』！」

光芒在鎧甲前方兩公尺左右的位置聚集，化作光線貫穿魔族。
光線瞬間將魔族的身體轟飛，趁勢將謁見大廳摧毀了大半。
不久後，暴風和熱浪隨之掀起。
燒熔的牆壁和鋪在地上的地毯開始四處延燒，真是個給人添麻煩的攻擊。
我想他應該聽不見我內心的批評，但王子將頭盔的護罩部分掀起，露出得意洋洋的表情朝我看了過來。
王子和我對上眼。
他似乎還記得我的長相，得意的表情瞬間變得凶狠。
「看來你沒能大顯身手呢，小子。」
王子輕蔑地看著我，語帶諷刺地說。
「夏洛利克殿下，您這副打扮是怎麼回事？」
「是雷拉斯啊。這件事之後再說。」
當我煩惱該如何回應的時候，雷拉斯先生開口插了嘴。
之後就交給他和國王吧。
「那麼，我就去其他地方支援了。」
「沒有這個必要。」

王子否定了我打算離開這裡的藉口。

我在內心疑惑的同時用地圖進行確認，只見紅繩魔物和魔族正以驚人的速度消失。

因為在意而用地圖搜索了一下，發現身穿動甲冑的王子派遣部下去處理了。

簡直就像早就知道紅繩魔物會出現在哪裡一樣……

對決

「我是佐藤。雖然為了吸引新人加入而在對戰遊戲放水很不錯，我不想為了討好那些輸了就會不開心的人而放水。果然，遊戲就應該開心地玩。」

——嗶嗶嚕、嗶嚕、嗶嚕。

我在小鳥的叫聲中醒了過來。

揉了揉惺忪的雙眼環顧四周。

一起睡覺的夥伴們對面有一隻翡翠色的小鳥。

是昨天在希斯蒂娜公主的茶會上變成魔物又奇蹟般復原、年幼多莉絲公主的寵物。

「翡翠？」

——嗶嗶嚕、嗶嚕。

由於我叫了牠的名字，牠很開心似的做出回應。

「你怎麼會在這裡？」

＞個體名「翡翠」尋求所屬，要允許嗎？（YES／NO）

一個視窗跳了出來。

當然，我也跟之前一樣選擇了NO。

我討厭直到按下YES為止會不斷重複的強制事件。

——嗶嚕。

再次遭到我拒絕的翡翠眼眶泛淚露出悲傷的表情，如同被甩掉的思春期少女一樣朝房間外飛去。

我親眼看著牠沒有撞壞玻璃飛出窗外。

恐怕牠剛剛闖進房間也是用了同樣的方法吧。

「話說回來，『神鳥』嗎……」

我在地圖上確認翡翠的角色狀態，比起之前有了巨大的改變。

等級是普通的十，但分類是幻獸，種族變成了「神鳥」。

種族固有能力似乎有「物質穿透」、「短距離轉移」和「保護色」。

加以飼養的話，感覺能成為優秀的諜報員——不過，牠大概沒有跟我聯絡的手段，我也無法翻譯牠那「嗶嚕嗶嚕」的叫聲。

而且如果是這種目的，我已經有透過蝙蝠召喚呼喚出來的「潛影蝙蝠」了。

雖然事到如今才想到應該抓住翡翠，把牠送還給多莉絲公主才對，然而似乎沒有那個必要。依照翡翠映照在地圖上的光點看來，牠正往王城飛去。

這次應該是回到多莉絲公主身邊了吧。

一大早就這麼熱鬧，今後得小心不要隨便使用混入我血液的上級魔法藥才行。

「——呃。」

當我打算把這個藥和其他魔法藥放在不同資料夾時，才發現道具名稱變成「神酒」了。

恐怕是對希斯蒂娜公主說的藉口內容已經傳出去的緣故吧。

儘管名字很誇張，我沒打算拿出來用，就當作變得更好分辨去正面地思考吧。

◆

「上級魔族襲擊了王城是真的嗎？」

「是真的！我丈夫正好在場！」

「夏洛利克殿下打敗上級魔族的傳聞呢？」

「是的，那也是事實。據說用壓倒性的劍技解決了魔族。」

自從前陣子的紅繩事件之後，茶會和晚會上一直都在談論第三王子單獨擊敗中級魔族的話題。

不曉得是沒有能夠鑑定魔族的人物，還是以希嘉王國的基準看來那個魔族被判定為上級，社交界將謁見大廳出現的中級魔族當作上級魔族來流傳。

在那之後我透過地圖搜索，在王都東部的山中小屋和貿易都市塔爾托米納發現魔王信奉團體的據點。由於在出手摧毀之前確認周邊情況時，發現王國已經派出間諜進行監視，於是我就沒有多管閒事。畢竟把刻意留著的對象解決掉，反而會妨礙調查嘛。

另外，我也沒有發現魔族或能夠創造出紅繩的轉魔丸，或是能夠妨礙我地圖搜索的「盜神裝具」或「魔神契約」之類的物品。將翡翠送給多莉絲公主的商人以及其幕後的關係，似乎正由多莉絲公主的親哥哥第一王子坐鎮指揮調查。

一般來說，魔王信奉團體大概是進行紅繩恐怖襲擊的犯人吧。

紅繩出現的時候，我立刻調查了上次有嫌疑的鼬帝國沙北商會，但他們並沒有什麼可疑的舉動。

「佐藤先生，話題被人搶走，你會寂寞嗎？」

「不會，我非常歡迎。」

我認真回答巫女賽拉半開玩笑的詢問。

希望他們能就這樣忘記我是「弒魔王者」的誤解。

「我也想挑戰看看。」

穆諾伯爵家的次女卡麗娜小姐遺憾地說出這句話。包含護衛的魔法兵潔娜小姐在內，我今天陪她們三人一同出門。

不過話說回來，她難得穿上豪華的禮服加上首飾的特別裝扮，美麗程度提升了好幾倍，卻說出這種話讓一切都白費了。

「卡麗娜大人，我們的實力還遠遠應付不來啦。」

「這麼說來，潔娜小姐在故鄉曾經跟上級魔族對峙過吧？」

潔娜小姐規勸卡麗娜小姐，賽拉小姐則把話題轉到潔娜小姐身上。

雖然她們起初用「潔娜大人」和「賽拉大人」這種見外的方式稱呼彼此，在跟我們一起交流的期間逐漸敞開心扉，變得會用「潔娜小姐」和「賽拉小姐」來互相稱呼了。

順帶一提，潔娜小姐的衣服由聖留伯爵出錢製作，似乎是當成護衛我的必要經費。

今天賽拉也不是穿著特尼奧神殿的巫女服，而是身穿歐尤果克公爵送給她的可愛禮服。那是一件帶著些微綠色的白色禮服，大概使用了最高級的翠絹吧。

「——潘德拉剛卿！」

一道稚嫩的聲音叫住我。

我回頭一看，比斯塔爾公爵家的索米葉娜小姐正站在那裡。

原希嘉八劍葛延先生的那件事是我最後一次見到她，算是久違的再會。

今天是比斯塔爾公爵主辦的晚會，因此尚未在社交界出道的她也能來露個臉。我們一邊談笑，一邊向她打聽近況。由於她和葛延先生家人的交流似乎遭到了限制，我便將自己知道的事情告訴她。

「佐藤大人，您在這裡啊。」

「好久不見了，梅妮亞大人。」

緊接在索米葉娜小姐之後，帶有粉紅色頭髮的盧莫克王國梅妮亞公主現身。或許是因為小國出身，她身上的寶石和禮服並不是最流行的款式。但她本來就很漂亮，再加上妝容很完美，四周的人都被她給吸引了。

在我和她交談的期間，有人從身後叫住我。

「一旦成為『弒魔王者』，就會得到淑女們的關注呢。」

眼前用沙啞嗓音說話的，是個身上氛圍性感到讓人誤會成女性的美形青年。但我們應該是第一次見面。

他身後跟著聖留伯爵。根據ＡＲ顯示，這個美形青年似乎是聖留伯爵的隨侍。

「潘德拉剛子爵，這位是我領地的魔法使，名叫魯道夫。」

「在下是貝克曼男爵家的次任家主魯道夫，今後請多指教。」

魯道夫先生用裝模作樣的感覺對我行禮。

感覺是個會建立銀河帝國的名字。

「說起貝克曼男爵家——」

「嗯嗯，他是雷爺的孫子。」

聖留伯爵回答潔娜小姐的提問。

之後才知道，所謂的雷爺似乎是使用雷魔法的聖留伯爵領首席魔法師的暱稱。

「請多指教，美麗的魔法兵閣下。」

魯道夫先生向潔娜小姐打完招呼後，用裝腔作勢的動作親吻了她的手背。

他也向一旁的卡麗娜小姐和賽拉打了招呼，但內向的卡麗娜小姐和有潔癖的賽拉都拒絕讓他親吻手背。前者是以符合高等級探索者的敏捷閃避，後者則用銅牆鐵壁般的笑容和態度帶過。

「潘德拉剛子爵的心上人是哪一位呢？」

輪流看完潔娜小姐她們的表情後，魯道夫先生用柔和的表情提出失禮的問題。

「魯道夫，今天只是來露臉而已。」

「說得也是。我為自己失禮的發言表示歉意。」

在聖留伯爵的催促下，魯道夫先生向潔娜小姐拋了個媚眼便離開了。

「他到底想做什麼啊？」

被忽略的梅妮亞公主表情不悅地說。

「應該是繼任者在家主交替前來打聲招呼吧，不過對女性這麼不檢點可不行呢。」

聽見賽拉嚴厲的發言，卡麗娜小姐不停地點著頭，潔娜小姐則露出苦笑。

「哎呀？怎麼回事？」

大廳入口方向傳來一陣騷動。

所有人都轉頭朝入口處看了過去。

「是夏洛利克殿下！」

類似追星族的千金小姐和貴婦發出尖叫聲。

人群另一端能夠看見第三王子的身影。明明是在晚會上，他卻和在謁見大廳見面時一樣身穿鎧甲。

王子後方除了擔任護衛、身穿動甲冑的小胖子提爾巴之外，還跟著之前和賽拉起爭執的聖女候補菈維妮雅。因為被我拒絕，轉而去跟隨王子了嗎？

「佐藤先生，要不要去吹一下風呢？」

賽拉在見到王子之後皺起眉頭，提議要去離他們遠一點的地方。

我對此當然沒有異議，便決定與潔娜小姐和卡麗娜小姐一起去陽臺吹夜風。梅妮亞公主似乎敗給了好奇心，跑去找王子了。

「各位紳士淑女！在今天這個好日子，有件好消息要告訴各位——」

王子的聲音連陽臺都聽得見。

將他裝模作樣的說話內容做個總結，似乎就是要向貴族們報告找到「遺失的」聖骸動甲冑一事。

與其說是找到，王子身上穿著的鎧甲不就是聖骸動甲冑嗎？

由於不清楚他事到如今刻意裝腔作勢宣揚的用意，我內心十分不解。

「佐藤先生，怎麼了嗎？」

或許是表現在態度上了，賽拉用擔心的表情詢問我。

「沒事，只是聽見那邊在說『聖骸動甲冑』之類的話題而已。」

「佐藤先生不知道王祖大人傳說中的兩種『聖骸動甲冑』嗎！」

卡麗娜小姐握緊拳頭，情緒激昂地朝我逼近。

既然是王祖的傳說，那麼問王祖(小光)本人應該最準，可是現在要是無視卡麗娜小姐，她肯定會大鬧彆扭。於是我說：「卡麗娜大人知道嗎？」將話題交給了她。

「是的，那當然！」

根據卡麗娜小姐的說法，所謂的聖骸動甲冑，似乎也被稱為「無敵動甲冑」的王祖動力外裝版魔導鎧，以及巨人大小的魔巨人「聖骸巨神」兩種意思。

「那麼，夏洛利克殿下是在說發現了那個聖骸巨神的意思吧。」

原來如此，了解、了解。

雖然是題外話，位於希嘉王國各地的王祖雕像和肖像畫，似乎大部分都是王祖身穿聖骸動甲冑的模樣。

也難怪身為女性的小光會被畫成身高三公尺的魁梧男性了。

「這麼一來就算不依靠莫名其妙的勇者，我國也得到討伐魔王的力量了！」

王子如此宣言的聲音傳了過來。

他或許打算貶低現代沙珈帝國的勇者，但由於希嘉王國建國的王祖大和也是勇者，有不少貴族對王子的發言皺起眉頭。

畢竟以國王和宰相為首，希嘉王國喜歡王祖大人的人非常多嘛。

◆

「演講似乎也結束了，我們看準殿下離席的時機離開吧。」

「——佐藤先生。」

潔娜小姐拉住我的袖子，於是我朝她指著的大廳方向看去。

接著發現王子正帶著一群千金和淑女往我們的方向走來。

麻煩的是，從這個陽臺返回大廳的出入口只有正面的玻璃門。

「哎呀，殿下真是的——您怎麼了嗎？」

受人吹捧而心情大好的王子在見到我之後表情變得險惡，接著發現跟我在一起的賽拉之後又變得更加凶狠。

——呃。

王子瞪著我並朝這裡走來。

面對他氣勢洶洶的模樣，卡麗娜小姐害怕地躲進我的背後，潔娜小姐像是要保護我一樣站在我前面，賽拉則像個淑女一樣挽住了我的手臂。

若是其他人的角度看來，感覺自己就像個受女人歡迎的廢柴男似的。

話說回來，卡麗娜小姐。要躲在我背後或抓住我的衣服倒是無所謂，請妳不要把那對凶器一般的胸部壓在我身上，我的注意力會被吸引過去。

「原來你躲在這種地方嗎——」

王子語帶嘲諷地對我說。

儘管覺得背上的觸感很可惜，我還是往前走了幾步擋在潔娜小姐面前。

我倒是無所謂，但潔娜小姐要是得罪了王子，各方面都會很麻煩。

「暴發戶被人擁戴成弒魔王者，想必你很得意吧？」

雖然我並沒有那個打算，在他看來似乎是那樣。

「夏洛利克大人，這裡就該讓他見識真正劍士的實力。讓他知道自己的身分，也是貴族的義務不是嗎？」

站在王子身旁的聖女候補說出多餘的話。

「有趣。」

你看，這下王子不也有那種想法了嗎？

「我不足以擔任殿下的對手，請您把力量用在守護希嘉王國上。」

「哼，看來你也多少會說些合乎身分的話嘛。」

太好了，他好像願意收手。

「真是個笨蛋呢。」

「——是妳啊，赫密娜。」

突然挑釁王子的人，是希嘉八劍的「槍聖」赫密娜小姐。

「堂堂希嘉八劍居然對殿下不敬，實在難以容忍。」

「給我住口，小丫頭。」

赫密娜小姐瞪了一眼，就讓站在王子身旁插嘴的聖女候補閉上了嘴。

「光是哄騙我妹妹還不夠，這次居然要對那種小孩子下手嗎？」

「過去的事就別再提了，那件事我已經和基里克伯爵和解了。」

赫密娜小姐用鼻子哼了一聲。

「我才不是小孩子！妳才應該為向殿下不敬的事情謝罪！」

聖女候補向赫密娜小姐抗議。

我腦中浮現小型犬向軍犬不斷吠叫的畫面。

「不敬？因為他是笨蛋，我才這麼說喔。」

王子瞪視著赫密娜小姐。

「妳到底在說什麼？」

「我在說佐藤的事。你連自己被他婉拒了都不知道，真是可憐。」

「佐藤？」

「啊啊，真是的！就是說潘德拉剛子爵啦！那孩子跟我們希嘉八劍連續交手過後，還跟祖雷堡大人打得不分上下喔。」

「——妳說什麼？」

感覺情況不太對勁，我拉起賽拉她們的手打算悄悄離開現場。

「**原本是希嘉八劍**的你根本沒資格當他的對——喂，別逃走啦！真是的！遇到麻煩事就想逃避是你的壞習慣喔！」

不愧是現役希嘉八劍，立刻就發現並抓住了我的領子。

「給我到院子來，我會撕下你的假面具。」

王子氣勢洶洶地跨過陽臺跳到院子裡。

我不能就這樣直接離開嗎？

「佐藤，你被指名了喔。」

赫密娜小姐不懷好意地笑著用下頷指了指從院子抬頭往上看的王子。

「如果要挑釁，請您用自己的名義做。」

「要是由我來，他可是會找理由推託喔。」

「就算是這樣——」

「好啦、好啦，要是贏了王子，我會陪你到早上。」

「請別捉弄我。」

要是卡麗娜小姐、潔娜小姐和賽拉把這句玩笑話當真該怎麼辦。

我悄悄往身旁一看，只見潔娜小姐眼眶泛著淚，卡麗娜小姐和賽拉也露出不安的表情。

「喂！別讓殿下等你！」

當我為了讓三人安心打算轉身的時候，被一名看似王子跟班的年輕貴族開口抱怨。

沒辦法，今晚就放水放到底吧。

我向三人露出微笑，同時從陽臺上跳了下去。

「居然敢讓我等啊？」

傭人們匆匆忙忙地將放在院子裡的椅子和桌子收起來。

增加他們的工作真是抱歉。

「你的武器呢？」

王子看著我的腰際皺起眉頭。

他從隨從手上接過一把跟他身高差不多的大劍拔了出來。嗯，是把不錯的魔劍。大概比王都很受歡迎的「英傑劍」還要高級吧。

「身為武家之人卻不攜帶任何武器，成何體統。」

「殿下，我是文官。」

畢竟我是觀光大臣，不是武官。

「潘德拉剛卿，用這個吧！」

聚集在庭院的觀眾中，有人朝我扔了一把武器。

「可惡的凱爾登。我明明那麼照顧他，忘恩負義的男人。」

王子忿忿不平地小聲說。

看來把劍借給我的好像是擔任軍務大臣的凱爾登侯爵。

這把武器是一把護身用的細劍。根據AR顯示，雖然不是魔劍，卻是一把用祕銀合金製成的稀有品。

大概是矮人自治領杜哈爾老先生的高徒鍛造出來的吧。

「是不是需要裁判呢？」

一名紳士這麼說著走了出來。

「是立頓伯爵啊。你不是說過自己討厭血腥的決鬥嗎？」

「是的，我很討厭。不過，今晚是高手對決，不可能會發生血腥事件。」

立頓伯爵這麼說，將視線從王子那裡轉到我身上。

他是在王都社交界擁有極大影響力的艾瑪‧立頓伯爵夫人的丈夫。如果我沒記錯，他是個擔任外交大臣支撐國家的人物。

「這場比賽將在王祖大人制定的規則下進行，由失去武器或者綁在額頭上的布被打掉的人落敗。」

我將傭人拿來類似頭巾的布綁在額頭上。

「雙方請移動到對決位置。」

接著移動到距離王子十公尺左右的地方。

王子幹勁十足，大劍上覆蓋著類似燃燒中火焰的魔刃。戰鬥前的準備是被默許的嗎？他身上的聖骸動甲冑也提升了輸出，透過好幾種支援機能強化了王子。

另外，或許是以為不會被發現吧，聖女候補也躲在親信們的背後對王子施加了支援魔法。注意到這件事的賽拉本來打算進行對抗，但我用手勢告訴她沒這個必要。

「那麼決鬥開始。期待兩位進行一場能讓王祖大人引以為傲的戰鬥。」

裁判這麼宣言之後就離開決鬥區域。

與此同時，神官和魔法使們用結界覆蓋住決鬥區域。還真是無微不至呢。

我用瞬動閃過王子在開始信號發出的同時衝過來發動的攻擊。

「你在看哪裡！」

——呃，好快。

接著用細劍架開王子用比我預期更快的速度使出的連擊。

不妙呢。王子身上的聖骸動甲冑性能似乎比我預料得更好。每當承受他那魔力如同熱水般不斷流出的攻擊，張設在細劍上的魔刃就會被打碎。

實在沒辦法，我用「魔刃裝劍」技能代替了魔刃。這是在跟原本擔任希嘉八劍的葛延先生比試時學會、讓魔刃多層化的技巧。

「我可不允許你隨便輸掉喔！讓我好好享受一下吧！」

王子以猛烈的氣勢攻了過來。

我避開王子帶著殺意的攻擊，並打算以些微的差距輸掉。

畢竟如果不小心打贏他，王子絕對會糾纏不休。

「怎麼了，小子！『弒魔王者』是四處逃竄就能得到的稱號嗎！」

在我一邊專心閃避一邊決定方針的時候，王子針對我不攻擊的事開口諷刺。

再這樣下去會被發現我在放水，還是隨便攻擊幾下增加緊張感吧。

「──唔哦！」

唉呀，真危險。

明明刻意用勉強能躲開的方式攻擊，王子卻沒能躲開，差點被細劍的劍尖刺中眼睛。

還是別攻擊臉部吧。縱然這麼做最適合增加緊張感，卻有可能因為王子的低級失誤而造成致命傷。

我留意這方面，開始巧妙地和王子展開交鋒。

看著一進一退的攻防，觀眾也顯得很滿足。

「穿了聖骸動甲冑居然還壓制不住！」

怒火中燒的王子終於使出必殺技。

「瞬動——櫻花一閃！」

王子挖刨地面踏出步伐，施展突進系的必殺技。

剛好是能夠假裝打得不相上下的機會，於是我配合王子使出同樣的必殺技應對。

——真厲害。

魔刃裝劍的多層化魔刃被打碎到只剩一層。

雖說當作基底的細劍魔力傳導率很差，仍舊超出了我的預料。

「多麼驚人的決鬥啊！」

「這就是希嘉八劍次席的夏洛利克殿下和弒魔王者的決鬥嗎！」

或許是見到華麗必殺技互相碰撞的緣故，觀眾鼓譟起來。

「快看！殿下的魔刃產生動搖了！」

「一定是魔劍受到損傷了。」

糟糕，對王子的劍造成傷害了。

明明刻意放水以避免傷害累積，但好像還是失手了。

「潘德拉剛卿還是技高一籌嗎？」

「果然比起討伐上級魔族，還是打敗魔王的人更厲害呢。」

喂，觀眾。別說多餘的話。

這下不是讓王子的心情變得更糟了嗎？

原本他就像在用殺父仇人的方式瞪著我，現在更是抓狂到彷彿能看見憤怒的火焰一樣。

「手下留情的時間結束了。」

王子好像說了什麼。

「就讓你了解人類之身的極限吧！」

他身上的聖骸動甲冑胸口搖曳著彩色的光芒。

原本以為他會使用打倒中級魔族的沒常識攻擊而做了準備，然而就算是王子，似乎也不是什麼都沒有想過。

只見彩色光芒流動到聖骸動甲冑外側的浮雕上，並逐漸被吸進內側。

原來如此，要進行特殊的身體強化啊？根據AR顯示，效果是「物理攻擊力提升百分之三百」，足以和聖留市地下迷宮交戰過的漆黑上級魔族使用的身體強化相提並論。

「為自己的愚昧後悔吧！」

王子的身影消失了。

——察覺危機。

接著王子從我的左側現身，用連續系的必殺技「櫻花亂舞」發動攻擊。

怒濤般的攻擊向我襲來。

不妙，這樣下去借來的細劍會受損。

我全力接下王子的猛攻，這個提升幅度似乎跟禁忌的加速藥差不多。

不過，由於王子的動態視力因為強化而有所提升的緣故，他能全力閃過我的牽制攻擊，才好不容易避免讓細劍受到損傷。

——來了！絕佳的機會！

我把握住千載難逢的機會，成功讓王子打飛我手中的細劍。

真是完美。這下細劍不會受損，同時我也不會受傷，我認為是最好的結果。

「我認輸了。」

失去武器的我已經確定敗北——本該如此，王子卻沒有停手，依然不斷地進行攻擊。

「勝利者是夏洛利克殿下！」

就算裁判宣布結果，王子也沒有停下攻擊。

「殿下！請收起劍！已經分出勝負了！」

「少囉嗦！」

就算裁判阻止，王子依然怒氣沖沖地攻擊我。

這是不擊中我一次就不肯罷休的意思嗎？

沒辦法，就承受他一次攻擊吧。

我假裝被腳下的草絆倒、失去平衡，巧妙地誘導自己被王子打中。

接著配合攻擊命中的瞬間發動範圍限定的盾手環，一邊踩踏地面削減威力一邊誇張地假裝自己被打飛出去。由於盾手環的障壁碰到對方的劍，我想應該會留下砍中東西的手感。我真是做了件完美的工作。

「哼，真是丟臉呢。」

氣喘吁吁的王子得意地大聲說。

「真是厲害！不愧是夏洛利克殿下！」

聖女候補衝到王子身邊稱讚他。

請妳繼續努力讓他的心情好轉吧。

「佐藤！」

「佐藤先生！」

卡麗娜小姐和潔娜小姐跳下陽臺跑向我。

陽臺上沒有賽拉的身影，她似乎從樓梯趕了過來。

「哦？讓你當小子的女人太可惜了。」

不妙，王子講出危險的話。

「我好像沒見過妳呢。」

王子抓住卡麗娜小姐的手臂強硬地讓她轉過身去。

「放、放開我！」

『卡麗娜大人！』

——啊！

拉卡的守護對卡麗娜小姐的拒絕起了反應，阻止了王子的手。

王子的聖骸動甲冑障壁和拉卡的障壁互相干涉，迸發出強烈的火花和閃光。

「……是孚魯帝國的遺物嗎？沒想到居然還有其他的啊。」

王子這麼說，和卡麗娜小姐拉開距離。

「女人，我允許妳報上名來。」

「咦，那個……」

「連自報姓名都做不到嗎！」

突然被這麼要求導致沒反應過來的卡麗娜小姐遭到王子斥責。

「殿下，對淑女擺出這種態度，讓人實在不敢恭維。」

賽拉走到王子和卡麗娜小姐之間。

「是琳格蘭蒂的妹妹啊。好久不見了。雖然比不上妳姊姊，似乎還是挺有用的。假如想回到我麾下，我可以接受喔。」

王子踩到了賽拉的地雷。

因為她一直對琳格蘭蒂小姐懷著自卑的情感。

「請容我拒絕。況且我從未加入過殿下的麾下。」

賽拉用尖銳的語氣乾脆地拒絕。

「琳格蘭蒂也是，妳們歐尤果克的女人都是這樣！」

大概沒料到會被拒絕，王子大發雷霆。

他開始向聖骸動甲冑注入魔力。

喂喂喂，你這個全副武裝的男人該不會想對赤手空拳的少女揮拳吧？

以王子的個性，無法肯定他一定不會做出這種草率的行為，於是我為了吸引他的注意，發出「嘿咻」的聲音站了起來。

「佐藤先生，你沒事吧？」

「是的，好像暫時昏過去了。」

儘管毫髮無傷，我還是這麼說著場面話。

「居然無傷嗎？」

「真不愧是『不見傷』潘德拉剛啊。」

「就算承受身穿聖骸動甲冑的殿下猛攻，也依舊毫髮無傷呢。」

觀眾們說著多餘的話，蓋過了王子的喃喃自語。

「小子！你是故意讓我贏的嗎！」

王子露出憤怒的表情激動地說。

看來放水的事被發現了。

「沒那回事。我是因為殿下強烈的一擊失去了意識——」

「愚弄我也該適可而止！」

雖然想設法打圓場，面對根本不聽人說話的對象，「說服」技能和「解釋」技能的效果都很有限。

「要是手上有光之劍，像你這種傢伙一開始就能幹掉。」

「沒錯，就是這樣！只要殿下擁有相襯的聖劍，就沒有任何人能夠阻擋您了！」

王子再次說出丟臉的發言，聖女候補肯定了他。

當我煩惱該如何解決這件事時，觀眾裡有人發出聲響拍起手來。人們的視線聚集了過去，拍手的是晚會主辦人比斯塔爾公爵。

「殿下的劍技真是美妙，實在大飽眼福。今晚請務必將您發現聖骸動甲冑的冒險故事告訴老夫。」

「哼，好吧。今晚就賣卿家一個面子。」

在比斯塔爾的居中調解下，餘興節目就此結束。

「來吧，殿下。大家都在等待殿下您講述英雄故事喔。」

「別著急，比斯塔爾公。」

縱使王子好像還有話想說，仍然在比斯塔爾公爵的催促下離開宴會廳。

因為已經受夠麻煩事了，我們也早早離開晚會會場。

聖騎士團

「我是佐藤。原以為美甲藝術只會流行一陣子就消失，卻在不知不覺間澈底變成時尚流行的一環鞏固了地位。我雖然從來沒做過美甲，最近好像也有男性用的款式呢。」

晚會隔天，為了順便轉換心情，我拜訪了聖騎士團的駐紮地。

除了平時的成員，還加上潔娜小姐、卡麗娜小姐和賽拉三人，一大群人前去叨擾。

「居合拔刀，『魔刃旋風』喲！」

「——太天真了！」

鬥技場裡，打頭陣的波奇和希嘉八劍的「雜草」海姆先生正在對戰。

海姆先生用反擊系的必殺技招架了波奇的必殺技。

然而波奇依然穩住陣腳，改成使用突進系的「魔刃突貫」衝向海姆先生。

「嘿呀————喲！」

「哼！」

或許判斷躲不開，海姆先生強硬地向下揮劍擊落波奇的劍尖。

「真不像海姆老爺的作風呢。」

「是這樣嗎？那種粗暴的劍法不是跟往常一樣嗎？」

希嘉八劍的「割草」盧歐娜女士和「槍聖」赫密娜小姐正在我附近交談。

「看得出來嗎，佐藤？」

「是的，有些強硬呢。」

強硬地擊落波奇的招式時，海姆先生的劍似乎出現了裂痕。

明明就連我的順風耳技能都只能聽到些微的聲音，真虧盧歐娜女士能夠察覺到。是所謂野性的直覺嗎？

「哦～真不愧是你。比起這個，好像分出勝負了喔。」

在波奇的自爆下，對戰由海姆先生驚險拿下勝利。雖說今天關閉了白銀鎧的支援技能，居然能跟比自己高超過十級的波奇打得有來有往，真不愧是希嘉八劍。

海姆先生稱讚波奇的成長，同時要她注意導致自爆的不小心。

「輪到我們了。能請你當我的對手嗎？」

「喂！赫密娜，妳太狡猾了！先讓我來！」

赫密娜小姐和盧歐娜女士開始爭論起先後順序。

「那麼，在妳們決定好之前，就由在下來當潘德拉剛子爵的對手吧。」

新來的希嘉八劍「風刃」包延先生自告奮勇地說。

順帶一提，希嘉八劍首席祖雷堡先生、「聖盾」雷拉斯先生以及「紅色貴公子」傑利爾先生三人前去參加王城的警備工作，因此並不在這裡。人選似乎是用是否適合保護重要人物來挑選。

「給我等一下！包延！」

「想丟下我們偷跑，你還早十年呢！」

兩人把矛頭轉到包延先生身上。

「真是受歡迎呢，佐藤先生。」

「受歡迎的是莉薩和娜娜喔。」

我訂正賽拉說的話。

從剛剛開始，莉薩和娜娜就在海姆先生對戰的鬥技場另一端以打敗一百人的氣勢和聖騎士們交手。

受到海獅孩子們聲援的娜娜情緒十分亢奮，有點擔心她會不會拚過頭。

「請、請問！能夠請諸位指點我們嗎？」

在近距離觀戰的潔娜小姐向三位希嘉八劍這麼說。

所謂的我們，應該是指潔娜小姐和卡麗娜小姐吧。

「嗄？指導兩位小姐——佐藤，這兩個孩子能打嗎？」

「這個嘛，如果對手是魔物，我認為她們的實力應該跟聖騎士們差不多。」

光看等級，潔娜小姐和卡麗娜小姐比大多數的聖騎士要來得高。如果是一對一戰鬥，我認為沒那麼容易落敗。

「哦～既然如此，就稍微玩一下吧。從耐打的先來。」

「由我先開始吧！」

「那麼，這位小姐的對手就由在下負責。」

「請多指教！」

幹勁十足的卡麗娜小姐向盧歐娜女士發起挑戰，包延先生則擔任緊張不已的潔娜小姐的對手。

「就是這樣，所以第一個對手是我喔。」

而我似乎要跟坐收漁翁之利的赫密娜小姐交手。

亞里沙和蜜雅則跟賽拉一起負責治療受傷的人。順帶一提，小玉和白色幼龍溜溜一起縮在日曬良好的觀眾席上睡著午覺。

◆

「——真是令人難以置信。又不是弓箭，居然能將子彈全部擊落，你的動態視力到底有多好啊？」

對戰結束後，赫密娜小姐抱怨起來。

因為今天赫密娜小姐使用雙槍採取格鬥戰，我便趁機累積砍子彈的經驗。

「請問，赫密娜大人。可以教我使用槍枝進行格鬥戰的技巧嗎？」

「女僕妹子也有興趣？那麼我就教妳吧。妳有手槍嗎？」

「是的，我有主人給的魔法槍。」

露露似乎對赫密娜小姐的雙槍格鬥術有興趣。

擅長長距離狙擊的狙擊手露露要是掌握護身術之外的格鬥技巧，究竟會發生什麼事呢？她的未來發展有點令人畏懼。

「怎麼啦、怎麼啦，已經結束了嗎？」

「卡麗娜，Fight～」

「卡麗娜！不要**氣放**喲！」

——LYURYU。

見到卡麗娜小姐被盧歐娜女士擊倒，小玉、波奇和溜溜開口發出聲援。

在我進行對戰的時候，午睡組似乎也醒過來了。順帶一提，溜溜的存在雖然讓聖騎士們嚇了一跳，他們似乎沒把牠當成真正的龍，而是視為與龍有著相似外表的亞龍來看待。

「還沒結束呢！」

受到激勵的卡麗娜小姐站了起來。

「有骨氣。這樣才有鍛鍊的價值。」

盧歐娜女士看著無論被打倒多少次都能站起來的卡麗娜小姐，露出滿足的笑容。

「就是這樣！只要配合揮劍施展風魔法，就能引誘對手大意喔！」

「是！包延老師！」

可能是包延先生很適合當老師吧，潔娜小姐用劍進行中距離戰的技巧越來越熟練了。儘管潔娜小姐基本上都使用魔法作戰，劍術水準也跟一般士兵差不多。

「我回來了～」

負責治療和照顧傷患的亞里沙和蜜雅回到這裡。

「佐藤。」

蜜雅朝我抱了過來，於是我接住她並摸了摸她的頭。

「歡迎回來。另一邊已經沒事了嗎？」

「賽拉一個人就夠了。」

「嗯，大受歡迎。」

賽拉面前的人排成了一條隊伍。

被莉薩和娜娜擊敗的聖騎士們正帶著沒出息的笑容前去接受治療。

「而且，聖騎士自己就能治療輕傷，根本不需要應急處理啊。」

「啊啊，這麼說來的確是呢。」

畢竟所有聖騎士都會用光魔法，而且簡單的治療魔法更是經常受傷的軍人的必修項目。

只有受到重傷時，騎士團附屬的神官才有機會出場。

「——呃。」

亞里沙看著鬥技場入口，表情變得僵硬。

昨天遭到我放水的夏洛利克第三王子的身影出現在那裡。

「我稍微過去一趟。」

畢竟賽拉還在入口附近治療傷患嘛。

◆

「為何區區亞人會出現在榮耀的聖騎士團駐紮地？」

在鬥技場入口附近的王子並未如同我所擔心的糾纏賽拉，而是找起莉薩的麻煩。

王子大概信奉人族至上主義，因此將「亞人」這種表示人族之外種族的詞彙當成蔑稱來使用。

「我從祖雷堡大人那裡得到了隨時都能造訪駐紮地的許可。」

「誰准妳直接回答了！區區平民少得意忘形！」

莉薩表示自己得到了正式許可才會在這裡，卻換來王子的一頓責罵。

在他訴諸暴力之前，我介入兩人之間。

「殿下，她不是平民。而是國王陛下授予名譽女爵地位的貴族。」

「你也在嗎——正好，這次我會全力以赴把你擊潰。」

王子這麼說，拔出一把美麗的劍。

——聖劍光之劍。

不過，他手上的那把是我製作的複製品，真正的聖劍在前往西方諸國掃墓的小光手上。

見到偽光之劍，聖騎士們之間起了一陣騷動。

「只要護國聖劍光之劍在我手上，你就沒有任何勝算。」

王子擺出堂堂正正的態度，用傲慢的態度說出自己要依靠武器這種沒出息的話。

順帶一提，王子手上的是第二代的偽光之劍，是我在製作越後屋商會販售的飛天紅劍時一時興起製作的東西。與第一代不同能夠飛起，魔力也不會分散。雖然跟真品不同，無法分裂成十三把劍就是了。

「殿下，局外人請別在聖騎士團的駐紮地進行私鬥。」

待在附近的海姆先生前來制止王子的蠻橫舉動。

「居然說我是局外人——提爾巴。」

被當成局外人的王子激動起來，呼喚護衛提爾巴的名字。

穿著動甲冑的提爾巴和他肥胖的外表不同，動作迅速地揮劍砍向海姆先生。

海姆先生立刻做出反應，用魔劍擋下了提爾巴的雙劍。

——啊！

海姆先生的魔劍發出「鏗」的一聲斷開，提爾巴的雙劍擦過海姆先生的身體。

在和波奇的戰鬥中受損的魔劍，似乎無法抵擋動甲冑的力量。

「給我退下，雜草。」

王子用高高在上的語氣發出命令。

「要退下的人是你，夏洛利克殿下。」

「還是說你不惜跟四名希嘉八劍交手也要一意孤行呢？」

赫密娜小姐和盧歐娜女士挑釁王子。

連忙趕過來的包延先生也露出一副暗自喜悅的表情說：「在下也是嗎？在下還是第一次跟聖劍交手耶？」真是的，希嘉八劍都太好戰了。

雖然想過快點接受王子的決鬥並重現昨天的情況，感覺會被盧歐娜女士之類的人看出我在放水的事。

而且，這齣鬧劇也很快就會結束。

「——殿下！」

宏亮的聲音響徹整座鬥技場。

這個聲音是希嘉八劍的首席祖雷堡先生。「紅色貴公子」傑利爾先生也在他身旁。

「聖盾」雷拉斯先生則理所當然地不在這裡，畢竟必須有人保護國王嘛。

「未經陛下允許就從王國的寶物庫拿出聖劍，這可是不可饒恕的行為！」

原來是擅自拿出來的嗎？真是個令人困擾的王子。

「光之劍是我的聖劍——《起舞吧》光之劍！」

王子向偽光之劍注入魔力，使它浮在空中。

嗯，我做得還不錯嘛。

「能夠像這樣使用光之劍，就是我被光之劍認同是正統使用者的證據！」

雖然王子這麼主張，我製作的偽光之劍跟神授的聖劍不同，沒有設定繼承者的功能。只要戴上與其成對的手環，任何人都能使用。

「您未經允許拿出聖劍是不爭的事實。陛下很生氣，請您立刻前往王城進行解釋吧。」

祖雷堡先生和王子互相瞪視。

不知道是無法忽視國王，還是因為敗給了祖雷堡先生那充滿不退讓決心的眼神，王子高高在上地說：「今天就給你個面子。」便轉身離開了。

託祖雷堡先生的福避免了一樁麻煩事。

「難得過來轉換心情，卻因為王子的關係全泡湯了。」

我摸了摸聳著肩的亞里沙的頭，趁王子調頭回來之前離開駐紮地。

◆

「——延期？」

隔天我變身成庫羅的模樣，前往越後屋商會進行穆諾領移民計畫的最終討論時，收到了移民計畫將會延期的報告。

「發生什麼問題了嗎？」

「其實是因為據說失蹤的夏洛利克殿下他——」

根據掌櫃的說法，由於要搬運第三王子發現的巨人尺寸聖骸動甲冑——聖骸巨神，而動員了所有大型飛空艇。為了優先執行那方面的事務，移民計畫才會延期。

這麼說來，王子好像曾在之前的晚會上發表過發現那種東西的演講。

「知道了。照顧那些等待移民人員的事就交給妳們了。」

「明白了。我已經安排他們住進越後屋商會準備的長屋，並介紹了能在今後開拓生活派上用場的日薪工作。」

真不愧是掌櫃，準備得真周到呢。

「移民地點的開拓地已經整理好了。一旦大型飛空艇準備完成就直接開始移民吧，不必等我的命令。」

「不愧是庫羅大人，真是太厲害了！」

掌櫃和蒂法麗莎立刻開口稱讚我，不過那些新成為幹部候補的孩子們——

「……什麼時候完成的？」

「因、因為上個月才收到沒有任何進展的報告啊。」

——驚訝地說出這種話。

聽她們這麼說，老練的幹部女孩們露出一副了然於心的表情說：「要是對庫羅大人做的每件事都感到驚訝，身體會受不了喔？」這樣提出忠告。嗯，希望她們能努力習慣。

「庫羅大人，列瑟烏伯爵發了通知過來。」

簡單來說就是「把我的領民還來」這種不要臉的要求。

捨棄居住地的權利在希嘉王國受到了王國法的保障，因此他的要求沒有正當性。

順帶一提，「移動居住地的自由」和「選擇職業的自由」似乎都是在王祖大和的強烈要求下實現的。

「不需要搭理他。這個移民計畫不僅得到國王陛下的認可，宰相大人也在背後支持。」

「嗯嗯，妳們隨便打發一下吧。」

畢竟要是直接拒絕，對方可能會做些多餘的事。

「庫羅大人，這是新商品的目錄，請您過目。」

我接過蒂法麗莎遞過來的文件加以確認。

葵少年提議的幾項魔法道具版家電，好像已經迅速實用化了。

「我打算將這些道具送給潘德拉剛子爵，請問您意下如何？」

「給那小子——原來如此，妳們打算用那小子來打廣告嗎？好吧，我准了。」

雖然瞬間感到疑惑，我立刻察覺掌櫃的意圖並給出許可。

要是從誤解起頭的「弒魔王者」的人氣能夠用來打廣告，那就儘管用吧。

而且我對感覺很方便的家電也有興趣。

「吶吶吶，庫羅大人。」

騎著石狼的幹部女孩魯娜從身後向我搭話，我回頭一看，眼前是魯娜一副把妝畫得亂七八糟的模樣。

我憑藉無表情技能老師忍住笑意，並開口詢問魯娜：

「妳在假扮成什麼嗎？」

「才不是假扮啦！這是果庫茲商會販賣的『化妝』用品啦！」

魯娜說著：「鏘鏘～」從魔法背包裡拿出化妝品和美容用具給我看。

每一樣幾乎都是用魔法道具形式重現的現代日本美容用具。

「這些化妝品和以往的不同嗎？」

「嗯，非常方便喔。」

除此之外，似乎還有販賣假睫毛和假指甲之類的東西。

「庫羅大人，你看這個。這是在赤崎美甲店做的喔。」

魯娜舉起同事的手，讓我欣賞用美甲藝術裝飾得很漂亮的指甲。

這麼說來，我從來沒碰過這方面的東西呢。

——等一下。

「說起赤崎——」

「是的，她跟葵一樣來自『勇者之國』。」

唯．赤崎是個原本擔任偶像，從其他世界的日本——南日本聯邦被召喚到盧莫克王國的少女，目前正和發福的未婚夫少年一起在老家果庫茲商會工作。

她似乎也跟葵少年一樣，在異世界創造了自己的道路。

「越後屋商會也要做同樣的業務嗎？」

因為不想破壞同鄉孩子的努力，我吩咐掌櫃們暫時觀察情況。

等到他們確保先行者利益時，其他商會應該也會效仿，等到這個業務脫離短暫的熱潮之後再加入就行了。畢竟感覺美甲在希嘉王國應該會很流行。

「掌櫃，我想測試實驗性製作的劍，希嘉八劍中有會使用大劍的人嗎？」

「以前的話有葛延大人在，不過現在應該只剩下『雜草』海姆大人而已。」

「那麼，把這個交給那個叫海姆的傢伙。記得向他打聽使用感想和改良點。」

我誘導掌櫃做出回答，創造出把魔劍交給海姆先生的藉口。

儘管不算補償，他的劍會折斷是因為和波奇戰鬥產生裂痕的關係，也是替我擋下麻煩事的結果，所以我想送把劍給他作為代替。

「我能看一下這把劍嗎？」

我同意興致勃勃的掌櫃和幹部女孩們的要求。

她們不愧是曾經擔任探索者的人，果然很喜歡魔劍之類的東西呢。

「這個難不成——」

「好厲害！是真鋼製成的劍！這個光澤絕對不會有錯！」

「好漂亮的劍，而且看起來好強。」

「不妙！這個超讚的！」

海姆專用魔劍是模仿聖劍迪朗達爾製作的大劍，只要唸出「永遠之刃」這個關鍵字就能恢復鋒利度。

與真正的聖劍不同，雖然劍刃缺損還有辦法恢復，斷掉的話就不管怎麼做都無法復原。

由於這把魔劍是用真鋼製成，堅固程度可以掛保證。

「那麼就拜託妳了。」

「好的。」

將魔劍交給掌櫃後，我前往研究所從博士那裡取得研究成果，順便提供追加的設備和材料給他們。

◆

「哦～這裡就是美甲店？沒想到異世界居然會開美甲店呢。」

由於越後屋商會的事情上午就處理完了，因此午後我邀請大家一同前往唯經營的赤崎美甲店。

因為引起騷動會很麻煩，我和莉薩正戴著太陽眼鏡和假髮進行變裝。

「妮爾在這裡～？」

「咦？小玉老師——也就是說你是少爺嗎！好久不見了！」

小玉滑溜地鑽進店裡，找到在越後屋商店工作的紅髮少女妮爾。

跟妮爾聊了一會兒後，店員前來招呼我們。

「是初次體驗的客人嗎？我是店長——咦，佐藤先生！好開心！你來看我了嗎？」

這位看起來像店員的，正是店長唯。

就算用太陽眼鏡和假髮進行變裝，對熟人似乎還是沒什麼用。

「這不是唯嗎！居然當上了店長，出人頭地了呢！」

「嘿嘿嘿～在達令的贊助下開了店，在那之後客人就一直源源不絕呢！」

聽到亞里沙的稱讚，唯露出有些害羞的表情，自豪地挺起胸膛。

「妳很努力呢。」

「嗯，因為不能輸給葵嘛！」

努力的孩子會讓人想支持呢。

「今天因為聽到美甲店的傳聞，才帶我家的孩子和朋友們過來。」

「唔哇～謝謝你！今天預約的人很少，所以馬上就能開始做喔！這裡準備了樣本，你們先選好吧！佐藤先生也要試試看嗎？」

「不，我就不必了，請妳去應付其他孩子們。」

雖然日本也有男性會做美甲，我的工作經常會過度使用手指，所以還是樸素點比較好。

「唔哇～種類比想像中還要多耶。不覺得這種很適合露露嗎？」

「不行啦，亞里沙。我不適合這麼華麗的風格。」

「才沒那回事！像小姐妳這麼漂亮的人，無論做哪種美甲都很適合！我這個店長會幫妳做得很漂亮，交給我吧！」

唯和亞里沙針對露露的美甲熱烈地討論起來。

「波奇要貓先生和狗先生的就好喲！」

「小玉覺得狗先生和貓先生比較好～？」

小玉和波奇似乎想要畫上樸素的單一圖樣。

「卡麗娜也要做一樣的喲！」

「做一樣的～？」

「咦咦？我也要？」

儘管對卡麗娜小姐來說感覺可能有點太幼稚了，但是有店員在一旁給建議，我想應該沒問題。

「莉薩，妳覺得這種感覺如何？」

「是的，我認為很適合潔娜大人。」

「不是啦，這是要弄在莉薩指甲上的。」

「是、是我要做嗎？」

照這個感覺看來，莉薩和潔娜小姐似乎會一起做相同款式的時髦美甲。

「娜娜，這個可愛。」

「娜娜，這個也好可愛。」

「將實行幼生體推薦的款式，我這麼告知道。店員，請幫我做美甲。」

娜娜和海獅孩子們正在一起挑選美甲款式。

雖然海獅孩子們的指甲和人族有很大的區別，似乎會好好配合指甲的形狀來做。

「維兔覺得這種比較好，我這麼主張道。」

「特麗雅啊！特麗雅覺得這邊的比較可愛！」

「妳們幾個，要吵的話去外面吵。」

娜娜的姊妹們一邊挨長女愛汀的罵，一邊熱熱鬧鬧地挑選美甲。

「蜜雅大人的藤蔓花紋真漂亮。」

「嗯，賽拉也是。」

賽拉似乎選擇了特尼奧神的聖印。

由於這次我帶來的人數很多，店裡所有員工加上店長唯全部一起出動來接待了。

「呼，真是累人。佐藤先生也等到累了吧？」

施術結束後，唯從包廂裡走出來。

在安定劑乾燥為止的照料，似乎由使用生活魔法的助手來負責。

「沒那回事。比起這個，我有些事想向妳打聽——」

我向她詢問了北日本人民共和國的事。

因為在要塞都市阿卡緹雅詛咒了大魔女的惡魔召喚師佐馬姆多密的據點裡，我在那裡發現了由北日本人民共和國製造的藥瓶。

「北日本人民共和國是由第二次世界大戰後被**蘇瓦埃帝國**占領，由東東京以北構成的軍事獨裁國家。是叫做一黨專制嗎？是個不斷有人餓死，感覺很不妙的地方。」

感覺很像出現在虛構戰記故事裡的國家。

「我曾經聽過妙思諾基藥廠這個名稱，但詳情就不太清楚了。傳聞中是個會製造毒氣和間諜專用毒藥的地方。班上角落有些同學會聊到，好像說在戰爭電影或間諜小說裡面非常受歡迎之類的？」

我還順便詢問關於妙思諾基藥廠的事，但她也只知道八卦程度的情報。

「被盧莫克王國召喚的人之中，沒有北日本人民共和國的人嗎？」

「沒有、沒有。葵和梅妮亞公主拿一覽表的時候我也一起看了，沒有看到那種人。」

召喚後立刻就被殺掉的人似乎是從遺物來判斷的。

「啊，第八個人我就不知道了。」

她所說的第八個人是召喚之後立刻就被魔族擄走的人。

據說他們在召喚之後好像立刻遭到魔族襲擊，別說出身國家了，連外貌都無法確定。應該只有黑髮少年這個目擊情報才對。

「不過，為什麼要問這種事情呢？」

「我在旅行途中發現寫有勇者之國文字的瓶子，上面寫的文字——」

「就是北日本人民共和國的妙思諾基藥廠？」

「嗯，我覺得或許跟之前行蹤不明的第八人有關係，所以才問問看。」

「哦～原來如此啊～」

最後的藉口完全是臨時想到的，但不知道是因為詐術技能幫上了忙，還是唯單純不感興趣，她沒提出什麼問題就帶過了。

「啊，好像結束了。」

我順著唯的視線轉頭一看，剛好看到夥伴們從施術包廂裡走了出來。

我向唯道謝，感謝她提供情報，接著朝夥伴們走了過去。

「你看，佐藤先生。」

心情非常好的賽拉將自己做了漂亮美甲的手放在我面前。

她的美甲圖案以聖印為中心，周圍用花朵圍成一圈。

「如何，佐藤先生？」

「非常適合妳喔。」

「佐藤，稱讚我。」

當我稱讚了賽拉的美甲之後，蜜雅也伸出手要求我稱讚她。

接著其他孩子們也為了得到稱讚聚集過來，導致演變成考驗我詞彙量的狀況。

◆

「哎呀？那座塔總覺得在哪裡見過呢。」

在大家看著彼此的美甲走出店外之後，亞里沙抬頭看著附近的高塔說。

「那是位於聖騎士團駐紮地內的瞭望臺喔。」

「哦～原來美甲店開在駐紮地附近啊。」

因為機會難得，亞里沙提議要去炫耀美甲，於是我們便一起朝聖騎士團的駐紮地走去。

儘管賽拉有些擔心，第三王子目前不在那裡，所以能夠放心。

「是海姆大老師喲！」

「哦，是波奇嗎！來得正好，能陪我切磋一下嗎？」

來到聖騎士團的駐紮地後，我們遇見了心情大好的海姆先生。

從他手上拿著眼熟的真鋼製魔劍看來，越後屋商會似乎趁我們在美甲店逗留的時候把東西送過來了。

「好喲！波奇常常戰場喲！」

我想她大概想說常在戰場吧。

「波奇，不可以喔！要是戰鬥的話，好不容易做好的美甲會脫落喔！」

「大～受打擊喲。」

被亞里沙指出這件事的波奇受到打擊。

「對不起喲。」

「這樣啊，那就沒辦法了。」

縱然海姆先生很失望，依然好好地稱讚了波奇的美甲：「很可愛喔。」

因為他是個會關心他人的好人，我便代替波奇稍微跟他切磋了一下。

「難得想過來炫耀一下，沒想到小赫密娜不在啊。」

「妳不是被聖騎士們稱讚過了嗎？」

「是啊～」

因為時間還早，我本來打算帶夥伴們上街閒逛，然而由於「弒魔王者」的熱潮還沒消退，我們便打退堂鼓返回王城的迎賓館。

迎賓館收到了小光的信。

她好像從西方諸國回來了。

幕間：被詛咒的義手

「該死，跟丟實驗對象了！」

「真是個只有逃跑速度快的小鬼啊。」

「藥效還在，他應該沒跑多遠才對，分頭去找吧！」

等到完全聽不見追兵的腳步聲後，在垃圾堆裡的我終於鬆了口氣。

儘管因為放鬆而有點想睡，要放心還太早了。由於在那間該死的地下室被打了藥的緣故，我的意識很模糊。

——思考吧。

想什麼都無所謂，要讓自己的意識保持清醒。

我是隅——不，約翰史密斯。

被一個叫做盧莫克王國的小國家召喚的日本人。

多虧轉移時得到、名叫「埋沒」的樸素稀有技能和善良的公主殿下，我才能從被軟禁的城堡逃走。雖然之後立刻在森林裡差點被螳螂怪物吃掉，多虧得到具有精靈耳朵的沙珈帝國密探幫助，在犧牲一隻手的情況下活了下來。

在那之後我學會這邊的語言，與外表類似黑暗精靈的密探道別後繼續踏上旅程。

幸好我在日本時開始，就一直對異世界的網路小說和漫畫十分著迷。為了有朝一日能前往異世界在記事本上寫下各式各樣的知識，因此我才能用那些情報來賺錢。

儘管智慧型手機裡裝有歷代記事本分量的龐大知識，很快就因為電池沒電而無法使用，在尤魯斯卡喝醉時被偷走了。現在大概在某位收藏家手上吧。這麼說來，一半的記事本好像也在那時候弄丟了。

『哦～這是你想出來的嗎？挺厲害的嘛。』

在聖留市和路邊攤大叔合作宣傳可樂餅的時候，我遇見了莉莉歐。

雖然是個愛裝熟的傢伙，不擅長應付女孩子的我立刻就開始得意忘形，受到了那傢伙的吸引。

縱然路邊攤的大叔慫恿我跟她結婚，但我無法下定決心。

在這個不方便的世界，只有一隻手臂的我沒自信能夠照顧好那傢伙。雖然莉莉歐笑著說自己能代替我的左手，心胸狹窄的我卻無法認同。

『手臂嗎……只要有錢，就能在王都製造義手了吧。』

迷上可樂餅的旅行商人無意間說出的話，宛如天啟般傳進我的耳中。

據說那個義手是魔法道具，能夠像自己的手臂一樣隨意活動。儘管需要的金額多到會讓人傻眼，只要拿賣可樂餅大賺的錢當本金再加上記事本的知識，要賺到這筆錢並非不可能。

我把自己要去王都取得義手的事情告訴莉莉歐，飛也似的離開聖留市。

前往王都的旅程非常麻煩。與長相相同、名字如同代號的七名美女以及美都相遇，一起探索遺跡時也很辛苦，但最累人的還是為了拯救莉莉歐衝進魔物大軍的戰爭中一事。

真佩服我自己居然活得下來。

我在傑茲伯爵領的山裡與美都她們道別，獨自一人抵達王都。

雖然很快就找到目標的義手技師，沒有貴族介紹的我冷淡地遭到了拒絕。

我不死心地繼續糾纏下去，對方卻叫來衛兵，我只能前往平民區的餐廳寄宿，試圖捲土重來。

寄宿的代價是提供料理食譜。我原本打算吸引貪吃鬼貴族，上鉤的貴族卻大有來頭，是這個國家第三王子的下屬，一個名叫索凱爾的貴族。他以介紹信當作條件，引誘我前去探索遺跡。

「義手嗎……」

我舉起**失去的左手**。

這是一隻會讓人想到金屬機器人的手臂，由幾條管道、類似人工肌肉的暗灰色圓筒，以及代替血管且流著白色液體的纖細管子所構成。

遺跡探索在老練探索者亞沙克大叔他們的幫助下成功了，在那之後卻不太正常。他們說要支付報酬後，把我帶到義手技師的屋子裡對我下麻醉。等到清醒時，這隻義手就已經裝在我身上。

這是跟在遺跡深處找到的動力外裝和巨大機器人時一起找到的東西。

這隻義手能夠像自己的手一樣隨意揮動。

如果只是這樣我就算如願以償了，然而——

「唔嗚嗚嗚嗚！」

強烈的疼痛折磨著我的左手。

我就像捏糖人一樣把抓著的鐵管捏扁。

不曉得是神經接得太差，還是這個國家本來就沒有這種技術，這隻手每隔一段時間就會感到疼痛。

儘管現在已經變得能夠控制了，一開始的幾天我似乎痛到失去理智大鬧了一番，把用來關住我的建築物砸毀大半。

根據他們的說法，這好像叫做「聖骸動甲冑的詛咒」。他們為了解開詛咒和測試性能，所以才會挑上我。而選上我的理由，似乎只是因為我本來就只有一隻手，能夠省下為了裝上義手砍斷手臂的力氣罷了。唉，我不僅是個平民，還是個無依無靠的遊民，應該也是理由之一吧。

「差不多可以了吧……」

多虧剛剛的疼痛，藥的效果消失了。

我靠著埋沒技能，在小巷子裡的陰影之間移動。

我總算來到認識的平民區附近。可是，返回寄宿的地點是步壞棋。我回收為了以防萬一藏在巷子裡的錢，打算在風頭過去之前躲在迷宮都市附近。

「找到了！是實驗體！」

此時身穿白衣的追兵出現。

我立刻朝右轉身跑了起來。

明明已經完全甩掉了，而且我只有藏錢的時候來過這附近。

他們到底是怎麼找到我的？

在我全力奔跑時，金屬製的左手映入了我的眼簾。

這樣啊……是這個啊。

他們把這隻義手當作標記來追蹤我。

「鑽來鑽去的煩死人了！　■■……」

不妙，他們開始詠唱魔法了。

「慢著，雖然只有手臂，你打算破壞聖骸動甲冑嗎！」

「……■，那也比讓他逃走要好——火球！」

我憑藉感覺躲開從後方逼近的火焰團塊。

那是會爆炸的種類。我往牆壁一蹬，跳進反方向的窗子裡。

火球炸開，火焰充滿了整個小巷。

——好痛！

跳進窗子裡時，左腳腳踝慢了一步被燒傷了。

儘管燒傷很嚴重，我不能停下腳步。

我咬緊牙關在陌生人家裡奔馳，推開驚慌失措的居民從出口衝了出去。

「在這裡！包圍他！」

今天真是倒楣。

出口的前面有另一隊追兵。

有幾個追兵拔出劍，表情殺氣騰騰地朝我逼近。

事到如今，只能用這隻左手的力量——

「禁止以多欺少喔！」

一名女性從屋頂上跳了下來。

「——美都！」

雖然很久沒見，這個側臉一定不會錯。

「咦？約翰，好久不見～」

明明被拿著劍的男人們包圍，美都的臉上卻不見緊張感和悲壯感。

「滾開，女人。現在還能放妳一馬。」

追兵的隊長向美都發出最後通牒。

「我可不能這麼做喔？畢竟我認識約翰嘛。」

「既然如此，就讓妳稍微吃點苦頭吧。」

男人們就像要施壓似的開始慢慢縮小包圍網。

見到美都毫無畏懼的模樣，其中一個男人向隊長提出建議。

「隊長，她可能是個魔法使。」

「這樣啊——要是敢開始詠唱就砍了妳。我們需要的只有那個男的。」

追兵隊長威脅美都。

不過，美都依然無動於衷。

「約翰真受歡迎耶～」

「不是我，那些傢伙的目標是這隻義手。」

「——咦？」

我掀起袖子露出義手。

「聖骸動甲冑？」

「女人！妳怎麼會知道這件事！」

美都也知道這隻義手的真面目。

「把那個女人也抓起來！必須調查她是誰派來的！」

追兵更加縮小了包圍網。

但是美都依然注視著我的義手一動也不動。

「美都！現在可不是發呆的時候！」

「——對喔。抱歉，約翰。」

正當男人們的手即將碰到美都的瞬間，無數的衝擊波將男人們打得落花流水。

「怎麼可能……」

「……居然是無詠唱。」

男人們胡言亂語似的說了幾句話之後就昏了過去。

「約翰，真的好久不見了呢～」

美都露出輕鬆的表情舉起手向我打招呼，隨後盯著我的義手看。

「追逐這隻義手的人只有這些傢伙嗎？」

「不，還有其他人。」

至少還有在街上放出火球的瘋子，和索凱爾那混蛋才對。

「應該不光是拿下義手就結束了吧？」

我點頭回應美都的詢問。

「地下室的那些白衣大叔們說過，這隻義手受到了詛咒，因此無法取下。」

雖然也有急性子的人想用斧頭砍斷連接部分——也就是我的肉體，卻被義手自行產生的障壁給擋了下來。

假如能夠自由控制那個障壁，我就不會被剛剛扔火球的混蛋燒傷了……

「總而言之，先移動吧。」

美都拉著我在天空翱翔，帶我來到某間宅邸前面。

「這是誰的宅邸？」

「是我的啦。還有很多空房間，別客氣住下來吧。」

她居然住在這種大到離譜的房子裡——

「原來妳是個大小姐啊。」

「哈哈哈，我可是出身普通的上班族家庭喔。這間房子是夏洛利克送給我隱居的。」

聽到這句話的瞬間，我跟美都保持了距離。

那個叫夏洛利克的，正是索凱爾那混蛋說過的主人姓名。

「怎麼了，約翰？」

「妳是第三王子的什麼人？」

「——第三王子？」

美都先是一副摸不著頭緒似的偏過頭，接著「啪」的一聲拍了拍手。

「不對、不對。我說的夏洛利克是第二代國王啦。」

「——啥？」

這傢伙在說什麼啊？

「咦？我沒跟約翰你說過嗎？我在和約翰相遇的夢晶靈廟沉睡前，跟夏洛利克——我指的是第二代國王喔——一起建立了國家喔。」

咦，稍等一下——

她說誰在夢晶靈廟沉睡？

那個靈廟的謎題為什麼會用日文？

「難不成妳是王祖大和？」

我用顫抖的手指指著美都，只見她點了點頭。

這樣一切都說得通了。王祖大和、勇者王大和，以及被沙珈帝國以勇者身分召喚的日本人。原來那些都是美都。

「那麼美都是家名嗎？」

不，這樣就變成水戶大和了（註：美都和水戶的日文發音相同）。

如果是女性的話，美都比較像是名，是叫做大和美兔（註：美都和美兔的日文發音相同）之類的嗎？

「哈哈哈，美都是我自己取的名字。我在這裡的家名叫做光圀。」

美都．光圀——水戶光圀——居然是天下副將軍大人的名字嗎？

我對這傢伙的笨蛋程度感到無力，癱坐在地上。

「這麼說來，王祖故事中還有矯正世風的旅行呢。」

「那個有一半都是後世創作的喔。」

由於女僕端上茶來，於是我們來到柔軟的沙發上就座。

我大略地對美都說明了自己和她道別後的境遇，接著述說和接受第三王子命令的索凱爾他們一同探索遺跡，發現聖骸動甲冑的事情經過。

「那裡不是遺跡，而是墓地喔。」

小光低著頭說。

自從我開始講遺跡的話題，美都的臉色就不太好看。

「抱歉。」

「不是約翰的錯啦。」

見到她露出這麼難受的表情，我沒辦法不那麼想。

「之後就交給我吧。儘管沒辦法立刻解決，只要使用遺跡裡用來維修的鑰匙，應該就能拆下那隻手。」

美都這麼說並站了起來。

她的側臉簡直就像變了個人一樣，相當嚴肅。

調查

「我是佐藤。雖然最近想查東西大多只要透過網路搜尋就能搞定，但我有點在意沒有網路的時代究竟該如何查詢。果然是去圖書館找書，或是透過人脈一步步進行嗎？」

「哇喔～人好多～？」

正如小玉所說，王城深處的廣場人山人海。

人數比前陣子我們以「弒魔王者」的身分受勳時還要多。

「主人，發現小光了喲。」

波奇指著特別設置的雛壇型觀眾席的中央，小光和國王一家及宰相他們坐在一起。

以半包圍廣場的形式打造的觀眾席上，聚集了許多王都附近的貴族們。

「小光光的臉色好像很糟耶？」

「嗯，沒精神。」

亞里沙和蜜雅擔心地說。

「她是昨天回到王都的吧？你聯絡她了嗎？」

「雖然用遠話聯絡過了——」

她好像有什麼急事，幾乎沒能和她說到話。

她看起來好像有煩惱的樣子，等這個典禮結束後再慢慢跟她聊吧。

目前在這裡的只有平時的成員和潔娜小姐。卡麗娜小姐在穆諾伯爵那裡，賽拉則和歐尤果克公爵他們在一起。

由於這裡對海獅孩子們來說很危險，我讓她們和娜娜的姊妹們一起留下來看家。好像只有小妹維兔為了跟從魔蜘蛛助見面，跑到祕密基地去了。

「主人，好像來了。」

露露發現從遠方接近的三臺大型飛空艇。

其他孩子們似乎還看不見，於是我將望遠鏡分給大家。

「主人，已確認目標，我這麼告知道。」

「下面好像吊著什麼東西耶。就是那個嗎？」

我們在聊天的時候，飛空艇逐漸接近。

或許是差不多不用望遠鏡也能看見飛空艇的緣故，周圍的人們鼓譟起來。

我們會聚集在這裡，就是為了見識被三艘飛空艇吊在下面的人型物體。

「是聖骸動甲冑！那是王祖大人的無敵甲冑！」

平民區發出非常大的叫喊聲。

沒錯，那就是夏洛利克第三王子在晚會演講中曾經提及的巨人尺寸聖骸動甲冑——聖骸巨神。

「該怎麼說呢，這種吊法感覺會引發『火之七日』耶。」

「那個不是只用一艘來吊嗎？」

亞里沙說的是某部文明崩壞後，以受到蟲和猛毒森林威脅的世界為舞臺，超有名動畫裡出現並類似巨人的存在。

「那臺大型飛空艇，跟我們前來王都時搭乘的大小相同對吧？」

我對亞里沙的提問點了點頭。

「既然是這樣——身高大概是五十七公尺？」

接著將手指擺成L型目測粗略的大小。

「沒那麼大，大約在三十五公尺左右吧。」

「那麼體重應該不到五百五十噸（註：「超電磁機器人孔巴德拉V」的設定，因寫在動畫片尾曲歌詞裡而聞名）呢。」

那是哪來的超級機器人啊。

就算是新型的大型飛空艇應該也沒有那麼高的負重能力，我想大概還要輕個一百到兩百噸吧。

「話說回來還真大呢。」

「比森林巨人還大。」

「大很多，我這麼告知道。」

聽見莉薩的喃喃自語，蜜雅和娜娜表示肯定。

雖然王子用巨人尺寸來形容這個聖骸巨神，不過至今遇到最大的巨人也只有十公尺，因此我認為王子形容得太小了。

「……對不起。對不起啊。」

我的順風耳技能捕捉到些微的聲音。

是小光。她正摀著嘴巴流淚。

一旁的國王和宰相察覺到這件事之後起了騷動。

「主人，發生什麼——小光光！」

亞里沙沿著我的視線看去，並在發現小光的模樣之後驚訝地叫了出來。

我差點想不顧一切地衝到小光身邊，但亞里沙的聲音讓我恢復冷靜，於是我用空間魔法「遠話」向小光搭話。

『怎麼了，小光！』

『一郎哥……』

說完我的名字之後，小光只是一味地哭泣，說不出完整的話語。

即使如此，我依然發現小光道歉的對象，正是降落在廣場的聖骸巨神。

◆

在那之後我就沒見過小光。

『我不能因為得到一郎哥的安慰，讓自己有種被原諒的感覺。這是我該獨自背負的十字架，整理好心情之後我會說出來。』

自從在遠話被這樣拒絕之後，我就只有從地圖的標誌一覽確認小光的狀態，沒有主動用遠話向她搭話。

愛汀姊妹們偶爾會輪流拜訪光園公爵府，但似乎沒能見到小光。

「好久沒回我們家了呢。」

亞里沙走進王都的潘德拉剛府，感慨不已地說。

「雖然住的時間沒有久到能這麼說就是了。」

那些湊熱鬧前來參觀弒魔王者宅邸的人群，注意力似乎都跑到位於高臺、能從王城城牆看見的聖骸巨神身上了。

當然，雖然不是所有人都被吸引，由於人數已經減少到能讓馬車出入，於是我們離開王城迎賓館，返回王都宅邸了。

「「「歡迎回來，老爺。」」」

王都宅邸的傭人們聚在一起迎接我們。

我一邊向女僕長確認不在家時發生的事，一邊前往勤務室。

——唔呃！

勤務室裡信件和禮物堆積如山。

而且，根據女僕長的說法，放不下的信都扔進會客室裡，貴族和商人們送來的大量禮物則好像都塞進內院加蓋的臨時倉庫裡。至於價格昂貴的禮物，則放在上鎖的客房裡。

總之我一個人處理不來，讓亞里沙她們來幫忙吧。

「波奇也來幫忙喲！」

「小玉也會加油～？」

「那麼就請妳們幫忙分類吧。倉庫分類就麻煩蜜雅和娜娜了。」

「嗯，交給我。」

「是的，主人。」

波奇、小玉、蜜雅和娜娜四人朝著倉庫走去。

「莉薩幫忙檢查其他房間的禮物，亞里沙幫我分類信件。」

「我明白了。」

「ＯＫ～！交給我吧！」

莉薩表情嚴肅地衝出房間，但因為她忘了拿檢查用的清單，我大聲地把她叫了回來。她有些害羞地接下清單走了出去。

「那個，主人，我呢……」

有個重要的工作要交給沒分配到事情的露露。

「不好意思，能請妳去祕密基地看看靜香的情況嗎？」

「好的，我知道了。」

因為剛剛確認了一下，原本是憂鬱魔王，目前是家裡蹲腐女靜香的狀態變成了「飢餓：輕度」。

她住處附近有我用「耕耘」魔法製作的家庭菜園，糧食倉庫應該也有食材才對……

之前由小光定期送餐點過去，搞不好靜香其實是個不擅長料理的人也說不定。

「露露，她可能太專心畫原稿而忘了吃飯，做點簡單的輕食過去吧。」

「嗯，我明白了。我會做點耐放的配菜過去。」

亞里沙這麼拜託露露。

我順便也在「魔法背包」塞滿要塞都市阿卡緹雅量產的保存食品交給露露。

儘管也有在碧領解放的都市地下工廠大量生產的保存食品，可是那個味道單調，很容易吃膩。

◆

『——一朗哥，抱歉。再讓我一個人待一會兒吧。』

自從聖骸巨神被送到王都已經過了三天，小光仍未恢復正常。

「從你的樣子看來，似乎還是不行呢。」

我點頭回應亞里沙的話。

「機器人。」

蜜雅說出不符精靈風格的詞彙。

「機器人？是指巨大的聖骸動甲冑嗎？」

「嗯。」

跟蜜雅確認之後，她點了點頭。

應該是亞里沙或是把日本文化帶進波爾艾南之森的勇者大作造成的文化衝擊吧。

「從時機上看來，那個肯定就是小光光煩惱的源頭了。」

「嗯，我也這麼想——」

畢竟就算想向小光了解情況，她甚至連見面和遠話都拒絕了嘛。

那傢伙一旦情緒低落，就會很不希望別人搭理她——雖然那是我之前世界小光的個性，我想這邊的小光應該也是同樣類型的人。

「專家。」

蜜雅小聲說出一個詞彙。

「專家——難不成要找了解聖骸動甲冑的人？」

「嗯，詢問。」

原來如此，是要去找聖骸動甲冑的專家詢問啊？

可是我不認識那種專——

「有耶。我去問問看穆諾伯爵。」

說起聖骸動甲冑就是王祖大和，說到王祖大和就是勇者，而講到勇者就是研究勇者的頭號人物穆諾伯爵了。

我帶著沒事可做的亞里沙和蜜雅前往穆諾伯爵府。潔娜小姐則因為有事，前去聖留伯爵府一趟。

「佐藤！歡迎你來！」

抵達穆諾伯爵府之後，卡麗娜小姐笑容滿面地來到玄關迎接我們。

「卡麗娜大人！請妳快回房間！禮儀法度的老師生氣了喔！」

侍女碧娜在玄關大廳的另一頭大喊。

看來卡麗娜小姐似乎翹掉禮儀法度的課。

「比起上禮儀法度課，我更想跟佐藤他們一起去聖騎士團的駐紮地訓練切磋嘛！」

以上級貴族的千金來說，這樣好嗎？

「真是的！子爵大人也不是每天都在玩喔！」

碧娜用可愛的語氣說了句：「對吧？」尋求同意，我識時務地點了點頭。

這麼說來，我好像沒做像是工作的工作——對了，我忘記把用觀光大臣身分整理好的各地名產和食譜資料交給宰相了，之後要記得去繳交。

「……佐藤。」

「禮儀法度課請好好加油。」

卡麗娜小姐淚眼汪汪地看著我，不過學習禮儀法度也是為了她好，於是我笑著把她交了出去。

我在和碧娜不同的其他侍女帶路下來到穆諾伯爵的勤務室，簡單打完招呼之後便以被封印在遺跡的事情為主，向他請教有關聖骸巨神的事。

「那個聖骸巨神是希嘉王國建國時，由王祖大人封印在墓地的，不過封印的理由並沒有留下紀錄。」

「說到底，那個機器人——聖骸巨神究竟是為了什麼做出來的？」

「那原本是孚魯帝國為了當作對付魔王的兵器所開發的物品。」

「孚魯帝國就是希嘉王國建國前，在大沙漠附近的大帝國對吧？」

「正確來說這附近——富士山脈以西也包含在孚魯帝國的版圖內。」

「哦～是個比預想更加龐大的帝國呢。」

亞里沙佩服地點了點頭。

「離題。」

「啊～抱歉、抱歉。」

在蜜雅的糾正下，我將話題轉了回來。

「請問您知道誰了解聖骸巨神被封印的經過嗎？」

「唔嗯，如果無論如何都想知道，我記得有研究那方面的研究人員——」

穆諾伯爵翻起書架上的書籍。

「嗯～是放在領地那裡了嗎……啊，找到了。上面應該刊載了姓名才對。」

他翻開類似名冊之類的書籍，手指停在目標人物上說：

「托凱男爵。他已經把家主的位置交給兒子了，所以應該叫前男爵吧？他照理說很了解才對。」

哎呀，是認識的人呢。我曾在迷宮都市賽利維拉太守夫人舉辦的晚餐會上跟他有過一面之緣。他正是喜歡以市場調查的名義逛路邊攤邊走邊吃的肥胖少年魯拉姆的祖父。

「如果是聖骸動甲冑的專家，應該會來王都看聖骸巨神吧？」

聽亞里沙這麼說，我試著用地圖搜索了一下，發現托凱前男爵待在迷宮都市賽利維拉。

根據地圖情報，他似乎因為腰痛而臥病在床。既然是男爵家，應該有魔法藥或治癒魔法之類能夠治療的東西才對，真是不可思議。或許是因為慢性腰痛很容易復發，他才採用了按摩或自然療法吧。

我向穆諾伯爵道謝後返回王都宅邸並立刻做起旅行準備，打算前往托凱前男爵所在的迷宮都市賽利維拉。

雖然我獨自前往迷宮都市也可以，由於有必要以佐藤身分前往，無法使用轉移。因為沒辦法當天來回，於是我召集夥伴們一同出發。

護衛潔娜小姐和剛好來玩而得知我們要去迷宮都市的賽拉也一起同行。

卡麗娜小姐要上禮儀法度和舞蹈的課程所以留在王都，娜娜的姊妹們也擔心小光而留了下來。因為把海獅孩子們留在公爵府看家有點可憐，便讓她們和賽拉同行了。

我向越後屋商會借到了前往迷宮都市的小型飛空艇。

由於托凱男爵家有人在越後屋商會擔任職員，我只是去打聽托凱前男爵的嗜好和為人，結果得知我們要前往迷宮都市的掌櫃爽快地借了飛空艇給我們。

◆

託掌櫃的福，我們比預計更快地抵達了迷宮都市。

「「「子爵大人，歡迎回來！」」」

「慶祝您平安歸來，以及恭喜您達成『弒魔王者』的偉業。」

久違地回到宅邸後，以女僕長米提露娜為首的女僕少女和女僕幼女們前來迎接我們。

明明沒有事先通知，她們卻全部聚集起來。

據說是在機場發現我們的探索者提前跑去告知她們。

我將申請和托凱前男爵會面的信交給女僕長米提露娜，打算在得到回覆之前將訪問西方諸國的土產送給探索者公會的公會長，以及迷宮方面軍的艾魯達爾將軍。

雖然在王都時已經跟太守夫人見過面，這裡也去打聲招呼比較好。等米提露娜回來後再請她送告知信去太守城吧。

「我們會在這裡待上幾天，大家就出去玩吧。」

我給出許可之後，波奇和小玉就衝出宅邸，娜娜也帶著海獅孩子們前往私立孤兒院。露露先是去宅邸廚房露了個臉，隨後似乎帶著女僕們去分送土產給附近鄰居了。

「今天見不到面嗎？」

「我想應該沒辦法當天見面吧。」

他是個讓出家主位置的隱居貴族，我認為應該很閒，但預約見面後通常也要隔天才見得到面。

「那麼，我也去看看那些壞小孩吧。」

「嗯，確認。」

亞里沙和蜜雅也出門去跟熟人見面。

留在宅邸的只剩下我、莉薩、潔娜小姐和賽拉四人。

「潔娜小姐也去宿舍露個臉吧。」

她應該很想跟莉莉歐等潔娜隊的人見面吧。

「可、可是……」

「太守夫人盯得很緊，迷宮都市裡不會出現想對我不利的魯莽人士。」

「潔娜大人，我會代替潔娜大人負責護衛主人。」

見到潔娜小姐一副想去宿舍露臉卻又覺得聖留伯爵命令的任務也很重要而猶豫不決的模樣，莉薩主動提出要代替她擔任護衛。

這是因為莉薩很重視自己還在聖留市時，從潔娜小姐那裡得到的恩惠嘛。

「更何況莉薩都這麼說了。」

「那麼，我就恭敬不如從命了——謝謝妳，莉薩。」

「很高興能幫上潔娜大人的忙。」

我和露出滿足表情的莉薩一起目送潔娜小姐離開。

「佐藤先生。」

賽拉向我搭話。

「我想去佐藤先生設立的私立孤兒院參觀。」

「可以啊，我們走吧。」

儘管覺得宅邸的勤務室裡應該和王都宅邸一樣堆滿了等待處理的信件和禮物，但那些可以等回來之後再做。

我和賽拉及莉薩一同前往孤兒院。

「啊！是少爺！」

「笨蛋，要叫子爵大人才行！」

「**止爵**大人，歡迎回來！」

孩子們見到我之後一起跑了過來。

「佐藤先生真受歡迎呢。」

被一起圍住的賽拉看起來有些頭暈目眩。

「姊姊好漂亮！」

「我知道！是神殿的巫女大人！」

「巫女？」

「是能夠聽到神明大人聲音，很厲害的神官大人喔！」

「好～厲害！」

孩子們被賽拉的美貌嚇一跳，接著從服裝猜到了她的身分。

或許是因為散發著溫柔的氣息，孩子們沒有絲毫戒心地聚集在初次見面的賽拉身邊。

「吶吶吶，巫女大人。」

一位小女孩扯著賽拉的袖子。

「怎麼了？」

「神明大人是怎麼說我的？」

「祂說妳是個活潑的乖孩子喔。」

「哇～！我很活潑！」

聽見賽拉圓滑的回答，小女孩高興地跳了起來。

「吶吶吶，我呢！」

「我先來的！」

「不可以吵架，依照順序來。」

賽拉迅速安撫開始吵架的孩子們，依照順序列舉出孩子們的優點。面對感覺很調皮的孩子會補上一句：「要照顧比你小的孩子喔。」應付內向的孩子則透過詢問對方喜歡的東西之類的方式柔軟應對。

賽拉簡直就像心理分析師一樣猜中孩子們的事，不過這對於在公都經常慰問孤兒院的她而言或許很普通也說不定。

「巫女大人，我來帶路！」

看來孩子們的心理分析——不對，神明大人的傳話似乎結束了。

「子爵大人，走吧！老師也很想見您喔！」

孩子們拉著我的手走進建築物裡。

「嘿嘿嘿～」

「娜娜，幫我唸繪本。」

「哈哈哈，這孩子好可愛～」

建築物裡，一群小孩子正圍著娜娜撒嬌，海獅孩子們則和其他孩子們一起玩著室內遊樂設施。海獅孩子們因為沒見過這種東西顯得非常興奮，回到公都的時候，準備一些大小不會礙事的玩具送給他們當禮物吧。

「子爵大人！歡迎您的到來！恭喜您成功討伐了魔王！」

院長從屋內深處跑過來向我低頭致謝。

我一如既往地訂正自己只是幫助勇者而已，並在介紹賽拉之後前往院長室了解經營孤兒院的相關事宜。似乎沒出什麼問題這點讓我鬆了口氣。

接著來到廚房，我將陶洛斯肉和各式各樣的食材送給他們。

「哇啊！好大塊的肉！冷凍庫放得下嗎？」

「沒問題、沒問題。要是裝不下，就把舊的肉用在今天的賑濟上就行了。」

「——賑濟？」

聽見廚房的員工們這麼說，賽拉不解地偏過頭。

「這間私立孤兒院每天早上都會去賑濟喔。」

雖然賑濟地點在西公會後面的廣場，食材的保管和烹調則在這裡進行。

「請問在這裡的期間，我也可以去參加嗎？」

「對我們來說求之不得就是了——」

職員看著我要求許可，於是我點頭同意。

「看來應該沒問題，請在早上鐘響之前來這裡。睡過頭我們也不會等待，要是過來之後沒看到人，我們會在公會後方的廣場。」

「好的，我明白了。」

神殿相關人士平時都很早起，所以應該沒問題吧。

「賽拉大人，您要是對慈善事業有興趣，我去職員室向您介紹子爵大人的偉業吧？」

「院長老師——」

「好的！我想了解一下！」

賽拉感興趣地同意。

因為覺得有些害羞，我將賽拉交給院長，以要送造訪西方諸國的土產給探索者公會的會長和迷宮方面軍的艾魯達爾將軍為藉口，離開了孤兒院。

◆

在西公會雖然被大量的探索者包圍，他們基本都只是遠遠看著沒有過來搭話，因此我很快就見到公會長了。

「沒想到你終於連魔王都幹掉了啊～」

「『弒魔王者』是誤傳，我只是幫了勇者大人一把而已。」

「好好好，我就當是這麼回事吧。」

公會長態度隨便地接受我的訂正。

「您這種態度，這個『魔法背包』的開口感覺會綁得更緊呢。」

我拍了拍裝有土產的萬納背包。

「是酒！巴里恩神國的名酒嗎！」

見公會長氣勢洶洶地上了鉤，我僅是揚起嘴角蒙混過去。

「太卑鄙了，佐藤！居然把酒當作人質！」

「雖然巴里恩神國的酒很好喝，奧貝爾共和國的花酒也香氣誘人，十分美味喔。」

「還有其他國家的酒嗎？也有我的份吧？有吧？」

公會長相當拚命。

要是吊胃口過頭感覺她會鬧彆扭，我決定報復就到此為止，從妖精背包裡拿出土產的酒和下酒菜擺放在桌子上。

「真驚人的數量呢。」

拿著文件進入房間的祕書官烏夏娜小姐在見到堆積如山的土產後驚訝地叫了出來。

「也有各位職員的份喔。請把香甜的點心和飾品分給大家吧。」

「哎呀，謝謝您。」

「酒和下酒菜可是我的啊！」

「是，我知道。」

烏夏娜小姐這麼說完便對著樓下喊話。女性職員們氣勢洶洶地衝上樓梯，和公會長爭奪土產。因為其中也包含愛喝酒的職員，公會長十分拚命。

「不好意思，我們的孩子都很粗魯。」

烏夏娜小姐鄙夷地看著土產爭奪戰並向我道歉。

「話說回來，您不是有事要找公會長嗎？」

「不是緊急案件，所以沒關係。我只是來報告公會的儲備糧食不足而已。」

「糧食不足嗎？」

面對我的問題，烏夏娜小姐點了點頭。

「每年這個時期我都會確認儲備倉庫，今年倉庫深處似乎有破洞，導致大量老鼠鑽了進來，有接近兩成的糧食被啃壞了。」

「那還真是糟糕呢。」

「是啊。雖然預算方面來說沒問題，畢竟是那種數量，要尋找收購管道相當麻煩。」

聽說要是隨便下訂單可能會導致糧食的市場價格飆漲，使得窮人無法生活。

「所謂的糧食是指保存食品嗎？」

「是的，是災害時要分發的。雖然內容物根據進貨地點有所不同，大多是烤製的餅乾或肉乾。挑選標準以保存性為主，味道則是其次。」

只要前往碧領的地下工廠，就有生產太多而堆積如山的糧食。

就透過越後屋商會把那些糧食提供給他們吧。

我向正展開土產爭奪戰的公會長一行人道別，前往迷宮方面軍駐紮地送土產給艾魯達爾將軍。

遺憾的是，艾魯達爾將軍和認識的狐將校及隊長都因為參加演習而離開駐紮地，於是我將土產交給將軍的傳令兵就離開了。

◆

「——真的假的。」

見到眼前堆積如山的保存食品，我啞口無言。

回到宅邸之後，我透過歸還轉移造訪碧領都市，來到地下工廠附設倉庫，結果被過於誇張的量嚇了一跳。數量多到不像工廠運作不到一個月能夠做出來的程度。

我拿出都市核終端，確認保存食品的庫存和運作狀況。

看來這座工廠似乎二十四小時全力運作，事先放在冷凍庫裡的材料已經即將耗盡。

我將冷凍庫裡以克拉肯為首的魔物肉和巨大海藻等不良庫存弄成方塊狀塞在一起，把堆在倉庫的上百萬份保存食品收了起來。

——WARNING。

都市核端末發出警報，工廠的面板上出現了顯示有入侵者的警告。

看來有人入侵都市裡了。

「是那個嗎？好大。」

來到地面上之後，我立刻見到入侵者。

五隻巨人輕易地跨過高達十公尺的外牆入侵都市。

根據AR顯示，他們似乎是雲巨人的小孩。不過，雖然說是小孩，年紀還是遠比我大上許多。

我用縮地前往他們身邊。

『有個小孩子。』

站在最前面的孩子注意到我。

他們說話的時候似乎跟森林巨人一樣使用「巨人語」。緩慢且呈重低音的說話方式也跟森林巨人很像。

『你好，雲巨人先生。我是人族的佐藤，這座都市的主人。可以請教你的名字嗎？』

『我是「巨大的腳」，是雲巨人族長的孩子。』

『人家叫「漂亮眼睛」，是「巨大的腳」的妹妹。』

『咱叫做「巨木之子」，是長得最高的～』

『我是「可愛笑容」，笑容是最棒的。』

『咱家叫「稚嫩的手」，是比咱家更小的孩子～』

孩子們一開口，重低音的音波便搖晃著我的身體。

他們的身高將近二十公尺，是成年森林巨人的兩倍以上。

『難不成有人受傷了嗎？』

『嗯，我們本來想狩獵魔物。』

帶頭的「巨大的腳」的腳踝正在流血。

我從道具箱裡拿出桶裝的加水魔法藥，告訴他們對「巨大的腳」使用。

『不痛了。謝謝你，小小的人。』

『治好了！』

妹妹巨人蹦蹦跳跳地說，地面激烈晃動著。

『肚子餓了。』

我行我素的「巨大的腳」按住自己的肚子，接著腹部發出宛如野獸呻吟般的叫聲。

『不嫌棄的話，要吃保存食品嗎？』

『『『要吃！』』』

五人異口同聲地大喊出聲。

差點就被風壓給吹倒了。

我跟作業用的活動人偶一起將保存食品運了出來，堆放在巨人們面前。

『雖然很小，但真好吃。』

『好多食物。』

『只要能吃，什麼都可以。』

『嗯～好甜～』

『不苦，好高興。』

巨人們雙手撈起尚未拆封的保存食品，丟進嘴裡咀嚼起來。

真是豪爽。

可是，因為他們對大小的感覺與我們人族不同，感覺沒什麼口感。

我趁著巨人們注意力被吸引的時候，在巨大瓦礫的後面拿出方塊型的克拉肯肉，用石長槍串起來並藉由火魔法來燒烤。烤五十根左右就夠了吧。

『好香？』

聽到這句話的同時，幾滴大得驚人的水滴從上方滴落。

我抬頭一看，發現是流著口水的「巨木之子」。

看來剛剛的巨大水滴是他的口水。

『看起來真好吃。』

『差不多快烤好了，可以幫我叫其他孩子們過來嗎？』

『嗯！』

「巨木之子」魄力十足地衝去呼喚同伴，瓦礫被他奔跑的反作用力掀了起來。

對象是我倒還無所謂，換作普通人的話，感覺會被瓦礫掩埋、受到重傷。

『哇啊～好像很好吃。』

『好厲害、好厲害！』

『『『是肉耶！』』』

『請用，這是你們的份。』

我將巨人分量的肉串交給眼睛閃閃發光的孩子們。

『『『哇～』』』

孩子們雙手拿著石長槍肉串，大口大口地吃了起來。

吃完之後的石長槍很危險，希望他們不要隨便亂扔，而是輕輕放在地上。

原本還擔心分量會不足，不過他們之前還吃了保存食品，所以算是勉強足夠。

這些孩子吃飽之後便開始睡午覺，於是我用地圖搜索確認碧領內是否有他們的同伴。

碧領雖然比歐尤果克公爵領還要寬廣，卻沒有半個雲巨人。

「難道說——」

我突然有個想法，於是改變檢索條件找了一下，結果正中紅心。

如果可以，我還真不希望自己猜中。

我將巨人孩子們留在這裡前去確認。

「是這裡嗎……」

山谷裡覆蓋著「雲巨人的結界」，結界對面有座精靈池。

我的目的地是幻獸守護的巨大洞窟深處。

陽光從洞窟天花板的裂縫灑落，周圍盛開各式各樣的花朵。

「我來得太遲了嗎……」

花朵中央有一具雲巨人的遺體。

是身高約三十公尺左右的成年雲巨人。她恐怕就是「巨大的腳」的母親吧。

雖然乍看之下才過世沒多久，然而根據ＡＲ顯示，我得知遺體用固定化魔法加以保護。

從這個感覺看來，距離施展固定化大概已經過了好幾年。

花朵底下隱藏著魔法陣和魔法裝置。

那一定是為了保護這個墓地吧。

我向雲巨人的遺體獻上祈禱，接著轉頭離開。

『成功穿過結界的善人，小小的人啊。』

此時背後傳來聲音。我回頭一看，發現有個從遺體身上浮現的半透明女性正看著我。

『小小的人啊，我的孩子就拜託你了。代價是這個──』

女性創造出一道白色光芒，將之慢慢地送到我面前。

光的中心似乎有一顆類似透明寶石的東西。

『我明白了，我會把這個用在那些孩子們的成長上。』
『感謝你，小小的人啊。願我孩子們的未來充滿幸福。』
女性這麼說完，便伴隨著耀眼的光芒消失了。

>獲得稱號「善良之人」。
>獲得稱號「雲巨人之友」。

我看向手中的遺物。根據AR顯示，這似乎是一顆叫做「空之碎片」的寶珠。正如樹靈珠能夠操控樹木，這個「空之碎片」似乎能夠控制天氣。
明明最近才透過卷軸學會「召喚雨」和「召喚濃霧」而已，結果突然就得到類似上位互換的道具。
算了，只要把這個留給巨人孩子們就行了吧。
「首先要找到收養孩子們的父母吧。」
就算能暫時把他們保護在碧領的都市內，終究還是需要能養育他們的環境。
由於我無法進行對於育兒來說相當重要的肢體接觸，我想到能收養他們的優先候補是同樣屬於巨人族、在山樹腳下生活的森林巨人。可是，他們的體型也跟雲巨人相差了接近一倍，事情大概沒那麼簡單。

我一邊煩惱該找誰來當養父母，一邊返回巨人孩子們睡午覺的都市，並在遠離地下工廠的地方用「製作住宅」魔法打造他們生活的房子。

儘管我是第一次建造巨人尺寸的屋子，多虧魔法的誇張程度，總算解決了。

接著我在一旁製作排放著巨大冰柱、設有原始冰窖的倉庫，用來保管冰凍的魔物肉和生鮮食品。

也在旁邊做個常溫倉庫塞滿保存食品吧。由於他們的食量是人類的兩千倍左右，我在裡面放置了大約能讓一萬人吃一個月的分量。畢竟我雖然打算定期過來跟他們見面，沒辦法每天過來。

此時我聽見巨大的聲響。

『……嗯～』

看來巨人孩子們似乎睡完午覺了。

『早安。』

『早安，小小的人。』

當一個人清醒之後，其他孩子也揉著眼睛坐起身。

『哇～有什麼東西出現了！』

『那是什麼？』

『比我們還要大耶！』

這些孩子們沒見過人族的家嗎？

『這是你們的家喔。』

『──家？』

『沒有洞窟喔？』

『上面有代替的屋頂吧？』

孩子們興致勃勃地抬頭看著屋頂，窺探著窗戶。

『要打開這扇門進去喔。』

我用「理力之手」打開超巨大的門帶他們走進屋內。

當我在介紹屋子時，亞里沙傳來「無限遠話」。

『主人，你在哪裡？太守夫人和公會長送了邀請函過來喔。』

我向亞里沙道謝，並告訴她自己保護了迷路闖進碧領解放都市的巨人孩子們。

『咦～！好想看！娜娜她們也這麼說！』

『那麼，屋子的介紹也快結束了，待會兒我就去接妳們。』

我這麼回答後，接著教導巨人孩子們使用廁所和浴室的方法，以及告知他們床鋪和用餐的地點。

最後我把糧食倉庫告訴他們後，或許是因為午睡過後肚子有點餓了吧，他們開始吃起保存食品。

趁這個機會，我將夥伴們從迷宮都市的宅邸里帶了過來。

雖然很抱歉，我還是將潔娜小姐和賽拉留在宅邸裡了。

「巨大的幼生體！」

看到雲巨人的小孩，娜娜顯得很興奮。

『是誰？小小的人增加了。』

『幼生體，我的名字叫娜娜，我這麼告知道。』

娜娜戴上翻譯戒指做起自我介紹。

『咦～我的名字不叫「幼生體」喔？』

巨人孩子們將自己的名字告訴娜娜她們。

『波奇叫波奇喲！要好好相處喲！』

『小玉也要當死黨～？』

波奇和小玉也走到娜娜身邊對巨人孩子們說。

『嗯，好好相處。』

『死黨？』

『朋友。』

蜜雅簡潔地對聽見不懂詞彙而偏過頭去的孩子解釋。

「主人，這是邀請函。依照送信人的說法，兩封似乎都是今天喔。」

我拆開從亞里沙手上接過的邀情函。

傍晚開始是在太守宮殿舉行的晚餐會，公會長主辦的宴會則從深夜舉辦到早上。

時間刻意錯開了，肯定是烏夏娜祕書官和亞西念侯爵家的執事一起調整的吧。

距離晚餐會沒剩多少時間了呢……

「亞里沙，不好意思，這裡可以交給妳嗎？」

「OK～！娜娜、波奇和小玉會去應付孩子們，做飯有露露和莉薩小姐負責。你可以只帶蜜雅一起去嗎？」

「唔？」

「負責監視啦。」

「嗯，理解。」

蜜雅原本露出一副不明白亞里沙用意的表情，但在聽到她的說明之後就接受了。

明明就算妳們不監視，我也不會對女孩子出手。

◆

太守主辦的晚餐會似乎在如同宮殿般的太守城大廳舉行。

在晚餐會開始前，我前去向主辦人的太守打招呼。

「太守閣下、蕾蒂爾大人，很榮幸今天能受到兩位的邀請。」

「主角登場了呢。」

「歡迎你來，潘德拉剛子爵。能邀請『弒魔王者』閣下，本人的城堡也蓬蓽生輝。」

太守罕見地說了很多話。

「今天您擔任三位小姐的護花使者呢。雖然本人對森林少女蜜薩娜莉雅大人和馬利安泰魯小姐很熟悉，好像是第一次和聖女莉莉的得意門生交談呢。」

「初次見面，亞西念侯爵夫人。很榮幸能見到您。我是特尼奧神殿的巫女賽拉。」

賽拉向太守夫人行了巫女之禮。

我認為所謂的聖女莉莉，應該是指公都特尼奧神殿的尤·特尼奧巫女長吧。

「潘德拉剛卿，請你務必跟我切磋一下。」

「潘德拉剛卿，不，請跟我較量！」

「既然如此，就四個人一起上吧！」

在我守望賽拉和太守夫人談話的時候，擔任太守護衛的四騎士們聚集過來向我握手和要求切磋。

「要切磋的話，我也想參一腳。」

「拉普娜，今晚是宴會，別說這種不解風情的話。」

米提雅公主訓斥擔任護衛的巖之騎士。

「子爵大人，請您務必跟我握手！」

巖之騎士的同僚女騎士從她的背後拚命地朝我伸出手，於是我輕輕地握了一下。

不知道究竟是什麼原因，女騎士滿臉通紅，很開心似的向我道謝。

「琉拉，妳太狡猾了。佐藤閣下，請你也跟咱握手。」

「喔，是無所謂啦……」

「既然如此，咱們也要握手！」

見到我和米提雅公主握手，太守三男蓋利茲說出這種話，最後情況演變成我要和以他的跟班魯拉姆為首的所有貴族子弟們握手。

「那個，子爵大人。我也可以握手嗎？」

杜卡利準男爵家的千金梅莉安小姐有些拘謹地說。

「好啊，沒問題喔。」

我不需要握手券。

「謝謝您。」

梅莉安小姐珍惜地將和我握過的手抱在胸前。

她藏起平時那如同女劍士般的潑辣態度，清純地像個貞淑的少女一樣。

「潘德拉剛卿，恭喜你得到武勳。」

瀟灑出現的杜卡利準男爵開始推銷女兒，其他貴族見狀也帶著女兒出現，展開了熱烈的推銷大戰。除了梅莉安小姐和米提雅公主之外的女性都露出肉食性動物的眼神看著我。

「唔。」

氣勢強到連蜜雅都招架不住。

應該是她無法對進行肢體接觸之外的人使用強硬手段吧。

「各位，對有同伴的男性搭訕可是有失禮儀的喔。」

賽拉伸手挽住我的手臂，藉此牽制那些打算推銷女兒的貴族。

「神殿的巫女這樣成何體統。」

「說得沒錯。巫女是侍奉神的人，對男性應該更加——」

開口反駁的其中一個貴族停了下來。

「——賽拉小姐？」

「是的，古哈特子爵。我曾經在公都跟您打過一次招呼。」

「你們認識嗎？」

「她——這位是公都特尼奧神殿的巫女賽拉小姐。是歐尤果克公爵家的千金。」

「歐尤果克公爵家？難不成是『天破的魔女』琳格蘭蒂的妹妹？」

「我已是出家之身，因此跟公爵家以及姊姊都沒有關係。」

聽見姊姊琳格蘭蒂小姐名字的瞬間，賽拉的笑容變得僵硬。

她似乎還是老樣子，對姊姊的自卑感十分強烈。

「既然您跟潘德拉剛卿在一起，代表您接下來也要跟她一起旅行嗎？」

「呵呵呵，那樣感覺很開心呢。」

察覺到場面氣氛的夫達伊伯爵改變話題，賽拉則說出不會讓人抓住話柄的模糊回答。

「潘德拉剛卿。」

此時一名隨從對我說起悄悄話。

我朝著他眼神示意的方向看去，發現原綠貴族的波布提瑪前伯爵正躲在簾幕的對面。

他似乎想悄悄告訴我一些事情，於是我隨便找了個理由離開現場。

「——波南家？」

「就是索凱爾的老家。這樣說潘德拉剛卿會不會比較好理解？」
波布提瑪前伯爵想要表達的，是波南家舉動很奇怪的情報。
「還收到了索凱爾疑似出現在迷宮都市西南方山岳地帶的情報。」
索凱爾是原本在迷宮都市擔任太守代理的青年貴族。由於犯下私造魔人藥和屍藥等違禁藥品的罪行而解除職務，目前應該被關在某個地方等待審問才對。
因為沒興趣，我並不清楚他後來發生了什麼事。
「印象中他應該被收押了才對，他被釋放了嗎？」
聽到我這麼問，波布提瑪前伯爵搖了搖頭。
「不，原本預計讓索凱爾以養病為名幽禁在老家別墅，賞賜『黑色紅酒』讓他病死。」
他所說的『黑色紅酒』在希嘉王國是下毒紅酒的暗號。
也就是說，原本打算用毒來處刑，再以病死的名義宣布吧。
我試著用地圖搜索了一下，發現索爾凱人就在王都。從光點的位置來推測，他似乎被藏匿在第三王子所擁有的其中一個據點裡。他是第三王子派系的人，藏身地點很合理。
「他是夏洛利克殿下的擁護者，會不會躲在殿下身邊呢？」
「是的，可能性非常高。」
當我將透過地圖搜索得到的情報用推測的方式告訴波布提瑪前伯爵之後，他或許也有同樣的推測，立刻同意了我的說法。

「雖然我不認為那個男人失去老家當靠山之後能有什麼作為，還是請你小心周遭。」

「感謝您的忠告。」

像索爾凱這種小嘍囉總是喜歡耍些小手段，接下來就把他加進每天的搜索對象裡吧。

希望他和有權力和武力的第三王子別發生什麼詭異的化學反應。

侍從過了一會兒之後前來通知晚餐會開始的事，於是我便和波布提瑪前伯爵錯開時間返回大廳。

今天的晚餐會比平時更加豪華，實在令人非常滿足。蜜雅的餐點特別避開了肉類，可以感受到太守夫人的用心。在回程的馬車上詢問後，才知道以護衛身分參加的潔娜小姐似乎也在其他房間享用了豪華的料理。

「接下來是公會長舉辦的宴會，賽拉小姐和潔娜小姐也要一起去嗎？」

「假如不嫌棄，我想一同參加。」

「我是佐藤先生的護衛，因此請讓我同行！而且莉莉歐她們也說過會參加。」

「那麼就把衣服換成便服之後再去吧。」

畢竟再怎麼說也不能身穿禮服或長裙參加公會長的宴會嘛。

◆

「總算來了嗎，佐藤！首先是罰酒一杯！」

我們來到公會後方的宴會場地，這裡已經變成醉鬼們的巢穴。

我從公會長那裡接過酒杯，喝下充滿濃郁麥香的蒸餾酒。

強烈的酒精灼燒喉嚨，蒸餾酒的甜味過了一會兒才竄過舌尖。撲鼻的香味裡帶著些許木材的香氣，讓人感覺到蒸餾酒陳放的年月。

「好喝，真是款好酒呢。」

「這可是我珍藏的蒸餾酒喲！」

這麼棒的酒讓人不想一口氣喝完，而是想慢慢品味。

「既然主角都登場了，乾杯！」

「「「乾杯！」」」

醉鬼們用力地碰撞酒杯。

飄散的酒精氣味和豪爽的笑聲充斥整個宴會場，有種這正是「THE酒宴」的感覺。

「弒魔王者！原本就覺得你很厲害，沒想到厲害到這種地步！」

「是這樣嗎？從他和變成魔族的迷賊王魯達曼對峙開始，我就覺得他是個能辦到這種事的人喔！」

老練探索者多森先生和他的前妻瑪希露娜小姐前來找我乾杯。

「晚安，多森大人。我只是協助勇者大人討伐了魔王而已——」

「嘎哈哈哈哈！少爺還是老樣子呢！這種用來應付貴族的藉口不會有人信啦！不如說越是辯解，越會讓人懷疑討伐魔王的功勞是屬於少爺的喔！」

——那可不妙。

「最大的功勞毫無疑問屬於勇者隼人大人，唯獨這點絕對不會錯。」

只有這件事我無法退讓，因此有些強硬地提出主張。

「這一代的勇者也很強嗎？」

「是的，是個非常強大——而且勇敢的人。」

向我搭話的是公會長的顧問，精靈族的賽貝爾凱雅小姐。

「身為前任勇者隨從的妳很在意嗎？」

「少說廢話，莉莉安。」

「我說過別用那個名字叫我了吧！」

公會長對自己年輕氣盛時做的事感到害羞。

「您當過前任勇者的隨從嗎？」

「那是過去的事了。」

賽拉這麼確認後，賽貝爾凱雅小姐淡淡地肯定並別開視線。

「難不成您就是『大地使者』賽雅大人嗎？」

「真懷念的名字。妳是聽誰說的？」

「是公都的尤．特尼奧巫女長告訴我的。」

「是莉莉說的嗎？那麼，妳就是巫女賽拉吧。莉莉的信裡經常提到妳喔。不停地誇獎說妳是個比她更適合當聖女的人呢。」

「——巫女長大人嗎？」

賽拉驚訝地瞪大眼睛。

「是啊。這八年來都在說妳的事。」

「……八年，是我成為見習巫女的那一年。」

賽拉像是被勾起回憶似的小聲說。

她從那麼小的時候開始，就離開家人進入神殿擔任見習巫女了嗎？

「潘德拉剛卿。」

當我守望著賽拉時，一道粗獷的聲音叫住我。

我回頭一看，發現艾魯達爾將軍、隊長先生和狐將校正站在我身後。剛剛的聲音應該是隊長先生吧。

「剛剛沒機會好好聊一聊呢。」

艾魯達爾將軍走到我對面坐了下來。

他也參加了太守主辦的晚餐會。

「謝謝你的土產，非常好吃喔！」

「這個蠢貨！那是給將軍大人的禮物耶！」

隊長先生往隨口道謝的狐將校腦袋上揍了一拳。

「很痛耶，隊長。」

「妳給我乖乖反省！」

這兩人還是老樣子。

「這是我珍藏的酒。雖然用來當土產的回禮稍嫌不足——」

「哦哦！真是好酒耶！我不客氣啦！」

「佐娜，先讓潘德拉剛卿品嘗。」

艾魯達爾將軍從公會長手上搶回珍藏的酒，倒進自己帶來的紅酒杯裡遞了過來。

紅酒的香氣挑逗著我的鼻子。嗯，光從香味就知道這一定是款好酒。

稍微享受一會兒香氣之後，我和艾魯達爾將軍及公會長乾杯品嘗起來。

——好喝。

「兩位小姐也來一杯吧。」

艾魯達爾將軍周到地將倒了紅酒的酒杯遞給潔娜小姐和賽拉。

雖然潔娜小姐說負責護衛的自己不能飲酒，依然在將軍和公會長強硬的勸說以及我的允許下落敗，喝下了紅酒。

「……真好喝。」

「嗯嗯，沒錯吧、沒錯吧？這是名叫『紅玉酒』的十年比斯塔爾紅酒，可是相當難買到手的喔。」

聽見潔娜小姐說出的讚賞，艾魯達爾將軍一臉滿足地不停點頭。

「大哥！也來喝我的酒吧！」

率領「業火之牙」這隻有名隊伍的老練探索者薩里貢單手拿著酒瓶出現。我應該沒做過會讓他叫我大哥的事情才對。

「我得到大哥一直在尋找的『列瑟烏的血潮』喔！」

不，喜歡那個的人是住在迷宮下層的吸血鬼真祖班，我只是代替他收購而已。

而且因為拯救了產地的村子，他們今後也會定期送貨給越後屋商會當作回禮。

「——薩里貢先生？」

「直接叫名字就行了！大哥的偉業實在讓我太感動了！」

這個醉鬼大剌剌地坐到我身邊，悶熱地伸手搭在我的肩膀上。

「當我們還在迷宮以『區域之主』或『樓層之主』為目標努力的時候，大哥卻輕易地討伐了『樓層之主』，還跟琳格蘭蒂大人與勇者大人們一起在異鄉和魔王戰鬥。」

薩里貢用力地拍著我的肩膀。

因為醉漢不懂得控制力道，因此相當痛。

「請把我當成小弟，有什麼事情儘管吩咐！我這個人啊，只要是為了大哥，什麼事都願意做！」

「薩里貢！不准獨占少爺！」

「少爺，別理這種邋遢的傢伙，我們來幫你斟酒。」

「大嬸滾一邊去，少爺肯定比較喜歡我們這些年輕的女孩子！」

女性探索者們推開薩里貢，拿著酒瓶前來幫我倒酒。

就算看起來很壯碩，部位不同也可能十分柔軟。最後的年輕女孩儘管沒有滿身肌肉，年紀只有國中生的孩子實在是……

「唔，不知羞恥！」

「佐藤先生，不要色瞇瞇的！聽說你跟姊姊大人喝酒時也色瞇瞇的喔！」

蜜雅將身體接觸過頭的女性探索者們推開，賽拉則目光渙散、渾身酒氣地對我說教。

看來賽拉似乎不太會喝酒。

「子爵大人！請喝我的酒吧。」

「謝謝妳，魯鄔小姐。」

潔娜隊一員的魯鄔小姐用罕見的緊張態度將酒倒進我的酒杯。

「魯鄔真是的，緊張成那樣。少年，也來喝我的酒吧。」

「莉莉歐小姐！妳那樣對子爵大人很不敬喔。」

是潔娜隊的斥候莉莉歐和使用大劍的美女伊歐娜小姐。

「抱歉、抱歉，就當作酒席上不談身分吧！」

見莉莉歐毫無悔意的模樣，伊歐娜小姐說：「那是只有大人物才能說的話！」斥責她。

「不好意思，子爵大人。之後我會好好罵她的。」

「請別在意。正如她所說，今天請別在意身分。」

「太好了～！真是上道～！不愧是潔娜看上的少年！」

「莉莉歐真是的！不要得意忘形！」

遭到潔娜小姐訓斥的莉莉歐看起來很開心。

「少爺，請說一下您跟魔王交戰的事吧。」

「我也想聽！」
「我也是！」
在一名年輕探索者的拜託下，我一邊喝酒一邊講述魔王戰的情況。
「潔娜真好耶！」
潔娜隊喝酒的位置傳來莉莉歐的聲音。
「畢竟可以待在喜歡的人身邊嘛。」
「喂，莉莉歐。妳喝太多了！」
「我才沒喝多呢！跑去哪裡了啊～！約翰這個混蛋傢伙～！」
莉莉歐對著夜空大喊，同時喝光手上酒杯裡的酒之後倒了下去。
莉莉歐的男友是第三位被盧莫克王國召喚，很有可能是日本人的男性。因為就算用了地圖搜索也沒找到名叫約翰的人，大概是透過命名技能改變名字跑去國外了吧。
「少爺，小姐們好像睡著了呢。」
平民區的代表人物「泥蠍史考畢」這麼對我說。
他雖然長相凶惡，卻很會照顧小孩子呢。
——嗯？小姐「們」？
「……佐藤先生。」

不光是坐在我兩腿間睡著的蜜雅，就連坐在一旁的賽拉也抱著我的手臂進入夢鄉。

難怪從剛才開始就有美妙的觸感從手臂傳來。

我環顧四周，喝醉的人也開始變多了，差不多該撤退了。

潔娜小姐正在努力照顧醉倒的莉莉歐。我向她搭話，然後離開了醉鬼們的巢穴。

◆

「難得收到這個，拿去分享一下吧。」

將蜜雅送到寢室、讓賽拉睡在宅邸的客房之後，我將在宴會上收到的「列瑟烏的血潮」當作伴手禮，造訪了吸血鬼真祖班位於迷宮下層的「常夜城」。

「是庫羅啊。好久不見了呢。」

「我從朋友那裡收到了紅酒，所以來分給你。」

順便還將西方諸國和要塞都市得到的土產交給常夜城的女僕們。

「既然有陶洛斯的肉，就得通知唯佳他們了。佛露妮絲和鎧非常喜歡這種肉。」

姑且不論身為哥布林的小鬼姬唯佳，附身在金屬鎧和岩石身上的「鋼幽鬼」鎧究竟能否嘗出味道令人存疑。「骸骨之王」骸還比較能夠理解。

順帶一提，佛露妮絲是唯佳幾個人格的初代——唯佳三號幫自己取的類似綽號的名稱。

不知道究竟是真的很喜歡還是很閒，其他居民很快就聚集過來了。

「好吃！好吃！」

鎧美味地享用陶洛斯的肉排。

只要將陶洛斯的肉伸進頭盔內側，肉就像被啃咬一般逐漸消失的光景實在相當嚇人。不過本人似乎非常滿足，我就不多嘴了。

這麼說來，他之前好像也津津有味地吃了披薩和壽司吧？

「別吃太快，難得的好肉都被浪費了。」

「好肉跟好的紅酒很搭，佛露妮絲要不要也來一杯？」

「咱喝葡萄汁就夠了。」

骸、班和唯佳三號也享用陶洛斯肉。

因為他們好像喜歡到不停要求加菜的程度，我便將存放在儲倉的大量陶洛斯肉追加端了上去。

「呼，真好吃。」

「咱滿足了。」

「那麼庫羅，你今天有什麼事？應該不會為了送土產特地跑一趟吧？」

「我這次來的目的就是送土產。」

畢竟來迷宮都市之後剛好有時間嘛。

「真是悠閒的傢伙。」

「別看我這樣，我可是忙得要命。」

因為受到鎧的嘲笑，我開始講述近況。

骸他們很討厭神，因此我省略了和卡里恩神及烏里恩神一起遊山玩水時的事。「抗拒之物」似乎是禁止詞彙，因此我沒有提及。

我們輕鬆地聊了一會兒，過程中還穿插骸他們還活著時的生活故事，但是——

「——聖骸動甲冑？」

當聊到最近的新聞時，骸有了反應。

「那個應該被大和那傢伙封印了才對啊。」

「咱還記得喔。畢竟咱也幫忙構築了結界嘛。」

哎呀，在找專家詢問之前，似乎能先從當事人口中了解情況。

「能把當時封印的情況告訴我嗎？我會來迷宮都市，也是為了找學者打聽這件事。」

「你聽了打算做什麼？」

骸用銳利的眼神看著我。

「我想了解來龍去脈。」

「那不是一件應該對只是出於好奇的人說的事。」

鎧這麼警告。

「因為小光——王祖大和，在見到巨大的聖骸動甲冑——聖骸巨神被運回來時似乎很在意，所以我才想知道發生了什麼事。」

「……大和那傢伙，既然甦醒了就該來打聲招呼吧。」

骸表情不悅地抱怨。

這麼說來，小光和骸好像從很久以前就認識了。

因為她在訓練娜娜姊妹和潔娜小姐她們時曾進入過迷宮，還以為他們早就見過面了。

「庫羅，這件事交給老夫等人吧。」

骸猛然站了起來。

「畢竟是那個愛哭鬼，肯定是一副猶豫不決的樣子吧？」

我對鎧的提問點了點頭。

「真是的，明明不是那傢伙的錯。」

「稍微去幫她打個氣吧。」

唯佳三號和班也接在骸和鎧之後說。

「交給咱們吧。咱們保證會讓大和恢復精神。」

唯佳三號露出燦爛的笑容豎起大拇指。

◆

「佐藤先生，昨天真對不起。」

隔天早上，當我回到宅邸時，從宴會途中就沒有記憶的賽拉向我道歉。

今天賽拉預計要去參加賑濟。

「組人，我來幫忙。」

「組人，娜娜呢？」

「因為我有事拜託娜娜，所以她來不了喔。」

原本娜娜也預計要參加賑濟，但由於昨天突然出現照顧雲巨人孩子的緊急任務，因此事情有了變化。

我牽著有些遺憾的海獅孩子們的手，前去和在孤兒院廚房裡來幫忙做準備的人們會合，出發進行賑濟。

由於弒魔王者的名氣，我的前面排了一大堆人，於是我中途跑去後面幫忙，並且趕走了就算從賽拉手上拿到賑濟食品也依然不肯離開的男人們。

海獅孩子們也熟練地在整理隊伍上大顯身手。

因為下午約好要和托凱男爵會面，所以我和要去迷宮都市的特尼奧神殿露臉的賽拉她們分別，搭乘女僕少女駕駛的馬車前往貴族街。

雖然骸他們說這件事交給他們處理，我還是想知道小光對聖骸巨神道歉的理由。

「子爵閣下想知道聖骸巨神被封印的理由嗎？」

托凱前男爵是個會讓人感覺他和魯拉姆有血緣關係的發福老人，具有溫和的外表和知性洋溢的眼神。

「雖然有很多說法——」

托凱前男爵將放在桌上的一本書翻開並開始說明。

「縱使有些研究人員主張『因為不需要所以被廢棄』，或是『存在本身很危險所以遭到封印』，我確信事情並非如此。」

他先是簡單列舉了其他研究人員們的說法，接著開始闡述自己的主張。

「我的見解是封印乃是基於聖骸巨神本身的意志。聖骸動甲冑和量產動甲冑最著名的，就是以孚魯帝國的魔導技術集大成的『具有智慧的魔法道具』作為核心來進行打造——」

卡麗娜小姐裝備的拉卡就是「具有智慧的魔法道具」最近的例子吧。

也就是說，代表聖骸巨神和聖骸動甲冑並不是單純的魔巨人或是機器人，而是具有智慧的產物嗎？

「從這些理由看來，我認為寄宿在聖骸巨神中的智慧對戰鬥感到疲憊不堪，因此希望被封印。」

托凱前男爵舉出王祖的故事和歷史書的例子當作他說法的根據後，這麼做出結論。

「被封印在遺跡是聖骸巨神本身的意志嗎……」

所以小光養子的後代子孫基於自己的利益，擅自解開聖骸巨神自身希望接受的封印，並將它運送到王都嗎？

「無法接受嗎？」

「不，我非常能夠理解。」

回想起當時小光的態度，我認為這個說法應該就是正確答案。

我向托凱前男爵道謝，將從西方諸國得到的點心和名酒送給他當作謝禮。

◆

「孩子們的情況如何？」

「學得很快。似乎馬上就熟悉家裡的設備。」

與托凱前男爵的會面結束後，由於賽拉她們還沒回到宅邸，我便前往碧領了解雲巨人孩子們的情況。

「現在正和波奇及小玉一起在外面跑步。」

亞里沙指著外牆對面說。

「他們去外面玩了嗎？」

「莉薩小姐和娜娜已經把外牆對面的危險生物全部解決了，所以很安全。」

那樣的確能夠放心，但就算不特地跑去外面，光是外牆內部也非常寬廣。

「事情辦完了嗎？」

「是啊，迷宮都市的事情已經搞定，我打算回王都了。」

我把自己從托凱前男爵那裡得知的聖骸巨神封印理由告訴亞里沙。

「原來如此啊～如果事情的經過是這樣，也難怪小光光會那麼沮喪了。畢竟事已至此，也很難要求得意洋洋做出報告的第三王子重新進行封印吧。」

雖然愛慕王祖大人的國王和重臣們或許說過，第三王子並不是那種會乖乖聽話的人。

「縱然可以強行奪走，帶去其他地方進行封印……」

「可是那麼一來感覺小光光的立場會變得不妙呢～」

我和亞里沙兩人開始煩惱。

到頭來還是沒能想出什麼好辦法，因此我們前往正在幫孩子們做午餐的露露身邊。

「……原來如此，還能這麼做啊？」

為了製作給巨人吃的餐點，蜜雅召喚出擬似精靈「沙巨人」幫忙烤肉串。

「光靠我一個人實在做不好，所以請蜜雅來幫忙了。」

「嗯，交給我。」

蜜雅在有些害羞的露露身邊挺起單薄的胸部。

「我們不在的期間要交給活動人偶處理嗎？」

「是啊。另外我打算準備魔巨人來應付活動人偶體格上辦不到的作業。」

「畢竟光是讓活動人偶們來照顧小孩也很不放心嘛～」

「蕾莉莉爾。」

蜜雅看著露出沉思表情的亞里沙提出建議。

「對喔！還有**小莉蕾爾爾**在！」

亞里沙彈了個響指，稱讚蜜雅的好點子。

「的確，家庭妖精蕾莉莉爾感覺很擅長照顧小孩呢。」

家庭妖精雖然和人類兒童一樣嬌小，從身高二十公尺的雲巨人看來只能算是誤差吧。

我帶著蜜雅前往迷宮都市的「蔦之館」，得到蕾莉莉爾的欣然同意之後返回碧領。

「這還真是大得不得了耶～」

蕾莉莉爾抬頭看著玩夠回來的雲巨人孩子們，差點跌倒在地。

『比小小的人更小的孩子。』

『豪可愛。』

『喂！不要隨便把人舉起來！』

遭到手指拎起來的蕾莉莉爾向雲巨人的孩子們提出抗議。

『抱歉～妳叫什麼名字？』

『我叫蕾莉莉爾！是侍奉佐藤大人和蜜薩娜莉雅大人的家庭妖精喔！你們也給我輪流報上名來！』

當蕾莉莉爾高高在上地自我介紹完，巨人孩子們也老實地做了自我介紹。

或許是天生的自大態度幫了忙，巨人孩子們很快就和蕾莉莉爾十分親近，變得會乖乖聽她的話。使用倉庫的材料幫他們製作甜點似乎成了關鍵。
「佐藤大人，這些孩子就全部包在我蕾莉莉爾的身上吧！」
蕾莉莉爾用拳頭敲了敲自己平坦的胸部向我保證。
這下子只要偶爾來看看情況就沒問題了吧。接下來就是儘快找到能夠收養這些孩子的養父母了。

◆

「佐藤先生！」
回到迷宮都市的宅邸後，賽拉一副有些著急的模樣等著我們。
「特尼奧大人降下神諭了！」
在我詢問發生了什麼事之前，賽拉開口說：
「災禍好像正在逼近王都！」
看來又有某個麻煩人物帶來麻煩事。
從地圖搜索看起來似乎也沒什麼事情，大概是接下來才要發生吧。
又是紅繩或魔族嗎？我一邊這麼猜測，一邊搭乘飛空艇前往王都。

調查

英雄誕生

「我是佐藤。對指導者來說，或許有必要用淺顯易懂的方式讓支持者了解自己的功勞也說不定。不過，我認為造假或奪取他人功勞的行為是不對的。」

「主人，已經接近王都上空了，我這麼報告道。」

坐在駕駛座上的娜娜報告。

我們依照賽拉的預言返回王都，然而這裡遭到厚重的雲層覆蓋。

「接下來將會下降到雲層底下，我這麼宣言道。請大家在座位上坐好並繫上安全帶，我這麼建議道。」

飛空艇拉低機首，朝著雲的下方降落。另外，好像還沒有下雨。

「——唔呃！」

「是怪獸喲！」

「也有機器人～？」

抵達王都之後，我們看到了巨大的聖骸動甲冑——聖骸巨神正在和相同尺寸的魔族交戰的身影。

「簡直就像特攝電影一樣呢。」

與上次的假上級魔族不同，這次是等級高達六十六的正牌上級魔族。雖然鮮豔的桃紅色看起來很那個，牠的外觀和漆黑的上級魔族十分相似，看起來相當地強。

雙方在貴族街附近進行格鬥戰，卻沒能分出勝負，同時拉開了距離。

魔族將一隻手變成觸手，如同鞭子般抽打著聖骸巨神。

雖然聖骸巨神在球狀障壁的保護下毫髮無傷，似乎因為鞭子的連續攻擊而動彈不得。

「要支援嗎？」

「不，好像暫時沒問題。」

或許打算反擊吧，位在障壁深處的聖骸巨神打開胸部裝甲，裡面開始發出彩色的光芒。

「喵！」

「娜娜！右滿舵！」

我在察覺危機技能發出通知的同時大喊。

「是的，主人。」

聖骸巨神胸部發出的光束穿過急速回頭的小型飛空艇側面。

在衝擊波的影響下，飛空艇如同水中的樹葉般搖晃個不停。

「避震器全力運作，緊急使用微調引擎，我這麼告知道。」

娜娜拚命地操控飛空艇，好不容易才控制局面。

「贏的好像是機器人呢。」

從被光線撕裂的雲層間灑落的陽光中，可以見到魔族上半身被轟飛化為黑霧，以及聖骸巨神擺出發射光線姿勢的模樣。

「看起來莫名地神聖呢。」

「得注意周遭的損害才行呢。」

聖骸巨神大鬧過後，周遭的瓦礫堆積如山。

消滅魔族的光線轟飛附近的一條水道橋，將遠處的山挖刨掉一部分。

水不斷地從水道橋裡噴湧而出，將王都的街道變成混濁的河川。

「主人，紅繩魔物好像也出現了。」

「似乎已經被討伐了呢。是那個類似金屬蜘蛛的東西解決的嗎？」

我開始調查露露和莉薩發現的未知類機械物體。

根據地圖情報，那好像是一種叫做聖骸隨從的多腳魔巨人。從名稱看來大概是聖骸巨神的輔助配備吧。

上次襲擊時大顯身手的動甲冑似乎也出動了。

「戰鬥已經結束了嗎？」

「是的，潔娜小姐。敵人看起來似乎沒有其他詭異的舉動。」

莉薩用尋求確認的眼神看了我一眼，於是我點了點頭。

「沒機會出場～？」

「好沮喪喲。」

——LYU。

眼睛閃閃發光的小玉和波奇，以及不知何時從波奇的吊墜——龍眠搖籃裡出現的幼龍溜溜聽完之後失望地低下頭去。

「剛剛上級魔族的襲擊，就是賽拉大人接受的預言中提到的災禍嗎？」

「是的，我想應該沒錯。」

賽拉回答莉薩的問題。

「主人，接下來要去哪裡，我這麼提問道。」

「去機場吧。」

「是的，主人。」

我趁著飛空艇回頭的時候看向地面，確認受害的情況。

「加尼卡侯爵府和歐尤果克公爵府的損害情況很嚴重呢。不過那裡有地下避難所，我想應該沒事才對……」

「受到那種龐然大物衝擊，會擔心避難所的天花板會不會垮掉呢。」

亞里沙循著賽拉的視線看去，注視著聖骸巨神腳下的凹陷說。

飛空艇降落在機場後，我們前往混亂中的王都。

「貴族街的地勢比較高，就算在這裡也看得很清楚呢。」

「是的，亞里沙。機器人反射著雲層間灑落的陽光十分顯眼，我這麼告知道。」

周圍也有許多人的注意力放在那邊。

「討伐襲擊王都上級魔族的人是夏洛利克殿下！」

「搭乘那個聖骸巨神的可是希嘉王國的第三王子，夏洛利克殿下啊！」

「夏洛利克殿下萬歲！希嘉王國榮光長存！」

到處都能見到像這樣進行宣傳的人。

「那是第三王子的政治宣傳嗎？」

「大概是吧。」

開口大喊的人好像幾乎都是貴族家的家臣，我想應該是第三王子派系的人吧。

「會是盯上王位了嗎？」

「有這個可能性呢。」

我一邊回答賽拉說的話一邊推開人群前進，最後看到被丟著不管的紅繩屍體和倒塌的建築物。

「這次平民區也受到損害了呢。」

莉薩確認周圍的受害狀況，喃喃自語地說。

從地圖搜索看來，跟以王城、貴族街和軍用設施為目標的上一次不同，這次襲擊以一般民眾所在的區域為主。總覺得情況會讓人聯想到年底的紅繩事件呢。

「不過，救援活動似乎已經開始了。」

潔娜小姐指著在建築物裡活動的人們。

「他們都穿著一樣的白色制服呢。是自衛團之類的嗎？」

「眼光很不錯喔，小女孩啊！」

外表輪廓很深的男性，以宛如演員般的動作吸引周遭人們的注意力。

「那是夏洛利克第三王子殿下組織的災害救援隊！殿下就連我們這種下人也一視同仁加以庇護了啊！」

嘴上說著我們這種下人，男性身上穿的卻是上流階層的衣服。

他跟剛剛幫第三王子做政治宣傳的人們應該是同夥。

「他們想提高第三王子的聲望呢。」

「不過，無論是要提高聲望還是其他原因，只要願意進行救援活動就無所謂。」

我催促夥伴們，前往受到嚴重損害的歐尤果克公爵府。

我趁著移動時搜索了一下，發現小光並不在王都，而是在王都南邊，波奇她們去遠足時前往的山中遺跡裡。那裡有和小光一同建立希嘉王國的人們的墓地，或許是去那裡向故人吐露煩惱了。

「喵～？有什麼來了～？」

「嘎嚓嘎嚓地說著話喲！」

後方傳出金屬聲和壓縮空氣的聲音，類似多腳魔巨人的聖骸隨從由道路的方向走來。它的身高約三公尺，比想像中來得更大。

它直接穿過我們身邊，消失在道路的另一端。

根據地圖顯示，它似乎朝著站在歐尤果克公爵府附近的聖骸巨神走去。

「又發生什麼事了嗎？」

「不知道，不過稍微加緊腳步吧。」

潔娜小姐擔心得也有道理，我決定稍微採取非常手段。

「失禮了，賽拉小姐。」

我這麼說完便雙手抱起賽拉，用公主抱的姿勢加快速度。

亞里沙和蜜雅被莉薩和娜娜抱起，潔娜小姐也用風魔法提升奔跑的速度。

「抵達～」

「了喲！」

衝在前頭的小玉和波奇發出「沙沙」的聲音在路上停了下來。

「那裡的牆壁碎掉了，好像可以通過。」

「佐藤先生，由於情況緊急，就從那裡進去吧。」

因為得到賽拉的允許，我們從牆壁崩塌的縫隙抄近路進入歐尤果克公爵府的區域裡。

穿過當作圍牆的常綠樹林後，我們見到宅邸區域的全貌。地面的建築物幾乎全毀，園丁們整頓好的庭院也慘不忍睹。

「機器人～？」

「看熱鬧的人好多喲！」

在單膝跪地的聖骸巨神周圍，聚集了宅邸遭到蹂躪的歐尤果克公爵和加尼卡侯爵的親屬，以及國軍的士兵們。

聖骸隨從跨過人群，往聖骸巨神的方向集結。

「主人，蜘蛛被機器人收進去了，我這麼告知道。」

「那是什麼呢？看起來就像被聖骸巨神腳下的黑洞吸進去消失了。」

如同娜娜和賽拉所說，聖骸隨從逐漸被聖骸巨神收納進去。看來聖骸巨神似乎也具備母艦的機能。

「是類似寶物庫之類的技能嗎？」

「嗯～硬要說的話，應該是重現空間魔法『萬納庫』的機能吧？」

潔娜小姐針對賽拉的疑問說出自己的推測，亞里沙則提出別的意見。

我認為亞里沙所說的「萬納庫」是最接近的答案，字面上的意義也很接近。

「亞里沙懂得真多呢。妳在哪裡知道空間魔法的呢？」

「造訪精靈村落時，我遇見過幾位會使用空間魔法的精靈。」

亞里沙說出儘管不正確但也沒說謊的答案蒙混賽拉的問題。

這段期間內，最後的聖骸隨從也被吸進洞裡，洞口緩緩地關了起來。

「喵。」

小玉對壓縮空氣的聲音起了反應，耳朵抖動了一下。

聖骸巨神頭部後方的艙門開啟，夏洛利克第三王子走了出來。

「是夏洛利克殿下！」

「原來討伐那個巨大魔族的人是夏洛利克殿下啊！」

國軍士兵中有人這麼大喊。

「「「夏洛利克殿下萬歲！」」」

「「「希嘉王國榮光長存！」」」

當國軍士兵中有幾個人同時大喊之後，周圍的人也受到影響而開始歡呼三聲萬歲。

王子笑容滿面地朝讚頌自己的人們揮手。

「總覺得跟剛剛穿著同樣衣服的人很像呢。」

「這麼說來，說的臺詞也一模一樣。」

莉薩也同意亞里沙的呢喃。

原來如此，國軍士兵中也混進了暗樁嗎——呃，稍等一下。

居然事先就準備了暗樁？

也就是說——

「王子從一開始就知道魔族會發動襲擊？」

「主人，那不就是——」

我忍不住說出口，不過能聽見的似乎只有在我身邊的亞里沙。

我用食指抵住嘴巴，告訴她不要聲張。

要是搞錯了，會變成誹謗王族的嚴重情況；就算沒搞錯，在不同意義上也很糟糕。

「聖女大人！」

我聽見類似神官人物的聲音回頭一看，王子走出的艙門下方又有一個艙門開啟，一名失去意識的巴里恩巫女從裡頭滾了出來。看來這臺聖骸巨神是雙人搭乘的類型。

根據地圖情報，巫女雖然沒有死亡，卻已經失去神智且十分衰弱，狀態非常危險。是裡面的管線漏水了嗎？她全身溼答答的。

第三王子連看都沒看她一眼，只顧著接受人們的稱讚。

儘管這麼做很符合他的作風，還是希望他能關心一下一同作戰的同伴。

大概是對這種責備的視線非常敏感吧，王子轉頭朝我看了過來。

「走過來了～？」

「像卡麗娜一樣跳下來了喲！」

雖說把聖骸巨神的手臂和膝蓋當作立足點，不過能夠憑藉三次跳躍就從約莫二十公尺的高度跳下實在很厲害。他身上聖骸動甲冑的輔助機能大概也幫了忙，但還是跟以前的王子不太一樣。

「你躲到哪裡去了，『弒魔王者』？即使能和魔王交戰，要為了民眾和王國跟上級魔族戰鬥還是會感到害怕嗎？」

「我剛從迷宮都市返回，在飛空艇上拜見了殿下大顯身手的模樣。」

由於他突然開口諷刺，我便將事實說了出來。

「找藉口嗎？還真是丟臉啊。」

第三王子露出不屑的笑容。

他還真是擅長這種會讓人不愉快的表達方式呢。

在無表情技能老師的幫助下，我面帶笑容澈底無視他的諷刺。

「哼，連回嘴都辦不到嗎？真是個無趣的小子。」

第三王子一臉無趣地環顧四周，將視線停留在賽拉身上。

「現在我可以接受妳喔？」

他高傲自負地勸誘賽拉。

「畢竟那個不知道還能不能使用。」

第三王子看著被抬上擔架送走的巫女菈維妮雅說。

「那個？使用？這是該對共同戰鬥的夥伴說的話嗎！」

賽拉真心地感到憤怒。

或許是深有同感，夥伴們點頭同意賽拉說的話。潔娜小姐也一樣。

「夥伴？那個是零件。不過就是需要巫女來安撫聖骸巨神，所以我才會用她罷了。」

「也就是說，你也要我去當零件嗎？」

「正是如此。能夠為英雄的活躍做出貢獻，妳應該覺得光榮！」

第三王子肯定了賽拉的責備，露出傲慢的表情放聲大笑。

幕間：賽拉

「像他那種不懂人心的人——」

「巫女賽拉，讓心平靜下來。」

當我還在為夏洛利克殿下那令人氣憤的發言生氣時，遭到年邁巫女告誡了。

這裡是王都特尼奧神殿的某個聖域，是為了和特尼奧神進行神交的神聖場所。

「對不起，我對自己的不成熟感到羞愧。」

不能一直被對愚者的憤怒牽著鼻子走。

我深呼吸讓心情冷靜下來。

——吸氣、吐氣。

稍微平復的內心又閃過王子露出醜惡笑容的臉。

不行，得冷靜下來。

——吸氣、吐氣。

那個笑聲在腦中揮之不去。

「巫女賽拉，請回想心上人的容貌。」

年邁巫女的話語，使我忍不住想起佐藤先生和藹的笑容。

那是個難以捉摸，卻讓人覺得可靠的奇特笑容。

「看來妳冷靜下來了呢。」

「——這麼一說……」

我的內心已經沒有憤怒和不滿。

「那麼，開始祈禱吧。」

「「是。」」

聽見王都神殿巫女長的話語，我和年邁巫女同時回應。

獻上每天都會進行的祈禱後，綠色的光芒閃過我的腦海。

這是預兆。

我敞開心扉，接受來自特尼奧大人的神諭。

——《聖骸》、《搭乘》、《撫慰》。

簡短的詞彙彷彿重疊一般，化為幾種意義和印象灑落在我的心裡。

特尼奧大人希望我搭乘聖骸巨神。

——為什麼？

不成熟的我不了解特尼奧大人的真意。

「大家都收到神諭了吧？看來王都的災禍不光是白天的魔族襲擊而已。」

巫女長口中的神諭和我收到的不同。

忍不住回頭的我和巫女長大人對上了眼。

「巫女賽拉，看來妳收到了不同的神諭吧？」

「是的，巫女長大人。」

我點了點頭，將自己收到的神諭說了出來，和巫女長大人她們討論解釋是否有誤。

遺憾的是意見沒有出現偏差，巫女長她們的看法跟我一樣。

「要是我理解有誤就好了……」

我沒有返回公爵宅邸，而是直接在王都神殿度過一個睡不著的夜晚。不斷煩惱的結果，我決定遵照神諭到夏洛利克殿下的身邊。

我前往佐藤先生的宅邸。

在去夏洛利克殿下身邊之前，我無論如何都想見他一面。

「早安，賽拉小姐。」

「佐藤先生，早安。」

光是單純的問候，居然就能讓我這麼幸福。

看來我果然對他有好感。

「我打算下午喬裝去商店街逛一逛，賽拉小姐要不要也一起去呢？」

佐藤先生意外地敏銳，而且很成熟。

儘管他似乎注意到我的態度與平時不同，依然沒有強硬地詢問理由，而是邀請我一起去散心。

如果我找他商量煩惱，他肯定會爽快地接受吧。

然後一定會說出我想聽到的話語。

正因如此，我才不能告訴他詳情。

因為這一定會在佐藤先生和夏洛利克殿下之間，劃出一條決定性的鴻溝。

「佐藤先生。」

我對佐藤先生說：

「佐藤先生願意相信我嗎？」

我很清楚他的答案。

所以我不等佐藤先生回答便轉身離開。

這是為了遵從神諭。同時也是為了從降臨在希嘉王國的災禍中，拯救佐藤先生和王都的民眾。

我拋下佐藤先生呼喚我的聲音，奔向修羅之道。

王都騷亂

「正如太平盛世人們需要擅長內政的賢王，亂世時人們追求武力優秀的英雄。如同希嘉王國的王祖大和與建立沙珈帝國的初代勇者，我——夏洛利克・希嘉，正是這次『大亂世』中世界所需要的人——夏洛利克・希嘉說。」

「「「夏洛利克殿下萬歲！」」」

「「「希嘉王國榮光長存！」」」

王都接連數日舉行了稱讚夏洛利克第三王子的晚會。

為了能看一眼將襲擊王都、如同魔王般的上級魔族輕鬆擊敗的王子，許多貴族都參加了晚會。

「眾卿都看到了吧！聖骸巨神的驚人力量！」

「當然看到了！那個威力能和過年時見到的守護天龍匹敵！」

「不，威力凌駕在那之上！就算是天龍，也不可能做出能擊中遠方山脈的攻擊！」

「嗯嗯、嗯嗯！最後那一擊貫穿了山峰，我也看到了！」

身穿華麗服裝的貴族們一邊喝酒，一邊熱情地討論。

大聲吹捧第三王子的是門閥貴族和他們的親屬，其中也有許多沒能身居要職的人們。

沒有見到在太守夫人宴會上被提到名字的原太守代理索爾凱。

就算有第三王子的庇護，考慮到他原本的罪行，似乎還是無法在這種公共場合露面。

「有了這股力量，應該就能平定周邊諸國，甚至讓沙珈帝國俯首稱臣吧。」

「是啊、是啊。失去勇者後，沙珈帝國的蝦兵蟹將對夏洛利克殿下來說根本不值一提！沙珈帝國自豪的戰列艦砲什麼的，聖骸巨神用光線就能一網打盡！」

「不過，軍隊人數可是對方占上風喔？」

「閣下難道沒看見嗎？動甲冑戰士和從聖骸巨神裡現身的無數多腳魔巨人。」

「老夫在近距離看到了，實在是厲害啊。士兵們久攻不下的紅繩魔物，居然被動甲冑戰士們如同掃蕩哥布林一般消滅了。」

「多腳魔巨人的實力在他們之上。身為軍閥的老夫很清楚，那個光是一隻就能發揮出好幾隻軍用魔巨人的力量啊！」

當貴族們聊得差不多時，至今一直沉默不語的其中一名貴族開口說：

「既然擁有這種程度的力量，陛下說不定也會重新考慮一下呢。」

「重新考慮？」

「當然是指新立王太子——」

「這是何等不敬！」

聽見他無視現任王太子索多利克第一王子，推崇夏洛利克第三王子繼承下任國王的發言，良識派的紳士開口加以制止。

「什麼不敬！這次的『魔王季節』與以往都不一樣！」

「如今已是有數名魔王復活，將率領魔物排山倒海襲擊王都的大亂世！」

「是啊、是啊！只有夏洛利克殿下那樣擁有力量的人才能平定亂世！」

極端派的貴族們對良識派的紳士說個不停。

「冷靜點！希嘉王國有勇者無名大人在！無論遇到何等災厄，他都會替我等解決！」

「勇者無名的確拯救我們許多次。」

「對吧，所以——」

「但是！閣下怎麼看待仰賴來歷不明勇者的危險情況！你能夠斷言那個人不是沙珈帝國培育出來的勇者嗎？」

「那、那當然。」

面對門閥貴族們不時會在交誼會上提出的話題，良識派紳士的語氣失去了自信。

「勇者無名大人正是從夢晶靈廟甦醒的王祖大人——」

「那不就是冒充王祖大人的行為嗎？」

「說到冒充王祖大人，聽說那個自稱光圀的女狐狸討好了陛下和宰相喔。」

「閣下的意思是，勇者無名的真實身分就是那個女狐狸嗎？」

「我、我不是那個意思……」

他們並不知道光圀女公爵的真實身分正是王祖大和本人的情報。

在保護國王權威和小光本人的意願下，這項情報被隱藏了起來，只有以國王和宰相為首的國家高層才知道。

「說到底，如果勇者無名的真實身分是王祖大人，護國聖劍光之劍就不可能在夏洛利克殿下手上才對。」

「……嗯、嗯嗯。」

對於王祖的愛劍在第三王子手上的事實，良識派的紳士說不出話來。

雖然第三王子手上的聖劍光之劍是徹頭徹尾的假貨，他們卻不得而知。

「啟蒙活動就到此為止吧，殿下已經上臺了。」

在同志的催促下，駁倒良識派紳士的貴族們聚集在臺上的第三王子面前。

「心憂國家的人們啊！感謝各位今晚為了我齊聚一堂。」

第三王子開始演講。

宛如戴上面具，面無表情的巫女賽拉正站在他的背後。

「各位才是真正將國家放在心上的憂國之士！現在這個沒能讓各位獲得正確地位的希嘉王國是錯誤的！」

雖然他的演講跟第一天沒什麼不同，然而對於堅信自己有能力卻沒得到適當評價並對此抱持不滿的貴族來說，沉浸在自己被堪稱英雄的第三王子認可的愉快心境中，似乎具有難以取代的快感。

「我在此宣示！」

看準群眾被漫長的演講炒熱氣氛的時機，第三王子拔出聖劍，讓劍身發出藍色光芒。

眾人的目光都被近距離見到的聖劍光輝所吸引。

「我會重振由王祖大和建立，經過漫長歲月產生扭曲的希嘉王國！摧毀魔王帝國，作為古代孚魯帝國正統後繼國的希嘉王國才是大陸的霸者！」

人們都用熱切的目光注視王子。

那是彷彿能讓人看見深厚欲望的眼神。

「各位擁有尊貴血統的人們啊！聚集在我的旗幟下吧！這麼一來，任何榮華富貴都將唾手可得！」

「「「夏洛利克殿下萬歲！」」」

「「「希嘉王國榮光長存！」」」

良識派的紳士悄悄地離開染上瘋狂的晚會會場。

這是因為第三王子的發言，已經能視為對國王的反叛了。

「要快，必須快點透過主家向國王陛下報告才行……」

紳士穿過空無一人的中庭，朝著停在停車場的自家馬車走去。

「你要去哪裡？晚會還沒結束喔。」

此時他的前方，擋著一名穿著鎧甲的肥胖戰士。

「——唔！」

紳士連忙掉頭，然而腳使不上力，就這麼跌倒在地。

潮溼的觸感和灼熱讓紳士產生一股不對勁的感覺，於是他往下一看。

「我、我的腳！我的腳啊！」

失去的腳踝不斷湧出鮮血，視野急速變得昏暗狹窄。

「假如不做多餘的事，明明就能在殿下身邊享受榮華富貴。」

「這是我唯一能給的慈悲，快點送他上路吧。」

另一名動甲冑戰士拿著沾滿鮮血的劍對同僚說。

他的腳下躺著比紳士早一步逃走，其他良識派貴族的淒慘模樣。

「主人，你對小賽拉做了什麼嗎？」

「沒有，只是覺得她好像有什麼煩惱，打算邀她去散心……」

◆

在那之後，就算寄信給她也得不到回覆。

「依照蒂娜大人的說法，她好像正在跟第三王子一起行動喔？」

「嗯，那件事我也在晚會和茶會上聽說了。」

就連不熟悉社交界情報的希斯蒂娜公主都知道了，與消息靈通的夫人們有所交流的佐藤自然也很清楚。

──佐藤先生願意相信我嗎？

最後一次見面時賽拉說過的話，正在佐藤的腦中不斷迴蕩。

這句話讓佐藤回想起賽拉被豬王附身前的對話，讓他有種不祥的預感。

「上午還有點時間，就去一趟神殿吧。」

（總而言之，就從特尼奧神殿開始依序前往七柱神的神殿，確認除了之前賽拉告訴我的預言之外，還有沒有出現其他危險的預言吧。只要在各個神殿多捐點錢，就應該會有願意鬆口的神官。）

「那麼我也一起去。兩個人比較容易引出話題吧？」

「謝謝妳，亞里沙。」

佐藤向明白自己心意的夥伴道謝。

「真是見外耶。我跟主人都什麼關係了——不過，如果你無論如何都想道謝～」

亞里沙像章魚一樣突出嘴唇逼近佐藤。

「嗯，禁止。」

一道小小的身影阻止了她。

「唉呀，妳在啊，蜜雅？」

「嗯。」

蜜雅發出「嘿咻」一聲，將抱著佐藤手臂的亞里沙拉開。

鐵壁組合即使是對搭檔好像也很嚴格。

「主人，有人送信過來。」

「謝謝妳，露露。是宰相大人送來的啊？會是什麼事呢？」

佐藤透過封蠟判斷寄信人，並且立刻確認起信的內容。

「又是稀奇料理的餐會嗎？」

「如果真是那樣就好了。」

「什麼？是麻煩事嗎？」

「說是有祕密任務。」

佐藤將信遞給亞里沙和蜜雅看。

「我們可以看嗎？」

「這是給隊伍『潘德拉剛』的委託。」

亞里沙快速看完信的內容。

「要調查從貿易都市塔爾托米納入港的外國船隻嗎——為什麼要委託我們呢？」

「信上說要我們沒收魔王信奉團體的行李，或許有魔族或是實力高強的護衛吧？」

「那樣的話，派希嘉八劍過去不就行了？」

「說得也是呢。」

佐藤覺得自己很適合做調查工作，所以並未對此有疑問。可是經人指謫之後，他開始對收到任務委託感到疑惑。

「沒有寫。」

正如蜜雅所說，信上沒有寫派遣的理由。

「現在王都和王城處於會出現魔族的狀況，所以應該是想把希嘉八劍當作護國象徵留在身邊吧？」

「嗯，感覺這樣最合理。」

縱然覺得有些不對勁的感覺，亞里沙依然接受了這個說法。

「主人！接送的馬車到了，我這麼報告道。」

「主人，那好像是宰相大人派遣的馬車。」

娜娜和莉薩走進房間。

「還接到機場已經準備好飛空艇的消息。」

「安排得真周到呢。該說真不愧是能幹的宰相嗎？」

「看來距離外國船入港沒剩多少時間了呢。」

佐藤立刻召集夥伴們，朝停在玄關的馬車走去。

他們已經各自用儲倉和妖精背包準備好行李。

「要在途中接潔娜娜上車嗎？」

「不，信上寫說不要告訴隊伍以外的人，我會告訴她只是稍微出門辦點事。」

「那麼，也別忘了知會卡麗娜大人和小賽拉喔。」

「我知道。」

佐藤迅速寫好信交給女僕。

馬車以無視速限的速度衝進機場，飛空艇在佐藤一行人搭機的同時起飛，魔力爐馬力全開地衝向貿易都市塔爾托米納。

在機場的陰影處，有個可疑的人影目睹這一切。

「這裡是『尊貴血統』，小子起飛了。重複一次，小子起飛了。」

男人透過軍用風魔法「傳聲」向某個地方傳達暗號，接著消失在陰影中。

◆

「父王，聽說您找我——」

「夏洛利克嗎？進來。」

第三王子拜訪了國王的勤務室。裡面除了國王以外，還有希嘉八劍首席「不倒」祖雷堡和「聖盾」雷拉斯的身影。

「還以為索多利克王兄和篤克斯也會在這裡，是為了以防萬一讓他們去避難了嗎？」

第三王子諷刺第一王子和宰相不在的事情。

「這代表你承認那個傳聞是事實嗎？」

「父王是說什麼傳聞呢？」

一名男性從門外追了上來，像是要擋住第三王子的步伐似的擋在他前面。

「請您留步，將配劍交給我們保管。」

「你是什麼人？」

「我是殿下不在時被任命為希嘉八劍的傑利爾．莫沙特男爵。」

「哦？是『弒魔王者』的替補嗎？退下——我沒工夫搭理男爵。」

傑利爾被貶低成勁敵潘德拉剛卿的替補，表情變得僵硬。

「請您留步。就算殿下沒空搭理我，這也是我的職責。」

面對打算硬闖的第三王子，傑利爾依然纏著不放。

「我不會說第二次。」

第三王子推開傑利爾，朝著房間深處走去。

「請您留步——」

雖然傑利爾依然不肯放棄，卻被第三王子轉身揮出的反手拳擊中而飛出房間。

當然，傑利爾是個足以被任命為希嘉八劍的高手，然而藉由聖骸動甲冑提升力量和速度的第三王子輕易地勝過了他。

「祖雷堡，你沒把部下教好喔。」

「殿下，在陛下的勤務室能夠攜帶武裝的只有希嘉八劍和近衛騎士而已。就算是王族，已經被希嘉八劍除名的殿下還是應該儘快解除武裝。」

第三王子和八劍首席互相瞪著彼此。

「——算了。祖雷堡，退下吧。」

「可是……」

「無妨。只要有雷拉斯和你在這裡，任何人都無法傷害老夫。」

在國王的命令下，祖雷堡退回原本的位置。

或許是在戒備第三王子，他的目光一次都沒有離開第三王子身上。

面對這種可說是對王族不敬的態度，第三王子只是不悅地看了他一眼，接著便走到坐在辦公桌前的國王面前。

「父王，您不覺得大亂世所需要的，是年輕又有力量的國王嗎？」

第三王子並未確認國王所說的傳聞內容，自顧自地說了起來。

「傳聞是真的啊……」

國王這麼說，同時重重地嘆了口氣。

「你的意思是自己比索多利克更適合當國王？」

國王抬起頭，並且注視第三王子的眼睛。

家族情誼簡直就像隨著那聲嘆息消失一般，國王的眼神中寄宿著執掌國家為政者的嚴厲光芒。

「正是如此。王兄的確很優秀，但那是指和平的情況。能夠在魔王不斷出現、魔族橫行跋扈的大亂世存活下來的，是武力優秀之人。得到聖劍認同並馴服聖骸巨神的我，正是適合的人選。」

第三王子絲毫不理會國王不悅的表情繼續說：

「父王應該也見到聖骸巨神那連大魔王都能擊退的力量才對！只要有那股力量，想收編周邊諸國稱霸大陸，也不再是個夢想！」

「沒那個必要。」

「那不是希嘉王國的國策。夏洛利克，你重新回憶一下王祖大人的教誨。」

第三王子用一句話打斷試圖說服他的國王。

「那句話要得到和平之後才有用。在我等跨越大亂世之前，那句話沒有任何意義。」

「……夏洛利克。」

呼喚兒子名字的國王內心究竟有多麼難受。

長年陪伴他的祖雷堡和雷拉斯能夠深刻地感受到。

「不必再說了。假如不希望我弒親，就現在立刻宣布退位，把王位讓給我。」

第三王子說出訣別的話語。

「殿下，你這是在忤逆國王，就算被當成謀反——」

「臣子少來插嘴王族的對話！」

第三王子打斷祖雷堡的話語。

「老夫不能把王位讓給忘記王祖大人教誨的你。」

「您這句話——」

第三王子身上的聖骸動甲冑開始滲出彩色的光芒。

察覺異變的祖雷堡和雷拉斯移動到能保護國王的位置。

「——可別後悔了。」

面對刺出長槍的祖雷堡，第三王子拔出聖劍將其打倒在地。

隨後直接揮出第二劍打算殺掉國王，卻被倒在地上的祖雷堡用石突（註：長槍槍柄的尾端安裝的鐵器）橫掃絆到腳，同時雷拉斯用聖盾擋下他必殺的一擊。

「《排除》。」

國王說出這句話的同時，第三王子的身影從勤務室消失了。

他使用都市核的終端，將第三王子轉移到了城外。

「陛下，請原諒臣的不中用。」

「算了。祖雷堡，去討伐……夏洛利克。」

國王猶豫了一會兒之後，下達討伐第三王子的命令。

「遵命。」

祖雷堡衝出勤務室。

緊接著宰相和索多利克第一王子走了進來。

「決裂了嗎？他究竟是被誰慫恿了呢？」

「篤克斯，之後再去追究。陛下，請為反逆者加上烙印。」

「……索多利克。」

國王責備要求採取嚴厲措施的第一王子。

「那傢伙得到了聖骸巨神。幸好現在故障停在城外，但不知道何時會再次啟動。」

「假如是王祖——勇者無名大人……」

「您忘了前陣子光圀女公爵的模樣了嗎？要是勇者在聖骸巨神面前猶豫，王城會化為一堆瓦礫，王都也會陷入火海。」

國王閉上眼睛煩惱了一陣子之後，拿出都市核終端。

◆

「被轉移了嗎……」

被轉移到城外的第三王子使用身上的聖骸動甲冑飛行機能飛上天空。

「刻意假裝故障，事先將聖骸巨神移動到城外果然是正確的。」

他確認遠處聖骸巨神的位置之後，朝那裡飛了過去。

聖骸巨神的周圍聚集了身穿動甲冑的精銳，以及裝備白色鎧甲的部下們。

「殿下，久候多時了。」

「巫女呢？」

「提爾巴已經去神殿回收——好像回來了。」

巫女賽拉宛如行李一般，被扛在動甲冑的肩膀上運了過來。

「太慢了，提爾巴。」

「抱歉，殿下。遭到神殿騎士妨礙了。」

第三王子並未責備絲毫沒有悔意的隨從，而是將視線放在渾身無力被運了過來的巫女賽拉身上。

「還活著吧？」

「當然。」

王子抓住賽拉的手腕將她拉了起來。

賽拉的臉上有一塊紅腫。

「因為她不肯乖乖聽話，我輕輕地揍了她。」

「無所謂，只要活著就行了。把她運到副駕駛座去。」

「她好像昏過去了，放著不管真的好嗎？」

「沒有必要擔心。這傢伙的功用是防止控制迴路失控，只要連接思考，她無論如何都會清醒過來。」

王子用殘酷的表情這麼說，命令其中一個部下將賽拉帶去副駕駛艙，自己也朝著聖骸巨神的主駕駛艙走去。

「依舊是個枯燥無味的地方啊。」

王子打開聖骸巨神的艙門，坐進主駕駛艙。

雖說是駕駛艙，裡面也只有一張堅硬的座椅，以及裝在座椅扶手前面的兩顆寶珠而已。

《操控者，確認搭乘。》

不知從何處傳出的聲音響起，接著駕駛座亮起無數的燈光。

雖然是用孚魯帝國語作出的回應，王子透過精靈製的翻譯裝置理解了話語的意義。

「放出聖骸隨從。」

《遵命，隨從出動。》

亞空間倉庫的入口在聖骸巨神的腳下開啟，聖骸隨從接連不斷地冒了出來。

「進行同步。」

《遵命，連接思考。》

「甦醒吧，聖骸巨神——該你上場了。」

王子透過聖骸動甲冑與聖骸巨神連接在一起。

把聖骸巨神當作自己的身體看待。

接著他將意識轉向聚集在聖骸巨神腳下的部下們。

『聽好了！計畫進入第二階段！』

聖骸巨神外部的擴音器傳出王子的聲音，部下們紛紛看了過去。

『裝備動甲冑的人帶著聖骸隨從，前去鎮壓騎士團的駐紮地。』

「「「遵命。」」」

『其他人依照計畫，分成封鎖諸侯組和鎮壓行政機關組展開行動。』

「「「遵命。」」」

『諸位的行動攸關希嘉王國的未來，回應我的期待吧——出發！』

在王子的命令下，士兵們衝了出去。

《警告，發現敵人個體。》

「不愧是最強精銳，已經趕過來了嗎——」

聖骸巨神的視野放大，發現幾個從貴族宅邸抄近路接近的人影。

『希嘉八劍和聖騎士團來了。提爾巴，用你的部隊擊潰他們。』

「是～」

提爾巴率領三架動甲冑、幾十個士兵和兩臺聖骸隨從前往迎擊。

「在下第一個抵達是也！」

「用風魔法強化了跳躍力嗎？真是個靈巧的傢伙。」

提爾巴迎擊在空中飛舞的希嘉八劍「風刃」包延。

「前菜是動甲冑是也啊。」

「你會在前菜就被幹掉。」

提爾巴雙手握著巨大的劍擺出架式。

「在下是先吃喜歡的菜主義是也喔。」

「——什麼？」

提爾巴露出疑惑表情抬頭看著包延，視野突然被白煙包圍。

「煙霧彈？靠那種東西——」

提爾巴用裝在動甲冑手腕上的攜帶火杖連續發射炎彈吹散白煙。

他的視野瞬間變得清晰，但已不見包延的身影。

「——幹掉了？」

「提爾巴大人，在後面！被突破了！」

提爾巴聽見同僚的話回頭一看，發現包延的身影已經逼近聖骸巨神面前。

「風刃亂舞是也！」

包延從空中施展必殺技。

數道真空之刃逼進單膝跪地的聖骸巨神頭部。

『——愚蠢。』

可是，即將命中之前出現的球狀障蔽守護住聖骸巨神兵。

「這裡才是重頭戲啦——！」

『哼，新人之後是「割草」嗎——』

希嘉八劍的「割草」盧歐娜出現在聖骸巨神腳下。

她踩著破碎的房屋瓦礫往上衝，將巨大的戰鐮向上揮舞。

「死極斷罪旋！」

雖然這是一招能輕易將巨大魔物連同障壁一同稍微殘忍殺害的必殺技，聖骸巨神的障壁紋風不動並依然健在。

『妳以為區區的割草鐮刀，有辦法擊碎連大魔王的攻擊都能承受的障壁嗎！』

「哈，要是擅自決定不可能，什麼事都做不了啦——」

盧歐娜露出無畏的笑容回應王子的嘲笑。

「——海姆老爺，接下來換你了。」

「猛虎爪斬！」

接在盧歐娜之後放出必殺技的，是希嘉八劍的「雜草」海姆。

『割草之後是雜草嗎？白費力氣。』

三連擊的必殺技雖然比起盧歐娜的猛攻也毫不遜色，即使如此依然沒能對聖骸巨神的障壁造成傷害。

「海姆大人！」

包延使用風魔法風壁，從後方將開始墜落的海姆推了回去。

海姆以風壁當作立足點再次跳起，放出第二種必殺技。

「龍角斬！」

這招像是撈東西般朝上揮砍的必殺技，終於對障壁造成傷害。

「追擊的『死極斷頭臺』啦——！」

盧歐娜第二次起跳，用單次攻擊的必殺技重疊在海姆的龍角斬造成的傷口上。

「——嘖。」

盧歐娜咂嘴一聲。

『哼，希嘉王國最強的希嘉八劍三人合力，才好不容易在障壁上打出一道小裂痕嗎？』

王子不屑地看著降落在地面上的希嘉八劍們。

和他的預期相反，希嘉八劍們的表情沒有任何放棄的跡象。

『——難不成……』

與王子同步的聖骸巨神抬起頭，**那個**同時射了過來。

「《射穿吧》——水蝶槍！」

經過超壓縮的水彈畫出螺旋狀的軌跡，穿過障壁碎裂露出的微小縫隙。

『——糟了。』

王子連忙伸手保護臉部，然而水彈依舊穿過指縫並鑽進頭盔間的縫隙，擊中了巨神的左眼球。

——ＧＷＯＯＯＯＯＧＺ。

聖骸巨神因為疼痛發出吼叫。

『該死的赫密娜！』

王子因為幻痛摀住左眼，怨恨不已地叫著射手——希嘉八劍「槍聖」赫密娜的名字。

『不過是個小嘍囉！』

——ＧＷＯＯＯＯＧＺ。

王子的聲音和聖骸巨神的咆哮聲重疊在一起。

『粉碎吧————！』

聖骸巨神伸手的同時放出衝擊波。

衝擊波穿過障壁使大地陷落，大量的沙土和瓦礫如同散彈般四處飛散。

位於直線上的貴族宅邸宛如被投石機集中攻擊般澈底粉碎，扇形空間猶如戰場遺跡般變成了廢墟。

『提爾巴，之後交給你了。』

王子這麼說完，不等部下回答就讓聖骸巨神跳了起來。

一邊擊碎沿途的建築物一邊前進，最終撞上了和城牆重疊般守護著王城的積層障壁。

聖骸巨神的障壁和王城的積層障壁互相干涉，周圍飛濺出火花和衝擊波。

「光靠干涉無法打破保護王城的障壁嗎……」

王子確認起聖骸巨神的武裝。

「龍焰應該能夠打破，但要是因此讓聖骸巨神失去控制就沒有意義了。」

消滅上級魔族的彩色火焰，是將副駕駛座的巫女當成棄子的殺手鐧，不能輕易使用。

「那麼，就只能使用武器了——」

王子從聖骸巨神的亞空間收納庫裡拿出巨劍。不選擇適合擊破結界的戰槌而是劍，大概是王子身為劍士的嗜好吧。

在巨劍的連續攻擊下，王城的積層障壁伴隨著閃光和火花，如同被削開般不斷脫落。

王子殘酷地驅使聖骸巨神不會疲憊的身體，為了打破王城的積層障壁而不斷發動攻擊。

◆

「嗯～真是誇張呢～」

「提爾巴大人，得快點完成殿下的命令。」

「命令是指尋找希嘉八劍的遺體？這裡都成這副德性了，已經被打成碎屑了啦～」

提爾巴樂觀地回答部下的發言，指著堆積如山的瓦礫聳了聳肩。

部下跟著他的視線看了過去，見到倒塌的瓦礫堆。

「嘿呀————————————！」

瓦礫伴隨著充滿氣勢的聲音被掀了起來。

「——啊哈。」

提爾巴見狀露出笑容。

「真不愧是希嘉八劍，居然還活著。」

接著他在雙手的魔劍上張開魔刃走近。

儘管渾身是傷，被瓦礫埋沒的三名希嘉八劍勉強活了下來。

「呼，來得及連續使用『光盾』實在太好了是也。」

「包延，這裡交給你了。我跟盧歐娜去追殿下。」

「明白了是也。」

聽見包延的回答，海姆和盧歐娜衝了出去。

「以為我會讓你們逃走嗎？」

「休想礙事是也。」

包延發出的真空刀刃阻止了打算擋住去路的提爾巴。

「——嘖！」

提爾巴咂嘴一聲，用充滿殺氣的眼神看著包延。

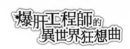

「你想獨自對付我們三個？」

「因為新來的地位比較低是也。」

「哦～是做好了同歸於盡的覺悟嗎？」

「——同歸於盡？」

聽見提爾巴諷刺般的話語，包延揚起嘴角。

「別得意忘形了，小子。」

包延將魔力注入到魔刀中，連「是也」這個口頭禪都忘了說。

接著不知為何，他直接將魔刀收回鞘中——收刀的瞬間，四周被紅色的閃光所覆蓋。

「希嘉八劍的名號，可沒廉價到獲得高級玩具就能贏的程度是也。」

提爾巴警戒包延藉由障眼法展開的攻擊，但在一瞬間的閃光過後，包延依然留在原地。

他在得知自己白擔心之後鬆了口氣，同時用輕鬆的口吻嘲諷包延說：

「居然用玩具來稱呼出現在王祖大人傳說中的動甲冑？搞不清楚狀況到可笑的地步。」

「搞不清楚狀況的人是閣下是也。」

「我哪裡搞不清楚狀況了？」

包延默默地做出準備拔出魔刀的動作，接著並未將刀拔出，而是發出聲音收回鞘裡。

彷彿受到「鏗鏘」一聲的影響似的，提爾巴的背後響起沉重的聲音。

「——咦？」

聲音的源頭正是跟在提爾巴身後，兩具動甲冑的頭盔。

「真正的風刃沒人看得見是也。」

「哦？也就是你隱藏了實力？」

「這是只讓將死之人見識的餞別禮是也。」

提爾巴移動視線，從包延腳下留下的些許痕跡，看穿他所說的「真正的風刃」是將魔刀的閃光當作偽裝，同時施展縮地和居合使出的招式。

「這招對我可不管用喔？」

「那麼就能稍微享受一下了是也。」

兩個戰鬥狂彼此用舌頭舔了舔嘴唇。

「快去支援提爾巴大人！」

「請命令聖骸隨從進行支援射擊！」

「吵死了，別來礙事！」

提爾巴的凶刃殘忍殺害己方士兵。

「連敵我都分不清了是也嗎……真是隻瘋狗是也。」

「少囉嗦！你是我的獵物！」

提爾巴用瞬動接近，和包延展開激烈的攻防，創造出旁人無法接近、刃風四處飛散的危險地帶。

「小隊長，請下命令！」

「嗯嗯，我們小隊——咕噗！」

在下達指示的途中，小隊長的頭被轟飛了。

「趴下！是狙擊！我們被狙擊——了。」

接著副官也失去了腦袋。

剩下的士兵趴在地上，躲在遮蔽物後方躲避子彈。

「提爾巴大人！請對聖骸隨從下指示！我們無法讓它行動！」

失去小隊長和副官的同行士兵們只能躲在待機狀態的聖骸隨從身邊發抖。

「凱倫他們的聖騎士小隊馬上就要到了，接下來交給包延就行了吧。」

赫密娜喃喃自語地說，追著先行離開的海姆和盧歐娜展開移動。

◆

「……這裡是？」

醒過來之後，賽拉發現自己正漂浮在一個漆黑的空間裡。

「我到底在哪——呀！」

撐起身體的賽拉察覺到自己正一絲不掛，用雙手抱住自己的身體。

此時金屬聲響起，她發現自己的手腳都被銬住，上面還連接著鎖鏈。

「——牢房？」

即使環顧四周，這裡除了自己和鎖鏈之外都是一片漆黑。

「這麼暗的話——」

賽拉對自己的裸體不會被其他人看到感到放心，同時為無法調查周遭的不便而嘆息。

「——明明這麼暗，卻能看到自己的模樣？」

賽拉將用來遮住自己身體的手伸到面前。

那隻手微微地呈現透明狀。

「難不成我在作夢嗎？」

至少應該不是現實。

賽拉站了起來，沿著銬住自己的鎖鏈開始移動。

「……有什麼東西在。」

黑暗中見到了一個類似小山的輪廓。

「巨人？」

看似小山的東西，是個盤腿坐著的巨人。

他遠比賽拉知道的小巨人大上許多，也比保護公都城堡的大型魔巨人還要巨大。

巨人眼睛被遮住，身上連接著比賽拉粗上許多的鎖鏈。

那條鎖鏈從天上垂下，消失在黑暗的彼端。

『進行同步。』

熟悉的聲音從鎖鏈垂下的方向傳來。

「這個聲音是殿下？」

雖然聽起來模糊不清，不會有錯。

《遵命，連接思考。》

無機質的聲音做出回應，連接巨人的鎖鏈開始發出藍光。

巨人很不悅地扭動身體。

『甦醒吧，聖骸巨神——該你上場了。』

在王子說話的同時，連接巨人的鎖鏈向上捲起，強硬地將不情願的巨人拉了起來。

——ＧＷＯＯＯ。

在發出呻吟的同時，巨人的身體滲出黑色閃電，纏繞在鎖鏈上。

「難道說這個巨人是聖骸巨人的心？」

賽拉憑藉本能明白自己並非在作夢，而是以精神體的方式出現在聖骸巨人的內心世界。

「殿下！請回答我！」

賽拉拚命地呼喚，但王子並未回應。

只能單方面地聽見王子在和自己以外的人交談。

『不過是個小嘍囉！』

伴隨王子的吶喊，從天而降的鞭子抽打巨人。

——GWOOOOGZ。

巨人發出咆哮，從他身上滲出的紅色和藍色的光芒藉由鎖鏈被吸往天上。

在那之後鞭子降下好幾次，抽打著巨人的身體。

——GWOOOOGZ。

巨人抓住鎖鏈，憑著怒氣用力一拉。

「——呀啊啊！」

賽拉的身體飛上空中。

她身上的鎖鏈似乎與巨人的相連在一起。

——GWOOOOGZ。

「啊嗚！呀啊啊啊啊啊啊。」

巨人試圖扯斷鎖鏈，賽拉頓時感到全身彷彿被撕裂般疼痛。

——GWOOO？

聽見賽拉叫聲的巨人鬆開鎖鏈。

與此同時，賽拉感覺到痛苦逐漸減輕。

「……這就是我的職責？」

為了讓巨人不要掙扎，乖乖聽話的活祭品——這就是王子賦予賽拉的職責。

『輸出不夠。過去的遺物啊，讓我見識你的實力吧！』

從天而降的鞭子不斷抽打巨人榨取魔力。儘管痛到扭動身體，擔心賽拉的巨人仍舊無法抵抗鎖鏈，只能默默承受。

「這樣子……太過分了。」

賽拉看著巨人哭泣的模樣流下眼淚，對王子殘忍的行為湧出宛如流在地底岩漿的憤怒。

◆

「逃到那裡去了！」

平民區的小巷子裡傳來男人們的怒罵聲。

「可惡！鑽來鑽去的——！」

「要是就這樣被逃掉，可就沒有臉見殿下了喔。」

「我知道！你們幾個繞到對面去！把他逼進前面的死路！」

男人們接到第三王子的命令，正在追逐某個人物。

「愛汀，追上來了。」

「沒問題喲，幼生體由我們來保護。」

抱著其中一個海獅孩子在巷子裡奔跑的，是娜娜姊妹的長女愛汀。

確認完身後的妹妹西絲向姊姊報告：

「愛汀，他們好像分散了，我這麼報告道。」

「謝謝妳，西絲。他們似乎打算包圍。」

「吶吶吶，愛丁。沒問題吧？」

「嗯，那當然。畢竟妳的姊姊和伊絲納妮她們在一起啊。」

愛汀的話語充滿對次女的完全信賴。

她們一邊躲避追兵，一邊沿著滿是瓦礫和垃圾的小巷子移動——

「愛汀，前面是死路，我這麼告知道。」

「沒關係，目的地就是這裡——特麗雅。」

在愛汀開口的同時，一名跟她們擁有同樣外表的女孩從看似死路的地方現身。她是姊妹中的三女特麗雅。

「特麗雅準備萬全，我這麼告知道。」

特麗雅在遮蔽物後方招手。

「找到了！漂亮地追趕進死路了！」

「鑽來鑽去的，把除了獸人小鬼以外的人都幹掉。」

「慢著、慢著。難得她們有這麼姣好的臉蛋，等打垮她們之後，再好好教育一下吧。」

男人們露出充滿獸欲的卑劣笑容。

「每個盜賊都長得一樣，我這麼告知道。」

「特麗雅，動手吧。」

「是的，愛汀。讓你們見識陷阱大師的神髓，我這麼告知道。我按。」

當特麗雅做出按下手掌上按鈕動作的同時，巷子到處發出「砰砰砰」的破裂聲，放在牆壁上的木材倒塌，各種機關以此為契機連續發動，大量的瓦礫和廢棄物從追兵上方落下。

順帶一提，陷阱是透過特麗雅的理術啟動，按鈕沒有任何意義。硬要說的話，這是特麗雅受到亞里沙啟蒙後的興趣。

「特麗雅……特麗雅完成任務了，我這麼告知道！」

特麗雅擺出彷彿會發出「啪」一聲的帥氣姿勢宣告作戰結束，指著瓦礫堆形成的樓梯。

「連逃脫路徑都……真不愧是特麗雅呢。」

「是的，愛汀。特麗雅是個被稱讚就會成長的孩子，我這麼告知道！」

「建議儘快逃走。我來帶路，我這麼告知道。」

西絲冷靜地宣言，於是她們離開死路。

沿著房子的屋頂前進。

「休想逃走————！」

愛汀等人前方的屋頂掀開，聖骸隨從擋住了去路。

它的背上坐著一個渾身是血的追兵。

「像這種時候就該不慌不忙，使用主人製作的煙霧彈溜之大吉，我這麼告知道。」

特麗雅扔出煙霧彈的同時，西絲也扔出煙霧彈，四周被白煙所包圍。

「可惡啊啊啊啊！」

聖骸隨從開始到處發射主砲。

熱線擊碎許多房子的屋頂，熱浪吹散白煙。

「找到了啊啊啊啊啊啊！」

男性追兵露出殘虐的笑容，追趕逃到遠處的愛汀一行人。

「愛汀，再這樣下去會被追上，我這麼告知道。」

聖骸隨從踩壞屋頂追了過去。雖然沒辦法發揮原本的速度，要追上用雙腳奔跑的三人只是時間上的問題。

西絲停下腳步，從道具箱裡拿出愛用的短槍和盾牌。

「這裡交給我，妳們先走，我這麼告知道。」

西絲擺出凜然的表情說。

「這裡由特麗雅和西絲來應付，愛汀把幼生體帶到安全區域。」

特麗雅也從道具箱裡拿出斧刀擺好架式。

「妳們兩個，不可以受傷喔。」

「是的，愛汀。」

「特麗雅會繼承『不見傷』，我這麼宣告道。」

抱著海獅孩子的愛汀先行離開，特麗雅和西絲則在原地等待聖骸隨從。

「別以為肉身能夠對抗聖骸隨從啊啊啊啊！」

聖骸隨從頭部的觸角轉向兩人。那正是熱線砲的砲身。

「自在盾，我這麼宣言道。」

「特麗雅也重複使用自在盾。」

兩人面前冒出八片強韌的魔法盾。

「別以為這種程度擋得下來！」

聖骸隨從的砲身開始匯聚紅色光芒。

「——啊。」

兩道影子從專注在特麗雅和西絲身上的追兵死角衝了出來。

「走龍飛踢——我這麼告知道。」

「是雙重走龍飛踢，我這麼訂正道。」

騎著走龍的兩人從聖骸隨從的側面使出飛踢。

兩人兩龍趁勢衝上去的質量和速度，使得走在不穩定立足點上的聖骸隨從翻滾過去。

騎在走龍身上的，是和西絲她們擁有相同外表的女性。

「是維兔和風芙，我這麼告知道！」

特麗雅確認是么妹維兔和五妹風芙後，高興地叫了出來。

「我們來支援了，我這麼告知道。」

維特她們對從屋頂墜落的聖骸隨從不屑一顧，各自接起一個姊妹之後前去追趕愛汀。

「幼生體怎麼了，我這麼詢問道。」

「伊絲納妮的安排很完美。」

「已經讓幼生體跟伊絲納妮和菲兒一起去小光的宅邸避難了，我這麼告知道。」

姊妹們回收先走一步的愛汀，一同前往小光的宅邸。

在路途中——

「感覺今天有很多引發糾紛的士兵，我這麼告知道。」

「特麗雅！特麗雅也這麼覺得！」

在幾個騎士團駐紮地和衛兵值勤室，能看見一群穿著跟追兵服裝類似的人正在和裡面的人起爭執。

「還有覆蓋王城的巨大障壁，王都似乎發生了什麼事情。」

坐在走龍背上的長女愛汀露出嚴肅的表情。

「維兔覺得不必擔心，我這麼告知道。主人一定會想辦法解決，我這麼主張道。」

「特麗雅也有同感，我這麼告知道。」

「呵呵呵，說得也是呢。為了到時候能幫上主人的忙，一起做準備吧。」

愛汀同意妹妹們的說法，開始思考能幫身為主人的佐藤做些什麼。

「能看見宅邸了，我這麼告知道。」

風芙這麼報告，同時讓走龍加快速度。

「這裡是後門，我這麼告知道。」

「正門有很多追兵的同類，我這麼告知道。」

「停下來。看來後門似乎也有。」

「那麼就抄捷徑，我這麼宣言道。索！琉！」

維兔呼喚走龍們的名字，跨過圍牆進到宅邸的院子裡。

本來防盜結界應該會產生反應，不過被宅邸主人小光登錄成客人的愛汀她們順利穿過結界。雖然海獅孩子們沒被登錄，似乎因為跟愛汀她們在一起而平安通過了。

「發現伊絲納妮和菲兒，我這麼告知道！」

先抵達的兩人已經從便服換成白銀鎧。

「幼生體也在一起，我這麼補充道。」

特麗雅和維兔一邊揮手，一邊和先抵達宅邸的姊妹們會合。

姊妹們露出滿足的表情，守望著互相擁抱的海獅孩子們。

「咦？八子？」

此時一陣沙沙聲響起，一名黑髮少年從樹叢中探出頭來。

「維兔發現了約翰，我這麼告知道。」

「好久不見了呢，約翰史密斯。」

「是啊，好久不見。我聽見熟悉的吵鬧聲，所以才過來看看。」

姊妹們和由獨臂少年變成義手少年的約翰史密斯慶祝重逢。

「約翰被小光給關起來了嗎，我這麼詢問道。」

「小光？那是誰？我因為被奇怪的貴族盯上，所以請美都把我藏起來了。」

「小光就是美都，我這麼告知道。比起這個——」

維兔回答約翰的問題後，像是想起更重要的事情似的加重語氣。

「維兔不是八子，而是維兔，我這麼訂正道。這是主人幫我取的，我這麼炫耀道。」

「特麗雅！三號被取名叫特麗雅，我這麼告知道！」

「我也被賦予了愛汀這個名字。」

維兔說出名字後，其他姊妹們也一個接一個地將現在的名字告訴約翰。

「慢著、慢著！就算妳們突然這麼說，我也記不住啊！」

在約翰大叫的同時，宅邸的外牆遭到粉碎。

「這到底怎麼回事？」

「聖骸隨從闖進來了，我這麼告知道。」

突破圍牆的是多腳魔巨人——聖骸隨從。

「找到妳們嘍————！」

男性追兵坐在聖骸隨從背上，白色的外套上沾滿了血。

「你是怎麼追蹤過來的，我這麼提問道。」

「哇哈哈哈！這些蠢貨！只要沿著那些走龍的糞便追，妳們逃到哪裡根本一清二楚！」

——CWUEE。

走龍露出就像在說「真丟臉」的表情叫了一聲。

「這不是索和琉的錯，我這麼告知道。」

「無法抵抗自然法則，我這麼安慰道。」

維兔她們安慰走龍。

「好了！鬧劇到此為止了！運氣不錯，從研究所帶著義手逃走的小子也在這裡啊！」

「噫！索爾凱！」

男人——索爾凱見到約翰後，露出燃起復仇之心的表情瞪著他。

索爾凱是曾和約翰一起尋找聖骸巨神的貴族。

「約翰，竊盜是不好的，我這麼告知道。」

「不能借東西不還，我這麼責備道。」

「不是啦，這是因為詛咒才拿不下來。我可是差點被殺掉呢。」

維兔和特麗雅無視索爾凱並責備約翰。

「在這裡被我遇到就是你的末日！我要用你來發洩讓殿下失望的怨氣！」

接到索爾凱的命令，聖骸隨從將熱線砲的砲身轉向約翰一行人。

「隊形S！所有人採取防禦陣型！」

「「「是的，愛汀！」」」

在長女的命令下，所有姊妹的額頭都浮現魔法陣發動理術「自在盾」。

合計三十三片的強韌魔法盾出現，擋住聖骸隨從的熱線砲。

「唔嗯嗯嗯！」

伴隨著激烈的火光，自在盾從外側開始一片接著一片地粉碎。

「這樣下去會被突破，我這麼警告道。」

究竟是熱線砲會先過熱，還是自在盾會先全部粉碎，呈現出試膽競速一般的情況。

「我判斷情況危急，將使用隱藏裝備——方陣！」

次女伊絲納妮使用白銀鎧的隱藏裝備。

透過和自在盾截然不同的佐藤特製拋棄式防禦盾，熱線砲被澈底無效了。

「怎麼可能！居然能擋下聖骸隨從的熱線砲？」

燒熔的砲身引發小型爆炸。

「還沒完！它還留有狂戰士模式！」

索爾凱按下禁止使用的抑制裝置解除按鈕。

「它所有的腳都變成了劍，我這麼告知道。」

「比起那種東西，蜘蛛助的實力更強，我這麼告知道——召喚眷屬！」

維兔走到前面，全力使用技能。

召喚眷屬，那是身為訓獸師的維兔在三十級時學會，能夠召喚從魔的稀有技能。

然而，在擺好姿勢的維兔身邊，並沒有即將召喚任何東西的氣息。

「我要把妳們砍成肉醬！」

聖骸隨從誇張地掀起宅邸裡的草皮衝向維兔一行人。

「危險！」

在維兔即將被撞到之前，一旁的約翰強行拉住她的手，阻止她被聖骸隨從輾過。

「由於技能冷卻中，召喚眷屬被取消了，我這麼告知道。」

「感謝約翰。維兔，放棄召喚吧。」

約翰和姊妹們閃避橫衝直撞的聖骸隨從。

坐在聖骸隨從身上的索凱爾露出愉快的表情不停地說著什麼，但全都被聖骸隨從掀起庭院泥土的聲音蓋過，完全沒傳進約翰和娜娜姊妹們的耳中。

「所有人全力射出理槍。」

「「「是的，愛汀！」」」

姊妹們使用中級攻擊魔法理槍攻擊聖骸隨從，但全部都被包覆聖骸隨從的球形障壁擋了下來。

「就像卡麗娜一樣，我這麼告知道。」

「的確跟『拉卡的守護』很像呢。」

姊妹的攻擊沒有效果。如果繼續下去，有種很可能會因為魔力耗盡，導致狀況變得越來越糟的感覺。

「再這樣下去不妙……」

約翰看了一眼自己的銀色義手。

「八子！幫我爭取時間！」

「好的，約翰。不過，不是八子而是維兔，我這麼訂正道。」

約翰沒有回答維兔，而是逐漸解開附在左邊義手上的封印。

「聖骸左臂，《啟動》。」

「嗡嗡」一聲，義手上流動彩色的光芒。

「咕唔唔，這就是王祖大和所持有的聖骸動甲冑的力量嗎……」

面對寄宿在義手上的龐大力量，約翰感到畏懼。

「我能控制得了嗎？」

在內心充滿不安的約翰眼前，是維兔姊妹和巨大的聖骸隨從交戰的身影。

「……不，只能做了。」

這是姊妹們信任自己的證明。

約翰抱著必死的決心，壓抑左手亂竄的力量。

「聖骸左臂，《展開》。」

義手的外殼打開，裝在裡面的幾根管子以放射狀的方式飛了出去，如同指揮棒般伸長。

伸出的管子上竄過紫電，淡淡的彩色光芒逐漸加深。

「休想！你休想得逞——！」

索爾凱察覺到約翰打算做什麼，露出野獸般的猙獰表情用魔術版鞭子抽打聖骸隨從。

面對聖骸隨從更猛烈的攻擊，姊妹們透過一起使用隱藏裝備擋了下來。

然而，她們沒辦法一直擋下去。

「約翰，還沒好嗎，我這麼提問道。」

「——就快好了。」

約翰的額頭上滲出汗水，跟義手相連的手腕浮現出深藍色的血管。

纏繞在聖骸左臂管子上的淡淡彩色光芒和其他管路的光芒匯聚在一起，包覆住整隻聖骸左臂。

「就是現在！快跳開！」

在約翰下達指示的同時，姊妹們一起拉開距離。

「聖骸左臂，《龍焰閃》！」

彩色的閃光伴隨著轟鳴聲從聖骸左臂發射出去。

光芒瞬間貫穿聖骸隨從的障壁，被擊中的本體開始融解，瞬間遭到蒸發。

這一招的威力遠遠不及第三王子的聖骸動甲冑施展的「龍焰閃」，但已經具備足以消滅聖骸隨從的威力。

「……我成功了。」

約翰看著僅剩些許碎片的聖骸隨從殘骸這麼說完，兩眼一翻昏了過去。

「「「約翰！」」」

姊妹們衝到倒地的約翰身邊，慌慌張張地幫義手降溫，把魔法藥灑在約翰身上。

當約翰再次醒過來時，肯定會發現到自己全身都被繃帶纏住吧。

不過，騷動並非只在這裡發生。

◆

「這是王太子殿下的要求，快把穆諾伯爵家次女送到王城。」

在王都穆諾伯爵府的會客室裡，一名自稱是王太子使者的貴族女性用傲慢的表情命令。

應付她的人是「鐵血」妮娜．羅特爾執政官。

「索多利克殿下有何貴幹？要將出嫁前的女性召見至王城，想必有相應的理由吧？」

「索多利克？這件事跟第一王子殿下無關。」

聽貴族女性如此斷言，妮娜疑惑地皺起眉頭。

「嗄？那麼跟誰有關係？」

「下達命令的當然是偉大的英雄，王太子夏洛利克第三王子殿下。」

「妳在說什麼啊？我孤陋寡聞，沒聽說夏洛利克殿下成為王太子的事耶？是什麼時候決定的？」

「今天。」

雖然沒有這回事，從幹部口中得知這件事的貴族女性堅信這就是事實。

「原來如此啊。總之我明白了。」

「看來您已經理解了，那麼請儘快把卡麗娜大人帶過來。」

「我拒絕。」

「——咦？」

妮娜乾脆地拒絕，使得貴族女性無法理解而當場愣住。

「無法理解。這可是非常光榮的事喔？」

「我不打算把穆諾領重要的孩子交給那個好色的廢柴王子。要是無論如何都想把人帶走，就給我依照正式手續來！如果是結婚申請，我會幫忙告知穆諾伯爵！」

「居、居居居居、居然說廢柴王子——！」

貴族女性氣勢洶洶地站了起來。

「我認為這對玩弄出嫁前的伯爵千金，使得整個伯爵領叛變的笨蛋來說是合理的評價喔？不過就是個被琳格蘭蒂小姐甩掉的廢物，別高高在上地找人來這樣說蠢話！」

「不、不敬！對王太子殿下不敬，可是等同於背叛國家的行為喔！」

第三王子的目的並非卡麗娜本人，而是她戴在身上的孚魯帝國時代遺物「具有智慧的魔法道具」拉卡。然而，由於她沒有被告知這件事，導致事情變得更為複雜。

「我沒聽過這種事——」

此時建築物碎裂的劇烈聲響，傳進諷刺貴族女性的妮娜耳中。

「看來部下似乎已經抓到卡麗娜大人了呢。」

「——妳說什麼？」

或許是見到妮娜慌張的模樣很痛快，貴族女性露出愉悅的笑容。

「我可是率領了兩架動甲冑和幾十名老練的士兵，『被詛咒的領地』的軟弱士兵根本阻止不了。」

妮娜一邊聽著貴族女性得意洋洋的聲音從背後傳來，一邊打開會客室的窗戶確認發出劇烈聲響的方向。

「……怎麼會這樣。」

「不必擔心，我的命令是別讓卡麗娜小姐受傷——」

貴族女性從妮娜身後探出頭來，隨即見到了預料外的光景而目瞪口呆。

「卡麗娜飛踢——————！」

卡麗娜如同流星般發出的踢技和動甲冑激烈衝突，被踢飛的動甲冑掀起庭院的草皮，撞進外牆停止了動作。

『卡麗娜大人，動甲冑還有一架！』

「我當然知道！」

卡麗娜轉身背對已經完全沒有動靜的動甲冑，朝宅邸的方向回過頭。

「唔哇呀，動甲冑不行不行不行啦！」

「艾莉娜小姐！不要發出奇怪的叫聲，來幫忙把他們誘導到屋外。」

屋裡衝出兩名拿著短槍的女僕。

但不是從入口，而是從牆壁上的洞跑出來。

「我知道啦，新人妹。那些士兵已經搞定了嗎？」

「他們沒什麼實力，輕鬆搞定了啦。卡麗娜大人！下一個來嘍！」

下個瞬間，動甲冑就像要擴大屋子開的洞一樣跳了出來。

「對付堅固的敵人就要攻擊腳下——腳踝橫掃！」

儘管艾莉娜藉由短槍發出的必殺技攻擊腳踝，動甲冑還是打算憑藉球形的防禦障壁強行突進。

「我也來！腳踝橫掃！」

此時新人妹也使出同樣的必殺技，這次總算成功將動甲冑的腳絆倒。

卡麗娜擋住在地上翻滾的動甲冑去路。

『卡麗娜大人，首先要讓障壁失效。』

「是，拉卡先生！」

卡麗娜壓低姿勢站穩腳步，握緊拳頭。

拉卡將障壁附加在她的拳頭上，製造出魔術性拳套。

「卡麗娜鐵拳————！」

她利用瞬動加速踏出腳步，將所有威力灌注在拳頭上。

纏繞在卡麗娜拳頭上的障壁和動甲冑的障壁互相碰撞、打出一個洞，威力絲毫不減地擊中動甲冑的裝甲。

金屬和金屬碰撞的尖銳聲響和火花飛濺，卡麗娜的拳頭深深地插進動甲冑直到手肘。

「——啊！」

卡麗娜以為殺掉了對手，臉色變得蒼白；所幸拳頭只是貫穿動甲冑肥厚的構造，並未對裝備者的肉體造成致命性的傷害。

「怎麼可能！千金小姐居然能徒手破壞動甲冑！」

在妮娜身旁目睹一切情況的貴族女性大聲叫喊。

卡麗娜聽見她的聲音回過神來，將手臂從損壞而動彈不得的動甲冑身上拔出，擺出波奇教的勝利姿勢說：「懲罰結束。」

「真不愧是卡麗娜大人。」

「艾莉娜小姐，回屋子裡把士兵們綁起來吧。」

「咦？再稍微享受一下勝利的餘韻嘛——」

「好了，快走吧。」

新人妹拉著艾莉娜的手腕返回屋內。

「卡麗娜大人！」

妮娜的呼喚聲從兩人後方傳來。

看來新人妹趁著還沒被妮娜責罵之前逃離了她的視線範圍。

「妳以為宅邸的建築和整理庭院花了多少錢啊！」

完工沒多久的建築物牆壁破了一個大洞，庭院充滿只能用慘烈來形容的戰鬥痕跡。被第一架動甲冑撞上的外牆應該也需要大範圍的修整吧。

「我、我只是解決了無禮之徒而已！」

『妮娜大人，我可以保證卡麗娜大人的行動屬於正當防衛。』

「連拉卡大人都……」

妮娜一想到宅邸的維修費用，就十分沮喪。

此時一名打扮如同忍者的男性出現在她背後。

「執政官閣下，除了士兵以外，侵入宅邸的可疑人物已經全部收拾掉了。」

男人——原本是祕銀探索者的斥候馬莫托對雇主進行事後報告。

「是馬莫托啊。你還是老樣子，辦事很迅速呢。」

「只剩下那個使者了，她也要解決掉嗎？」

「畢竟她似乎姑且是個使者，就直接趕走吧。」

馬莫托的身影跟出現時一樣消失，貴族女性連忙衝上馬車，飛也似的逃離宅邸。

「話說回來，就算有拉卡大人在，居然能毫髮無傷地擊敗兩架無敵動甲冑……卡麗娜大人也變強了呢。」

妮娜看著受到女僕們稱讚而雀躍不已的卡麗娜，感慨不已地小聲說。

「不過，太強就沒人要了。」

妮娜深深地嘆了口氣，同時關上窗戶。

「這下真的只能讓佐藤收下她了呢。」

她喃喃自語地說著不知道是開玩笑還是認真的話語，為了報告這次的事件前往穆諾伯爵的勤務室。

◆

穆諾伯爵府以外的地方也引發了騷動。

「無禮之徒，你們可知道這裡是聖留伯爵的宅邸嗎！」

在王都聖留伯爵府的大門前，被譽為領內最強的奇果利卿，正和率領夏洛利克第三王子麾下士兵們的貴族青年爭執。

「說無禮也太過分了，我們只是被派來聖留伯爵府戒備的人。」

「說戒備還真令人傻眼！你們只是想把我等幽禁在宅邸裡而已吧！」

這裡距離王城正門很遠，因此就算能看見王城的障壁，也因為位於死角而看不見不停毆打障壁的聖骸巨神。

即使如此，為了了解王城另一邊傳來的詭異聲響和王城被障壁包圍的異常狀況，奇果利卿他們正準備去調查的時候，遭到這些人的妨礙。

「這就是所謂的誤解。我們是——」

貴族青年說到一半停了下來。

這是因為他見到聖留伯爵正率領騎士們從宅邸正門走出來的緣故。

而且伯爵全副武裝，看起來就像要奔赴戰場一樣。

「如你所見，我的宅邸不需要護衛。」

「這、這可不行，我們奉夏洛利克第三王子的命令——」

他的話還沒說完，聖留伯爵便舉起一隻手。

光是這樣，弓箭手就在弓上搭箭，魔法使也拿起法杖開始詠唱魔法。

「——你、你打算背叛王國嗎！」

「廢話少說，我不打算奉陪爭取時間的蠢貨。」

伯爵用冷酷的語氣宣言，同時揮下手臂。

箭矢不斷射出，貴族青年爬著逃了出去。

由於這些攻擊原本就不打算擊中，以貴族青年為首的敵方士兵並沒有人受傷。

「前往王城吧。」

伯爵騎上愛駒對部下下達命令。

此時一個令人不悅的傢伙，出現在伯爵上馬後變高的視野裡。

「呵哈哈哈哈！在王祖大人留下的無敵動甲冑面前，弓箭和魔法都毫無意義！」

那就是穿上動甲冑的貴族青年。

他的身後還守候著另外兩架動甲冑。

「奇果利，去對付那些小丑。」

「遵命。」

接到伯爵的命令，奇果利卿走到前面。

「就算是鼎鼎大名的奇果利卿，光憑你一個人有辦法對付三架動甲冑嗎？」

「如你所見，我可不是一個人喔？」

「住手吧。不管小嘍囉騎士或士兵有多少，都只會增加傷患而已。」

「是這樣嗎？」

「是的，沒錯。我剛剛也說過了，不光是箭矢，半吊子的魔法也對動甲冑無效喔？」

「咯咯咯，大意可是會要了你的命。」

「這是絕對強者的從容啊。」

此時一陣用杖敲擊地面的聲響，傳進了和傲慢青年貴族對峙的奇果利卿耳中。

「看來已經不必爭取時間了。」

奇果利卿使出瞬動技能。

——而且是向後。

「潔娜！」

「落重旋鎚！」

高壓縮大氣從天而降的強烈一擊，將三架動甲冑連同球型障壁一起砸到地面上。這招的威力和下級魔法「落氣鎚」截然不同，光是餘波就能將周圍的士兵轟飛，讓他們暈過去。

或許是承受不了這麼強的力量，球型障壁粉碎了。

「唔姆姆，這種程度動甲冑可不會輸。」

因為衝擊波陷入無法自由活動狀態的貴族青年說出不服輸的話。

此時進一步的追擊襲擊處於這種狀態下的動甲冑們。

「落雷！」

雷魔法使魯道夫釋放的落雷，麻痺了失去障壁的動甲冑。

就算是一般士兵會立刻陷入無法行動狀態的致死性攻擊，擁有高防禦力的動甲冑依然承受得了。

「魯道夫的攻擊不夠強嗎……」

「不，這個威力剛剛好。」

奇果利卿用宛如疾風的速度衝向麻痺的動甲冑們，毫不留情地用纏繞魔刃的劍砍斷他們手腳的肌腱。

「嗚呀啊啊啊啊啊啊！」

貴族青年發出慘叫，跟隨他們的士兵因為害怕，一個接著一個地開始逃跑。

「脫掉他們的動甲冑，然後綁起來。」

奇果利卿向友軍士兵們下達命令，謹慎地看著道路的另一端。

「第三王子的士兵似乎也去了其他領主的宅邸。」

「唔嗯，那麼就趁機過去賣個人情吧。」

聖留伯爵看了一眼被障壁保護的王城後，決定率領部隊前往附近的卡格斯伯爵府和庫哈諾伯爵府。

「潔娜，妳擔心潘德拉剛卿嗎？」

伯爵發現同行的魔法兵潔娜露出心事重重的表情，於是向她搭話。

「不，佐藤先生——潘德拉剛子爵因為工作離開王都了。」

「這樣啊，運氣真好……不對，這也太剛好了。」

伯爵露出沉思的表情。

「佐藤先生不會那樣！他不可能投靠第三王子——」

「我知道。潘德拉剛卿恐怕被用委婉的方式趕離王都了。」

「趕離王都？」

「沒錯。透過隨便編造工作給他。」

聽見王城對面傳出的巨大聲響，聖留伯爵不悅地皺起眉頭。

「畢竟『弒魔王者』要是留在王都，就很難發動政變啊。」

伯爵這麼做出結論，同時派出援軍。

◆

『小嘍囉別來礙事！』

聖骸巨神放出的衝擊波，將二十公尺級的巨大魔巨人轟飛。

第一層外牆已經遭到突破，聖骸巨神正在攻擊沿著第二層外牆張設的積層障壁。

「——好險！」

「這實在不是對手是也。」

跟魔巨人配合對付聖骸巨神的希嘉八劍「割草」盧歐娜和「風刃」包延被轟飛出去。

「——龍角斬！」

此時希嘉八劍的「雜草」海姆將高塔當作跳臺施展必殺技，卻也只能對聖骸巨神厚重的球型障壁造成傷害而已。

「大到那種程度，實在很難解決掉是也。」

「該怎麼辦，海姆老爺？要是對方像那樣胡來，不僅無法接近，也沒辦法配合赫密娜的槍啊。」

「假如有能夠設置陷阱的地方就好了……」

雖說希嘉八劍平時就有在對付巨大魔物，和聖骸巨神打起來似乎還是不順利。

「魔法呢？」

「在第一道障壁被破壞之前，希嘉三十三杖已經施展儀式魔法，不過全部都被反彈而沒有作用。」

海姆指著前院和宅邸一部分化為瓦礫堆的貴族宅邸說：「結果就是那樣。」

「不僅魔巨人變成那樣，要是城堡的大型魔力砲也無法突破球型障壁，就真的束手無策了是也。」

「哎呀，想再多也無濟於事，豁出去試試看吧！」

「那不就是放棄思考了是也嗎？」

「雖然有同感，既然想不到解決方案，只能垂死掙扎了。」

此時一道人影出現在準備衝出去的三人面前。

「是誰！」

「我是越後屋商會派來幫忙的，名叫夏露倫。」

「夏露倫？當怪盜的傢伙怎麼會來這裡？」

面對盧歐娜表情疑惑地提出的問題，夏露倫回應：「我已經不當怪盜了。」

「慢著，盧歐娜。女人，你是越後屋商會的人嗎？」

「正是如此。我想把難以攻進去的諸位送到那尊傀儡的腳下。」

「送到傀儡的腳下——這樣啊，神出鬼沒的夏露倫。妳擁有轉移的天賦嗎？」

「您猜錯了。擁有轉移的前怪盜是皮朋。比起這個，請跟我來——」

夏露倫朝著希嘉八劍招了招手。

「——我會用地下道帶領各位前往那裡。」

「送我們過去！動作快！」

「遵命。」

在夏露倫的帶領下，希嘉八劍穿過昏暗狹窄的道路。

這裡是聖骸巨神球型結界的內側，聖骸巨神的腳踝就在他們眼前。

「盧歐娜！」

「好——死極斷罪旋！」

盧歐娜施展的戰鐮亂舞，將覆蓋在腳踝上的厚重鎧甲撕開。

「猛虎爪斬！」

海姆的三連斬擊，打飛被盧歐娜必殺技撕開的裝甲。

「——包延！」

「柔軟的內裝就交給在下是也——風刃亂舞！」

包延的必殺技將位於裝甲內側的人工肌肉和循環液管路徹底切斷。

「看到了！死極斷頭臺！」

盧歐娜使出一擊致命的必殺技，砍向位於人工肌肉深處的關節。

「嘖，好硬！」

能夠支撐超過三十五公尺巨大身軀的關節，堅硬程度可不尋常。

即使如此，盧歐娜的一擊依然成功讓關節產生裂痕。

「接下來交給我——龍角斬！」

海姆那據說連龍角都能斬斷的必殺技進一步挖開盧歐娜造成的裂痕。

「就連真鋼製的魔劍也不行嗎……」

「並非如此是也。」

眼前的關節裂痕逐漸擴大。

聖骸巨神自身的體重加大了扭曲和裂痕。

「不妙。」

抬頭看著上方的盧歐娜小聲地說。

失去平衡的聖骸巨神倒了下來。

「請快點過來這裡！」

希嘉八劍們全力朝著招手的夏露倫所在的地下道跳了過去。

好不容易才避免被聖骸巨神壓住的情況。

「千鈞一髮是也呢。」

「是啊，真是危——」

然而，要放心還太早了。

「海姆！快逃！」

在後方準備的赫密娜用擴音魔法道具大喊。

下個瞬間，海姆他們之前待過的地方被澈底轟飛。是聖骸巨神放出的衝擊波。刻意擴大範圍的衝擊波將試圖閃避的海姆他們一起轟飛了出去。

『這群煩人的雜碎。』

夏洛利克第三王子咬牙切齒地怒罵，隨後像洩憤似的朝著海姆等人可能會在的地方連續發出追擊的衝擊波。

『——怎麼回事？』

王子將意識轉向腦中收到的情報。

『聖骸隨從的數量在減少？』

並對腦內浮現的情報皺起眉頭。

『一群廢物。給了那麼多戰力，居然連駐紮地和領主的兵力都無法鎮壓嗎？』

憤怒的王子腦內，映照著聖骸隨從們傳送過來的光景。

有不少王子派出去的部隊已經遭到擊退，各個騎士團開始整齊劃一地向王城聚集。

『雖然不太想用，事已至此不能這麼做了。』

王子這麼小聲說完，便收回聖骸巨神的巨劍，開始集中精神。

就算有導致聖骸巨神失控的風險，他還是決定儘快攻下王城。

『就讓你們見識聖骸巨神真正的價值——』

巨劍發出藍色光芒，和纏繞在聖骸巨神身上的彩色光芒逐漸融合。

——GWOOO。

聖骸巨神的深處發出類似呻吟的聲音。

『龍焰劍。』

——GWOOOOOOGZ。

聖骸巨神揮出巨劍，釋放出彩色的劍閃，將眼前的第二防壁守護結界切開，連第三、第四道守護結界也成功突破。

此時位於對面的其中一座城垛高塔發出閃光。

「——龍鱗壁！」

一面盾牌在王子說話的同時出現在聖骸巨神面前，擋住襲來的炎彈。

『使用了珍藏的魔砲嗎——』

聖骸巨神的龐大身軀瞬間衝向守護結界的對面，拆掉來自城垛高塔上的魔砲。

『——差不多快沒退路嘍，父王。』

王子這麼小聲說，像是要煽動恐懼似的，讓聖骸巨神慢慢地走向最後的城垛並將手放在上面，接著雙手緩緩地將城垛推開。

『終於來了嗎——祖雷堡。』

擋在聖骸巨神面前的，是以王國最強聞名的希嘉八劍首席——「不倒」祖雷堡。

◆

「是祖雷堡大人！」

「如果是不倒祖雷堡大人！」

眾人在也能稱作謁見大廳的王城戰爭指揮所，守望堪稱最終防線的祖雷堡和聖骸巨神的戰鬥。

「——不可能贏得了。」

雖然重臣和文官都用充滿期待的眼神看著這一戰，擁有冷靜目光的人們早已發現這樣連爭取時間都辦不到。

倘若直接跟夏洛利克第三王子交手，就算是祖雷堡的確有勝算；但面對以魔王軍隊作為假想敵製作的兵器，不可能應付得來。即使得到了國王、神官和魔法使們的多重支援魔法，依然無法彌補這個差距。

「必須趁祖雷堡大人爭取時間的時候，想出脫離困境的方法才行！」

「你說還有什麼辦法！無論是希嘉八劍聯手，還是希嘉三十三杖的儀式魔法，甚至是魔砲都對聖骸巨神沒有作用啊！」

武官提出的建設性意見，被歇斯底里的聲音蓋了過去。

「弒魔王者和黑槍莉薩上哪兒去了！既然說是英雄，還不快點現身討伐反賊！」

「都這種時候了，為何守護天龍還不來！假如是富士山脈的天龍，就算是聖骸巨神也不可能全身而退！」

「比起這個，勇者呢！勇者無名大人怎麼了！既然是王祖大人轉世，就應該親手替自己留下的錯誤善後——」

「——住口。」

聽見誹謗王祖的話語，一直把家臣們的胡言亂語當成耳邊風的國王語氣嚴厲地說：

「不准說出愚弄王祖的話。」

「非、非常抱歉。」

重臣跪地磕頭，在國王移開視線的同時連滾帶爬地退出大廳。

「陛下，光閃女公爵身在何處？」

知道光閃女公爵——小光真實身分是王祖大和的索多利克第一王子詢問國王。如果有誰能夠平息這個狀況，就只有身為建國英雄的王祖大和本人而已。

「那位大人見到聖骸巨神的模樣相當悲傷，現在恐怕在米瑪尼山的忠臣陵吧。」

從這裡搭乘馬車過去要花上半天，就算搭乘飛空艇也要花上半個小時。

「就算是那位大人也來不及。」

聽見國王的話，第一王子咬住下唇。

「祖雷堡大人！」

雖然祖雷堡英勇地奮戰，年老導致的衰弱拖累了他的動作。

聖骸巨神趁他咳嗽的瞬間展開攻擊，祖雷堡就這麼被掃落城垛。

「聖骸巨神來了！」

其中一名重臣大喊。

聖骸巨神對墜落的祖雷堡不屑一顧，推開最後的城垛闖進天守閣所在的區域。

「陛下，這裡也很危險，請儘快前去避難。」

「老夫不能捨棄城堡。失去城堡的國王，就好比紙糊的龍一樣。」

面對提出逃難建議的大臣，國王用堅定的眼神說。

「可是父王，這樣下去只是等待夏洛利克的凶刃抵住自己的脖子而已。」

「陛下！索多利克殿下說得沒錯！此時請鼓起勇氣撤退吧！」
「這裡就交給我和武官們，陛下請快點逃走吧。」
「……索多利克。」
跟那些想自己逃走的官僚們不同，第一王子提出諫言，要把自己當作替身來確保國王的安全。
「要逃走的是你，老夫會跟忠臣們留到最後一刻。」
「哎呀哎呀，我也要一起上路嗎？」
「哼，轉移很花魔力，不能隨便使用。」
聽見宰相開的玩笑，國王揚起嘴角。
「那麼，我也留下來吧。其他王子和王妃們已經從祕道逃到城下，就算我在這裡和陛下共赴黃泉，希嘉王家的血統也會留下來。」
「你這個不肖子。」
「還比不上愚弟呢。」
第一王子鄙視乘坐聖骸巨神的同父異母弟弟。
「陛、陛下！我們投降吧！就算是夏洛利克殿下，應該也不會隨便殺人才對！」
國王舉起一隻手，近衛騎士們隨即將提出投降的重臣帶出大廳。

「老夫可沒打算白白送死。」

國王從空中拿出一支由藍色結晶製成且為長杖尺寸的巨大權杖。

多虧祖雷堡和家臣們爭取時間，發出藍色磷光的權杖已經注入大量的魔力。

「沒想到要對老夫的兒子使用這個。」

權杖閃動著藍色光芒，包覆住國王的身體。

能看見魔力流動的年輕宮廷魔術師，在感受到那股龐大的魔力量之後昏了過去。

「──《王威轟雷》。」

數道纖細的閃電出現，纏住聖骸巨神。

聖骸巨神一副覺得很煩人似的伸手甩開。

「不行……對聖骸巨神沒有效果。」

「──不對，那是前兆。」

擔任希嘉三十三杖首席的宮廷魔術師長小聲地說。

下個瞬間，足以讓人失明的刺眼閃光和彷彿會讓人心臟停止跳動的轟鳴聲響徹四周。

規模超越人類認知的轟雷之雨落了下來。

「這就是王之力……」

球狀障壁被抹消，聖骸巨神的身體冒出白色的霧氣。

周圍的石材融解，變成紅色的岩漿燒了起來。

「就算這樣還是不夠嗎……真不愧是和王祖大人及守護天龍一同與大魔王『黃金豬王』展開死鬥的傳說兵器。」

聽到國王這句話的人們，戰戰兢兢地看著聖骸巨神。

它的眼睛以宛如會發出聲音的氣勢亮了起來，用僵硬的動作將手伸向天守閣。

「到此為止了嗎……如果可以，希望王祖大人能夠培育下一代的希嘉王家。」

國王露出死心的表情閉上眼睛。

然而，無論經過多久，最後的時刻都沒有到來。

這是因為——

◆

「神威巨盾！」

聖骸巨神打算擊碎王城天守閣的拳頭，被上級理術魔法的透明盾牌擋了下來。

『現在終於出現了嗎！假冒王祖的可疑毒婦！』

見到小光浮在空中的身影，第三王子開口罵道。

「「「王祖大人！」」」

「「「光囡女公爵！」」」

「抱歉，我來遲了。」

知道小光真實身分的部分人士，以及沒預料到這種狀況的大多數人都驚訝地大喊。

『妳是來做什麼的，毒婦！』

「當然是來阻止你的。這是我和那個人的約定。」

『說什麼莫名其妙的話。像妳這種傢伙，就算等級再高也不過是個魔法使。沒有前衛的魔法使只是個活靶罷了。』

小光拚命地移動，閃開聖骸巨神發出轟鳴聲揮下的劍。

「近身戰的確有點累人呢，所以說——」

小光從「無限收納庫」拿出聖劍。

「——《起舞吧》光之劍。」

得到小光龐大魔力的光之劍瞬間巨大化，分成了十三把劍。

『妳這傢伙！居然搶走了我的劍！』

十三把劍彼此配合，擋住聖骸巨神不斷揮動的劍。

「你是現任的聖劍使用者嗎？那麼對不起喔。光之劍用來爭取詠唱時間很方便喔。」

小光這麼說，身旁出現用擬似物質創造的巨槍。

「神威巨槍。」

接著用宛如飛彈的方式朝著聖骸巨神射出電線桿大小的巨槍。

聖骸巨神用巨劍將其砍斷。

『可惡的毒婦！別以為這種程度就能擋住我的劍——櫻花亂舞！』

第三王子駕駛聖骸巨神施展必殺技。

「——唔！神威巨盾！」

就算是聖劍光之劍，也沒辦法連續招架巨劍揮出的連續攻擊，於是小光在千鈞一髮之際用盾擋了下來。

不過無法澈底化解力道，小光的身體就這樣被打飛到王城天守閣上。

「唔哈……這樣有點不妙呢。」

『這就是魔法使的極限！沒有前衛的魔法使——』

第三王子重複剛剛說過的話，同時高高舉起劍。

『——就成為我劍下的銹痕吧！』

「神威巨盾！」

揮落的劍擊碎擬似物質創出的盾，朝著小光的頭上砍了下來。

「血薔薇結界。」

「漆黑縛鎖。」

如同血液般的深紅薔薇鎖，以及彷彿夜晚降臨般的漆黑鎖鍊擋住了巨劍。

「巨城岩拳！」

天守閣的一部分化為魔巨人的上半身，將聖骸巨神打飛出去。

完全被打個措手不及的聖骸巨神失去平衡跌倒在地。

「——腐獄珀刑。」

聖骸巨神倒下的地面瞬間腐爛衰敗，變成如同膿胞般散發惡臭的爛泥沼澤。

『這、這是怎麼回事！』

聖骸巨神沉進沼澤裡。

「這個……該不會是？」

「除了咱們以外沒人辦得到吧？」

「佛露妮絲！」

小光見到站在天守閣屋頂的少女大喊。

「當然，我等也在。」

「喲，大和！好久不見了啊！」

哥布林公主佛露妮絲——唯佳，其身旁聚集一群蝙蝠的藍皮膚美女——喬裝打扮的吸血鬼真祖班，以及毆打聖骸巨神的上半身魔巨人——「鋼幽鬼」鎧正輕鬆地向小光搭話。

「班先生和鎧！你們怎麼會來這裡？」

「聽庫羅說妳相當無精打采，所以來幫妳打氣了。」

「骸爺！」

回答小光問題的正是「骸王」骸本人。

除了附身在王城牆壁上的鎧之外，在迷宮下層生活的三名人外為了讓人看不出他們的外觀，身上都披著斗篷。

「唔，這下可不妙啊——」

骸操控的泥沼冒出氣泡，中心變成紅色。

「——唯佳！」

「嗯嗯！無敵的防禦結界『自動防禦』！」

唯佳用纏繞紫光的獨特技能，擋住蒸發泥沼中央發出的彩色熱線。

「唔唔唔，這招超過承受量了。」

「真的假的？」

「這下不妙啊。」

全盛期的唯佳使用的「自動防禦」連魔王的攻擊都能擋住，但經過漫長歲月而力量衰退的她施展的「自動防禦」無法徹底擋住聖骸巨神的龍焰閃，而是遭到擊碎。

「神威巨盾──────！」

小光無詠唱地連續使用上級術理魔法。

無數擬似物質盾牌出現，成功偏移被唯佳用「自動防禦」削弱威力的龍焰閃。

聖骸巨神的手從澈底沸騰的泥沼裡冒了出來。

「雖然很想趁它完全出來之前，用咱的『重力井』將它放逐到事象地平面的彼端──」

「妳是笨蛋嗎！別在這麼多居民的地方用啊！」

「說得也是呢～」

「用神斬丸不就好了？」

「少替別人的獨特技能取奇怪的名字啦！那是專門用來對付『抗拒之物』！怎麼可能隨便使用那麼危險的獨特技能！那樣才會讓咱變成魔王啦！」

在唯佳他們爭論的時候，聖骸巨神從沼澤裡爬了出來。

「不能直接打倒他對吧？」

「嗯，我不想繼續傷害『空踏』了。」

「也是呢。那麼方法只有一個了。」

「就是綁住他，把操控者拖出來吧。」

——GWOOOOGZ。

聖骸巨神的胸部裝甲開啟，閃動著彩色的光芒。

『可惡的毒婦同夥！給我化為塵埃吧！』

小光一行人全力閃開聖骸巨神發出的龍焰閃。

「喂，那樣很不妙吧？」

龍焰閃的光線很不集中，如同紫電般的熱線在城內到處亂竄。

——GGGVWOOOGZ。

聖骸巨神的咆哮也變成含糊不清的聲音。

「是失控的前兆呢。」

「不過，總會有辦法吧？」

鎧使用獨特技能「魂魄附體」，將沼澤附近的地面當成材料製作出和聖骸巨神相同大小的身體並抓住它。為了不讓巨神使用麻煩的龍焰閃，將它連同胸部裝甲一起抱住。

「畢竟是為了朋友，咱就稍微努力一點吧。理力縛鎖——超粗版！」

紫光數次流過唯佳的身體，她透過無詠唱的上級術理魔法製作的鎖將鎧連同聖骸巨神一起綁在地面上。透過獨特技能得到無限魔力支撐的鎖，就算用聖骸巨神的怪力也沒那麼容易解開。

「接下來輪到老夫了。」

骸全身纏繞著暗紫色的光芒，抓住聖骸巨神的駕駛艙。

「嘿嘿嘿呀——」

他使用獨特技能「金屬創造」讓保護艙門的裝甲變質，使其就像加熱的糖果一樣變形，撬開了艙門。

「——給老夫出來，蠢貨。」

骸藉由老邁的外表難以想像的臂力，將第三王子從駕駛艙拖了出來。

他的腰上雖然掛著偽光之劍，卻被真祖班的血流魔法回收了。

「懲罰的時間到了。」

骸的手指發出「喀啦喀啦」的聲響。

「該死，低賤的傢伙！」

第三王子掀開骸的斗篷。

「居然是魔物！總算露出真面目了啊，妳這毒婦！」

骸和唯佳將掙扎的王子揍倒在地。

即使身穿聖骸動甲冑，在骸等級高達七十二的腕力，以及使用獨特技能「霸拳無雙」的唯佳面前完全無法抵抗。

「別以為這種程度就能阻止我！跪倒在統治新世界的王面前吧！」

面對王子即使被壓在地上依然傲慢的態度，骸等人非常傻眼。

此時，王子身穿的聖骸動甲冑開始冒出黑色霧氣。

「噫，糟糕。」

「大和！快點強制除裝！」

「辦得到吧？那本來就是妳的鎧甲。」

「嗯、嗯，只要使用主鑰匙的話——」

小光從無限收納庫裡拿出一個龍形的吊墜。

這原本是為了幫認識的男生(約翰)拆下義手，才前往墓地拿回來的東西。

「動作快！」

「孚魯帝國的那些笨蛋！為了製作最強的裝備，居然裝進這麼不妙的東西！」

骸和鎧露出焦慮的表情催促小光。

「主鑰匙啟動，使用者希嘉．大和。」

小光的吊墜發出藍光，被吸進王子身上的聖骸動甲冑胸口。

即使在這麼做的期間，黑色濃霧的顏色也變得越來越深，彷彿纏繞聖骸動甲冑的蛇一般飄在周圍。

「還沒好嗎！」

「就快了——很好，《強制除裝》！」

小光說出口的同時，聖骸動甲冑的固定器具遭到解除，王子的身體被強制扔了出來。

「唔啊啊啊啊啊啊啊啊啊啊啊！」

王子的身體纏著繃帶，能看見無數的器具被塞在繃帶的縫隙裡。

「這是強行讓身體配合大和用的鎧甲嗎？」

「真是亂來。」

鎧和班嘆了口氣。

「等、等等！黑色的東西沒有停下來耶？」

「不要緊。只要離開瘴氣源頭，馬上就會變淡。」

骸一邊說著瘴氣源頭，一邊指著王子。

「這些傢伙為了使得龍神珠的小型碎片穩定下來，將『抗拒之物』的殘渣當成觸媒來使用了。」

「那是什麼很不妙的東西嗎？」

「是讓豬王發狂的『墮落魔神』殘渣。孚魯帝國為了打倒豬王，將魔族使用的那個東西也拿來用了。」

「穿著聖骸動甲冑戰鬥會感到一股驚人的破壞衝動就是因為那個？」

「那就不清楚了。真正不妙的是龍神珠的碎片。那可是孚魯帝國控制失敗，創造出大沙漠的玩意兒啊。」

「是、是那場爆炸？」

正當骸和小光在交談時，鎧在王子的身體上撒下不會讓他喪命的魔法藥。

「妳還挺溫柔的嘛。」

「畢竟需要用來處刑的腦袋吧？」

鎧的行動似乎並非出於親切。

「總而言之，事情解決了吧？」

——ＧＧＧＶＷＯＯＯＧＺ。

失去操控者的聖骸巨神發出模糊不清的呻吟聲。

「……難道說——」

聖骸巨神的身體滲出彩色的光芒。

然而，那道光芒和之前不同，顏色十分暗淡。

「開始失控了嗎？」

「綁住了所以沒問題——噫！」

聖骸巨神壓扁外部裝甲，強行扯開了拘束。

「唯佳！」

「交給咱吧！」

唯佳迅速發動獨特技能，發動由無限魔力來支撐的強韌理力縛鎖，但是對強制解除限制、陷入失控狀態的聖骸巨神沒有效果。

——ＧＧＧＶＷＯＯＯＧＺ。

它瞬間扯斷粗大的鎖鏈，拖著腳步朝著東側城下町的方向走去。

「它打算去哪裡？」

「誰知道。」

雖然聖骸巨神走得很慢，卻沒有什麼幫助。

或許是魔力爐失控了，每當聖骸巨神踏出步伐，地面就會融化出腳印，周圍的可燃物也跟著燒起來。

「再這樣下去，王都會受到嚴重的損害。」

鎧、骸和班三人一副事不關己的模樣。

「大和，沒辦法阻止嗎？」

「我試試看！」

小光啟動飛翔鞋，移動到聖骸巨神面前。

「『空踏』！停下來！再這樣下去，王都會有很多人死掉！」

——ＧＧＧＶＷＯＯＯＧＺ。

聖骸巨神只是一味發出呻吟，無論小光說什麼都完全沒有反應。

「進去駕駛艙的話！」

小光繞到駕駛艙的後面。

「等一下！」

唯佳制止了她。

「駕駛艙裡充滿瘴氣。要是進去那種地方，會被『殘渣』吞噬，直接從現世退場啊！」

「可是！」

「進去裡面還能沒事的，只有就算被殘渣嚴重侵蝕也不當一回事的變態而已。」

雖然小光仍不肯放棄，還是相信活了比自己更久的唯佳，放棄坐進駕駛艙。

「『空踏』！停下來！拜託你停下來啊————！」

小光貼在聖骸巨神的臉上傾訴。

聖骸巨神魔力爐產生的熱度，連覆蓋頭部的頭盔也變得熾熱，打破小光的防護障壁，燙傷了她的手掌。

「妳這笨蛋！不要亂來啊！」

唯佳拉開小光的手，用治癒魔法治療她的燒傷。

「就算妳不犧牲，這個速度也能設法引導人們避難。」

「可是，即使如此！夏洛利克他們打造的王都，他的子孫們孕育至今的文化都會燒光。絕對不能破壞『踏空』他們不惜捨棄人生得到的和平啊！」

小光在唯佳的懷裡哭泣。

◆

「聖骸隨從啊！為何不聽從指示！」

聖骸巨神失控似乎也對手下的多腳魔巨人——聖骸隨從造成影響。

「房子！我的房子啊！」

「別管那些了，快點逃吧！不然會像那些白衣服的傢伙一樣，被熱線砲燒死喔！」

聖骸隨從無視操控者的指示，用熱線砲射擊目所能及的建築物，或是用爪子撕碎攻過來的對象。

「猛虎爪斬！」

以希嘉八劍和聖騎士們為首的王國騎士們從失控的聖骸隨從手下保護了人們。

「真是的，好不容易從瓦礫堆底下爬出來，這次又要在城外對付聖骸隨從是也嗎？」

「要抱怨等之後再說——死極斷頭臺！」

盧歐娜開口責備包延，向聖骸隨從使出必殺技。

「好硬啊！」

「聖骸隨從的球狀障壁真麻煩是也。」

擁有強大攻擊力的希嘉八劍雖然能單獨應付聖骸隨從，除此之外的人即使以部隊為單位也應付不來，因此只能專心阻止聖骸隨從進行破壞。

「比起這個，那個往這裡過來了是也。」

「那個再怎麼說也搞不定吧。」

盧歐娜看著渾身纏繞火焰的聖骸巨神，說出放棄的話。

他們並不知道，聖骸巨神走得那麼慢，正是因為他們破壞了聖骸巨神的腳踝。

◆

——GGGVWOOOGZ。

在夢幻般的黑暗中，沉悶的咆哮聲響起。

「巨人先生。」

賽拉呼喚被遮住眼睛的巨人。

從王子的聲音來判斷，外面似乎展開了激烈的戰鬥。

戰鬥越是激烈，從天上揮出的鞭子越是凶猛，巨人的身體逐漸變得滿是傷痕。

賽拉拚命地向王子發聲，卻沒有得到任何回應。

——GGVWOO。

「停下來了？」

不知道發生了什麼事，天上持續甩個不停的鞭子停住了。

賽拉見狀鬆了口氣，但此時沒被鞭打的巨人看起來相當痛苦。

——GGGVWOOOGZ。

「黑色的閃電……」

纏繞著巨人的黑色閃電在巨人的身體上劃出醜陋的傷痕。

或許是非常疼痛，巨人抓著傷痕，扯下身上的布和遮住雙眼的綳帶。布帶脫落的胸口顯露出一顆滲著七彩光芒的球體，黑色閃電就是從那裡冒出來的。

「這是四周的景象嗎？」

由於覆蓋巨人雙眼的繃帶被扯下，黑暗之中開始能夠模糊地看見周圍的光景。

巨人走過的地面融化，巨人用手觸摸的地方燒了起來。

等在巨人前進路上的，是王都的街道。

「這樣下去王都會化為灰燼。」

面對可預見的恐怖未來，賽拉不禁屏住呼吸。

「巨人先生！請停下來！」

——GGGVWOOOGZ。

巨人不停走著。唯有這件事是自己的使命，這個想法也傳達到了身處同樣黑暗之中的賽拉心裡。

「山？你想去富士山脈對面嗎？」

巨人沒有回答。

無論賽拉多麼努力掙扎試圖停下巨人的腳步，巨人的回應只有拒絕。

此時巨人終於穿過占地廣闊的上級貴族區，進入排列著下級貴族宅邸的區域。

這樣下去很快就會抵達平民生活的區域，那裡的人口密度高到貴族區域無法相提並論的程度。

雖然聖骸巨人的步伐緩慢，依然比人跑步的速度更快。

「這樣下去會有很多人犧牲！」

賽拉不顧自己受到的傷害，奮力地試圖阻止巨人。

然而這麼做只會白白受傷，巨人的步伐絲毫沒有變慢。

「拜託你停下來。」

然後，聖骸巨神終於還是抵達平民區了。

「已經不行了……」

賽拉被自己的無力感擊垮。

此時她的腦中浮現心愛之人的笑容。

「……佐藤先生。」

這個名字給了她繼續努力下去的勇氣。

「沒錯。為了能夠抬頭挺胸地跟佐藤先生見面，我不會放棄！」

賽拉用手粗魯地拭去眼淚，再次挑戰黑暗中的巨人。

巨人與聖女

「我是佐藤。在奇幻系的戰略回合制模擬遊戲中，巨人和龍之類的單位非常強大，讓人忍不住想要多用。不過如果是在現實，總覺得會瀕臨種族滅絕的危機。」

——佐藤先生。

因為有種被人呼喚的感覺，我環顧四周。

「怎麼了，主人？」

「沒事，只是覺得好像有人在叫我……」

當地的官員正在我們周圍對入港的外國船進行臨檢。

我已經確認這艘船有魔王信奉團體「自由之光」的幹部和被魔族附身的船長，目前正在斟酌不會搶走現場人員功勞的時機。

船艙的走私用空間裡，藏著能召喚魔族的危險物品和魔人藥之類的違禁品。

順帶一提，宰相指示的外國船是其他的船。感覺情報似乎有出入，最初指示的那個是一艘正經的交易船。

有個自稱監督官的傲慢貴族青年擔任觀察員，他一直堅稱：「那艘船沒有問題。」「這艘才是宰相大人指示的船，你不相信宰相大人的判斷嗎！」不停發著牢騷，實在麻煩。

話說回來，我在塔爾托米納的港口見到打算回國進貨的鼬商人霍米姆多利先生。他看起來正匆忙地做出航準備，是鼬帝國發生政變了嗎？

「該不會又是遇見陌生美女的旗標吧？畢竟主人總是立～刻就會被捲進騷動中。」

「嗯，主角體質。」

亞里沙和蜜雅真過分。

縱使我認為這不是來自「陌生美女」的呼喚，不過我確實很在意，於是決定依序搜索一下熟人。

雅潔小姐在波爾艾南之森、蘿蘿在要塞都市阿卡緹雅的勇者屋、蕾伊和優妮亞在拉庫恩島、小光在王都、潔娜小姐在聖留伯爵府附近、卡麗娜小姐在穆諾伯爵府，大致上就像這樣，感覺似乎沒什麼變化……

「怎麼了？真的發生事件了？」

賽拉目前的位置在聖骸巨神的副駕駛艙裡。

她似乎基於某些理由而跟隨第三王子，因此並不難想像會跟他一起搭上聖骸巨神。

問題在於賽拉的狀態。

——幽體脫離？

儘管想用空間魔法「眺望」進行確認，這種距離實在看不見。

「賽拉好像出了什麼事。」

雖然有種想立刻用轉移趕到賽拉身邊的衝動，還是靠理性壓抑住了。

「主人，振作一點。莉薩小姐，叫大家集合。」

「嗯，集合。」

亞里沙和蜜雅抓住我的手。

「嗯，我沒事。」

我想情況應該還不致命，但由於賽拉曾經在我一時沒注意的幾天後變成「黃金豬王」的活祭品，所以我才會這麼著急。

「主人，集合完畢了。」

「好，我們走吧。」

我將臨檢外國船的事丟給當地有能力的官員，簡單地威脅大呼小叫地詢問我們要去哪裡的無能監督官讓他閉上嘴。

之後甩開跟蹤的人，自陰影處反覆使用「歸還轉移」前往祕密基地，換上黃金鎧之後返回王都。

◆

「這是怎麼回事？」

冒著黑煙的王都城鎮與受到嚴重損害的王城光景，呈現在轉移到王都越後屋商會屋頂上的我們眼前。

「短短半天災難就找上門了嘛。」

「Unbelievable～？」

「非常非常糟糕喲！」

「受損最嚴重的似乎是王城。」

「那邊冒出了黑煙。」

「火災。」

儘管想立刻趕到賽拉身邊，這麼嚴重的大災害不能放著不管。

我趁著夥伴們在屋頂上東張西望的時候，打開地圖掌握大概的情況。

「亞里沙留在這裡下達指示。露露擔任亞里沙的護衛，蜜雅召喚希爾芙飛上空中觀察王都的狀況並告訴亞里沙。前衛四人就依照亞里沙的指示，前去支援需要救援的地方。」

「主人呢？」

「我去解決引起這個狀況的根本原因。」

我換上勇者無名的打扮飛了起來。

『要解決第三王子嗎？』

戰術輪話傳來亞里沙的聲音。

『沒有那個必要。第三王子似乎已經在王城被抓起來了。』

『唉呀呀，連壞人都當不好，反派失格呢。』

『那麼，是什麼東西引起了騷動呢？』

『魔族？』

『不是喔，好像是渾身冒火的聖骸巨神正失控地朝著東門走去。』

我在黑煙中發現了聖骸巨神。

由於它走過的地方都盛大地燒了起來，因此我用剛學會的「召喚雨」和「召喚濃霧」來救火。

雖然沒能完全撲滅火勢，由於效果會持續一段時間，放著不管就行了吧。

我用閃驅移動到聖骸巨神的頭頂上。

「拜託你『空踏』！停下來！」

小光人在聖骸巨神的面前，露出拚命的表情向聖骸巨神傾訴。

她口中的「空踏」應該是聖骸巨神的暱稱之類的吧。

「——你這傢伙是誰！」

一顆石彈從附近的屋頂上飛了過來，我用「理力之手」接住並將其收進儲倉裡。

在我被石彈吸引注意力時，無數的刀劍從我的死角飛來，閃過之後空中又降下如同血一般的紅色刀刃。我透過斬斷魔法將其擊潰後勉強躲避，卻依然不斷有攻擊朝我襲來。

對手非常老練，而且無庸置疑是上級魔族程度的高等級。

至少經驗一定比夥伴們更加豐富且等級更高，搞不好可能是魔王級。

「可惡！打不中！」

「奇怪的面具——恐怕是魔王信奉者。」

「實在讓人興奮，這種好對手很少見呢！」

總覺得聲音在哪裡聽過——

「還不住手，你們這些蠢貨！」

「——唯佳？」

開口的是理應待在迷宮下層的小鬼姬唯佳。

現在的她是擁有初代人格的唯佳三號嗎？

「你為什麼會在這裡？」

「他是佛露妮絲認識的人嗎？」

「這傢伙是庫羅。在發動攻擊之前，應該好好鑑定一下吧？」

唯佳三號將發動攻擊的人——迷宮下層的愉快鄰居們——吸血鬼真祖班、「鋼幽鬼」鎧與「骸王」骸罵了一頓。

這麼說來，我好像沒用「勇者無名」的造型出現在三人面前過。

「他突然出現在眼前，我還以為是敵人的增援。」

「真是的，這些冒失鬼——咱們擔心大和，所以來多管閒事了。庫羅呢？」

「我是來幫助朋友的。」

雖然聖骸巨神全身都燒得很旺盛，或許是賽拉所在的副駕駛艙受到保護，她的體力並沒有減少。

「一郎哥！拜託你，阻止這個孩子！」

「知道了，交給我吧。」

我立刻答應小光的請求。

「別弄壞了喔。」

「那當然。」

不需要唯佳三號提醒。

我很清楚小光非常重視聖骸巨神。

「聖骸隨從也不要破壞比較好嗎？」

「沒關係，那個是類似無人機之類的東西。」

那麼，看來不必通知夥伴們中止作戰了。

「庫羅，再這樣下去聖骸巨神可能會發生爐心熔解。」

「爐心熔解？它是用核能驅動的嗎？」

「怎麼可能啊！不過是比那更加不妙的東西。孚魯帝國控制失敗製造的大沙漠縮小版就在這傢伙體內。」

真的假的……

即使保守估計，威力感覺也能輕易將王都化為廢墟。

「……一郎哥。」

「不要緊，包在我身上。」

就算是為了不讓小光哭泣，我也得好好努力。

「首先，要把它轉移到王都外面。」

我帶著聖骸巨神，用「歸還轉移」前往打造開拓村時採集石材的地點。

雖然距離砍伐樹木的山比較近，那邊感覺會跟著燒起來，因此才選擇了可燃物稀少的採石場。

「距離這麼遠應該不會影響到王都了吧。」

——接下來要奪走行動力。

我在聖骸巨神的腳下連續使用「陷阱」魔法，讓它陷入地面無法脫身。

感覺這傢伙能憑藉怪力和武裝粉碎周圍的石塊爬出來，但只要能爭取到時間就行了。

縱然姑且嘗試用「魔力搶奪」奪走聖骸巨神的魔力，但它立刻就會補充所以不太順利。

這大概是它裝載了骸所說的特殊魔力爐的緣故吧。

「雖然聖骸巨神也很重要，還是以救出賽拉為優先。」

我用術理魔法「透視」確認位於副駕駛艙的賽拉的狀態。

感覺副駕駛艙裡充滿跟娜娜的調整槽一樣的液體，賽拉漂浮在中央的位置。

大概是為了避免巨人的動作傷害到駕駛員，將液體當成緩衝材料來用吧。

「——該怎麼救呢？」

要是打開駕駛艙，賽拉的身體會暴露在連石頭都能融化的高溫中導致嚴重燒傷。

破壞聖骸巨神當然不列入考量，吸光魔力讓它無法行動也行不通嗎——

我應該把小光和骸他們帶過來。

不，他們好像也無計可施吧？

「強行冷卻怎麼樣？」

我使用冰結嘗試冷卻表面，但熱源似乎在聖骸巨神的中心部分，沒能徹底解決問題。

「用物質傳送將賽拉移出來——大概不行吧。」

這個魔法只能傳送非生物類的東西。

透過魔力治癒，用類似心靈治療（註：一種超常現象。透過靈異的方式治療一般醫療行為無法治療的病）取出異物的方式將賽拉救出來——但那只會造成跟強行打開艙門一樣的結果。

……等一下。

心靈治療嗎？難不成——

我將全身纏繞魔力鎧，觸碰副駕駛艙的艙門。

將艙門冷卻後，試著解除手掌上的魔力鎧。

——好冰，而且好燙。

根據位置不同，溫度也不一樣。

我相信自我治療技能，將手按在艙門上。

「心靈治療是將手放在患者的肉體上，然後直接將手伸進體內摘出患部。」

我一邊對自己下暗示，一邊在腦內明確地描繪出該做的事。

魔力治癒進行得並不順利。

這個方法是錯的嗎？

不，沒那回事。我的直覺告訴我「這樣感覺行得通」。

手掌稍微陷進了艙門裡，不過我並沒有出力。

——行得通。

我確信著，並且直接將全身壓上去。

經歷一股不知道該怎麼形容的詭異觸感後，我總算進到艙門內部。

物質穿透成功了，沒想到居然真的能夠辦到。就算有人叫我再來一次，我也不打算做。實在不想再次體驗那種討人厭的觸感了。

>獲得「物質穿透」技能。

>獲得「心靈治療」技能。

>獲得稱號「真・心靈治療師」。

所以，我暫時沒打算將點數分配在這些技能上。

『賽拉小姐。』

我朝賽拉的方向游了過去。

或許是我進來的同時將多餘的液體壓回容器裡，內壓並不算特別強烈。

——巨人先生。

在碰到賽拉的瞬間，我收到了她的意念。

她那拚命的想法傳了過來，使我對於帶著她使用「歸還轉移」這件事稍微有些猶豫。

我後來才知道，光是這麼短暫的時間，就已經確定了接下來的發展。

◆

「這裡——是哪裡？」

不久前我明明和賽拉一起漂浮在副駕駛艙裡，回過神來卻發現自己待在黑暗中。

根據AR顯示，我似乎跟賽拉同樣陷入了「幽體脫離」的狀態。

因為感覺只要想回去，立刻就能復原，因此就算是為了解開賽拉的異常狀態，我決定試著尋找幽體脫離狀態的賽拉。

我想賽拉大概就在這片黑暗中。

「——巨人先生！請你停下來！」

遠方傳來賽拉的聲音。

我想這大概就是剛才的意念。

我沿著聲音移動，前方有個稍微亮一點的地方，中心有個不斷揮舞手腳的巨人。巨人的周圍有幾條從天花板垂下來的鎖鏈，連接著巨人的手腳。

「拜託你，巨人先生！」

賽拉就在這裡。

「——呀！」

在巨人揮舞手臂的瞬間，類似衝擊波的東西將賽拉甩飛出去。

我用天驅穿梭在黑暗中，並且接住賽拉。

「佐藤先生？」

看到我的賽拉顯得相當驚訝。

「賽拉小姐，妳不要緊吧？」

「佐藤先生？佐藤先生！這不是幻覺！是真正的佐藤先生！」

聽到我這麼說，賽拉彷彿潰堤般流下眼淚，摟住了我的脖子。

胸口直接感受到一股柔軟的觸感。

現在我才發現，自己和賽拉都一絲不掛。雖然這大概是幽體脫離的緣故，沒想到會連衣服都消失不見。

「——呀啊！我真是的！」

賽拉變得滿臉通紅。

看來她也發現到自己沒穿衣服的事情了。

這裡大概也用不了儲倉——於是我想像自己穿著衣服的模樣，透過這種方式創造出衣服。雖然只是參考漫畫和動畫的方式，能順利成功真是太好了。

接著我將方法教給賽拉，她也成功穿上了平時穿著的巫女服。

「明明是緊急狀況，我真是的。」

「——緊急狀況？」

由於聖骸巨神已經掉進很深的陷阱裡，暫時還有一些時間。

「請看那個。」

黑暗中巨人的周圍正映照著陷阱裡的光景。

「不是那邊，再更上面一點。」

「——上面？」

我移動視線，發現黑暗中飄浮著數個橢圓形的影像。

「是某種戰鬥紀錄嗎？」

「不是，那是聖骸隨從目前正在進行破壞活動的情況。」

它們蹂躪騎士和士兵，用熱線砲焚燒建築物和公園。

根據賽拉的說法，聖骸隨從似乎在執行王子下達的命令。能夠阻止它們的，只有王子或是那個巨人而已。

可是——

「如果是那樣，不用擔心喔。」

我指著其中一個影像。

『橙色黃金騎士，基於義理助各位一臂之力。』

橙色黃金騎士——莉薩揮舞龍槍支援無法攻破聖骸隨從球型障壁的騎士們。

聲音並非來自幽體脫離時解除的戰術輪話，而是從眼前的影像傳來。

『黃色黃金騎士，有人求救就會立刻出現喲！』

——ＬＹＵＲＹＵ。

在王立學院幼年學校圖謀不軌的聖骸隨從和動甲冑被黃色黃金騎士——波奇和穿上金龍裝備的溜溜擊潰。順帶一提，金龍裝備只是能讓溜溜的外觀看起來像金龍的認知妨礙道具。

那些圖謀不軌的人似乎打算來誘拐原希嘉八劍葛延先生的女兒。

『大意一秒鐘，傷害伴終生～？』

粉紅黃金騎士——小玉用忍術「掀草皮」擋住聖骸隨從的熱線，用「影墜落」將它們收起並交給莉薩和波奇收拾。

小玉一副就像在說「在貓忍者面前不允許發生不幸」的模樣進行大範圍移動，將那些可疑人士抓了起來。

『幼生體由我來守護，我這麼告知道。』

軍務大臣凱爾登侯爵的宅邸裡，白色黃金騎士——娜娜救出差點被帶走的琪娜小姐和杜茉麗娜小姐。

三名後衛支援著前衛成員的活動。

正因為有藍色黃金騎士——蜜雅召喚小希爾芙在王都上空進行戒備，黑色黃金騎士——露露用狙擊進行大範圍支援爭取前衛陣容趕到現場的時間，以及紅色黃金騎士——亞里沙透過戰術輪話共享情報和進行指揮等人的暗中努力，前衛成員才能夠發光發熱。

「……好厲害。」

賽拉屏住呼吸看著大顯身手的黃金騎士們。

當然，表現活躍的不只亞里沙她們。

守護王都的衛兵和騎士們也盡了全力，希嘉八劍們也奮力對付聖骸隨從們。

娜娜的姊妹們擊退來到光圀公爵府的動甲冑，穆諾伯爵府有卡麗娜小姐、女僕艾莉娜小姐和新人妹在奮鬥，潔娜小姐則和聖留伯爵他們一起在伯爵府周圍維持治安。

越後屋商會的大姊頭和幹部女孩們似乎也率領自衛團，協助維持平民區的治安。

不過，研究所的博士們用裝上詭異裝置的魔巨人對抗動甲冑實在很危險，真希望他們別那麼做。

「妳不用擔心他們。」

我們並不是獨自一人。

「是的，佐藤先生。」

賽拉似乎也稍微鬆了口氣。

「比起這個，問題是那個巨人呢。難不成——」

「是的，我認為他是聖骸巨神的心。」

「所以妳剛剛才會一直呼喚他啊。」

巨人一味地發出呻吟，我不認為能夠進行對話。

我將巨人要是繼續失控下去，會有爐心熔解的危險事態告訴賽拉。

「那不是很糟糕嗎！得快點阻止巨人先生才行！」

因為已經轉移到王都之外了，所以最危險的人是我和賽拉。不過就算是為了小光，我也想阻止聖骸巨人。

「能夠溝通嗎？」

「不，雖然在我感到痛苦發出慘叫的時候有反應——」

「——感到痛苦？」

「沒事，現在巨人先生代替我承受了。」

賽拉很過意不去似的說。

「可是，與其說他現在完全看不到我的模樣，更像是完全沒反應。就好比人類不會在意在身邊飛舞的蟲子一樣，對巨人先生來說，人類或許是微不足道的存在也說不定。」

「因為太小所以懶得搭理？」

賽拉對我的問題點了點頭。

當我扶著下頷開始思考的時候，衣服的袖子映入我的眼中。

——對了。

「太小不行的話，變大就行了。」

「您說變大嗎？」

「沒錯。既然能靠想像穿上衣服，那麼要變得跟巨人一樣大也很簡單。」

我這麼說，試著讓身體變大一圈。

並非變得成熟，而是用類似3D工具增加比例尺的形式。

「佐藤先生，我也成功了！」

「就是這樣。一口氣變得跟巨人一樣大吧。」

「好的，佐藤先生！」

我催促賽拉，嘗試讓身體變得和巨人一樣大。

有種身體變得稀薄的奇特感覺，會是錯覺嗎？

「總覺得輕飄飄的。」

賽拉似乎也有相同的感覺。

可是，現在不是享受這種事情的時候。

賽拉擋在巨人面前向他搭話。

「巨人先生！請停下聖骸隨從！」

巨人只是悶不吭聲地瞥了賽拉一眼，執著地想爬出洞裡。

「拜託你了！」

當賽拉碰到巨人手腕的瞬間，巨人很煩躁似的揮動手臂，用反手拳打向賽拉。

——休想得逞喔？

我迅速介入兩人之間，打算擋開巨人的手臂。不過出乎意料的是，巨人的拳頭穿過我的身體，直接將賽拉打飛出去。

「賽拉小姐！」

我飛奔到賽拉身邊。

「妳沒事吧？」

「這種程度的傷根本不算什麼。」

賽拉的臉冒出紅腫。

在精神體的狀態下，連想幫她的臉頰冰敷都做不到。

『至少聽人說話吧！』

我走到巨人面前，用巨人語向他搭話並伸手抓了過去，但就跟剛剛防禦時一樣穿過了他的身體。

——這是怎麼回事？

巨人明明能夠認知到賽拉，對我卻像完全不存在一樣毫無反應。

「是正規駕駛員和介入者的差別嗎……」

畢竟我身上沒有連接在巨人和賽拉身上的鎖鏈和鐐銬。

雖然覺得抓住鎖鏈或許能傳達意念而試了一下，鎖鏈就跟巨人一樣無法碰觸。
「佐藤先生，說服的事交給我吧。」
賽拉說：「所以，希望佐藤先生能支援我。」
——GGGVWOOOGZ。
爬不出洞外的巨人生氣地發出咆哮。
巨人的胸口冒出黑色閃電，如同拘束用具一樣纏上他的身體。
——殺掉、歐克。全部、殺光。
巨人的想法透過賽拉傳了過來。
是電波對上了嗎？傳過來的聲音比剛剛更為清晰。
『殺掉、歐克。全部、殺光。』
聽起來像是巨人語，但支離破碎到難以理解。
我的腦中浮現魔王率領的軍團和孚魯帝國的軍隊交戰的光景。
衝在最前面的，是各式各樣全副武裝的巨人和魔巨人兵團。
巨人們蹂躪魔王軍，同樣地魔王軍也擊倒了巨人們。
『小小的人、把我們、全部都、當成士兵。』
不光是成年的巨人，連小孩和老人全部都上了戰場。

『魔王的、軍隊、毀滅了、我們。』

對魔王和其軍隊的怨恨以及憤怒傳了過來。

在感覺到他對於把自己一族送上戰場的孚魯帝國湧現憤怒的瞬間，巨人痛苦起來。

每當閃電滲出，巨人胸口的球體就會分解，從內部釋放出宛如火焰般搖曳的彩色光芒。

——GGGVWOOOGZ。

『殺掉、歐克。全部、殺光。』

巨人的咆哮結束後，開始重複剛剛說過的話。

『毀滅、魔王的、都市。』

巨人的前方映照出一座非常繁榮的都市。

感覺好像在哪裡見過——

「——那是公都！巨人先生，你的目的是毀滅公都嗎？」

『殺掉、歐克。全部、殺光。毀滅、魔王的、都市。』

「公都已經沒有歐克了！他們……大家都不在了。」

賽拉雖然沒有說出他們慘遭虐殺，巨人似乎透過白色鎖鏈知曉了這件事。

巨人第一次對賽拉的話有所反應。

『毀滅了？歐克、消失、了嗎？』

雖然公都的歐克還有加．赫烏和露．荷烏，王都的地下也還有利．夫烏他們一族，還是別多嘴好了。

「沒錯！所以，就算摧毀公都也沒有意義。」

『那麼、我的、憤怒、該朝向、何處？』

從繃帶縫隙窺見的巨人眼睛染上了憤怒的顏色。

——GGGVWOOOGZ。

巨人發出呻吟聲，映照在聖骸巨神周圍的影像被彩色的火焰填滿。

大概是為了離開陷阱而使用了「龍焰閃」吧。

『憤怒的、火焰啊，燒燬、一切。』

在巨人胸口如同燃燒的彩色火焰結繭般覆蓋的黑色絲線已經差不多解開一半，其化為黑色的閃電折磨巨人的身體，並且透過白色的鐵鍊延伸到天上。

那該不會是代表聖骸巨神所承受的負荷吧？

更重要的是，在巨人胸口發光的彩色火焰晃動得非常劇烈且相當不穩定。

「賽拉小姐，請吸引他的注意力。這樣下去會有爐心熔解的危險。」

聽到我這麼說，賽拉點了點頭，開始向巨人搭話。

「巨人先生，請平息憤怒。」

『焚燬、一切、之前，我的、憤怒、無法平息。』

說出這句話的同時，巨人的身體燃燒起來。

纏在身上的繃帶跟著燃燒，露出他如同木乃伊般的身體。

覆蓋住彩色火焰的黑線逐漸鬆開。

『首先、要燒光、魔王的、都市。』

外面世界的聖骸巨神終於爬出陷阱。

它踏著緩慢的步伐，朝位於富士山脈另一端的公都走去。

「公都不是魔王的都市，是人族生活的都市。」

『誰管它。大家都、毀滅、吧。就像、我們一族、一樣。』

巨人似乎因為失去復仇對象，開始變得自暴自棄。

「……我說的話，沒能傳達給巨人先生。」

賽拉不甘地咬著下唇。

——GGGVWOOOGZ。

覆蓋全身的黑色閃電正折磨著巨人的身體。

「佐藤先生，要是我失敗了，之後就拜託你了。」

賽拉這麼說完，在我阻止之前就抱住巨人。

不對，是赤手抓住黑色閃電，試圖將它扯下。

「唔啊啊啊啊啊啊啊啊啊啊啊！」

賽拉彷彿觸電般發出慘叫。

「賽拉小姐！」

我立刻將賽拉從閃電上拉開。

幸好立刻就拉開了，不過賽拉仍渾身冒著冷汗坐在地上。

「巨人先生感受到了這麼深的絕望呢。」

那些黑色閃電是巨人的絕望具現化的模樣嗎？

「巨人先生，我或許無法拯救你。」

賽拉對巨人說：

「但是，我會替你分擔那些痛苦。」

她朝巨人走近。

「賽拉小姐，太危險了。」

「我知道。可是，在我抓住閃電的期間，巨人先生的痛苦似乎減輕了。」

我雖然想阻止賽拉，她的意志很堅定。

「佐藤先生，請你相信我。」

「一旦我判斷有危險就會立刻把妳拉開，唯獨這點我不退讓。」

賽拉抓住黑色閃電。

「唔啊啊啊啊啊啊啊啊啊啊！」

賽拉發出慘叫。

然而，這次她緊緊盯著巨人。

巨人就像是在說白費力氣一般，用漠不關心的眼神俯瞰賽拉。

「賽拉小姐，差不多——」

「——還沒……結束。」

賽拉留著冷汗開口拒絕。

纏上閃電的衣袖被撕碎，火焰點燃賽拉的衣服灼燒她的肌膚。

「嗚嗚嗚嗚嗚嗚嗚嗚嗚嗚嗚！」

即使如此，賽拉也沒有放棄。

——看不下去了。

我試著從巨人身邊拉開賽拉，但是黑色閃電緊緊纏住她的手臂不放開，甚至開始侵蝕皮膚內部。

——竟敢這麼對待賽拉。

我無意識地抓住了黑色閃電。

——殺掉、殺掉、殺掉殺掉、殺掉殺掉殺掉、殺掉殺掉殺掉殺掉、殺掉殺掉殺掉殺掉、殺掉殺掉殺掉殺掉、殺掉殺掉殺掉殺掉、殺掉殺掉殺掉殺掉、殺掉殺掉殺掉。

由無數殺意、惡意和企圖傷害他人的意志形成奔流進入我的體內。

這些情感一度讓我難以招架，然而從中途開始我有種透過某種濾鏡觀看的奇妙感覺，於是勉強挺了過來。

儘管只是猜測，大概是我擁有的無數技能之一——應該是精神抗性技能之類的吧——派上了用場。

賽拉居然能承受這種負面情感的奔流嗎……

「嗚啊啊啊啊啊啊啊啊啊啊啊！」

現在不是考察的時候。

如今賽拉依然承受著這股負面情感的奔流。

「賽拉小姐，閃電由我來承受。」

我將纏在賽拉手上的所有閃電引了過來。

接下來的閃電開始侵蝕我的手腕，雙手逐漸變得漆黑。

彷彿就像從天龍身上剝下「魔神產物的殘渣」時，遭到侵蝕的狀況一樣。

「謝謝你，佐藤先生。巨人先生，我現在就來幫你解除痛苦。」

賽拉氣喘吁吁地向我道謝，一邊向巨人搭話一邊扯下他身上的黑色閃電。

黑色閃電從巨人身上被剝下時似乎會抵抗，在賽拉的手上造成無數傷痕，有時甚至連指甲都會被扯下。每當這個時候，我都會透過魔力治癒的方式治療她的傷勢，可是疼痛並不會消失。

我在一旁守望即使痛苦也想幫助巨人的賽拉。

我除了雙手遭到黑色侵蝕之外沒什麼異狀。只不過是在宿醉期間耳邊不斷聽到大分貝噪音般的難受程度罷了。

『已經、夠了。』

巨人變得自暴自棄之後，首度發出咆哮之外的聲音。

『聖女啊，妳的、誠意、我收到了。』

他用深邃海底般的眼瞳看著賽拉。在大部分的黑色閃電被引走之後，他似乎恢復理智。

『我會在、這個遠離村落、的土地上、結束性命。』

影像中的景色停了下來，聖骸巨神似乎停止移動了。

『聖女啊，在我、抑制、龍神珠、碎片的、期間、離開。』

——龍神珠？好像在哪裡聽過這個名字。

「意思是你接受爐心熔解的事情了嗎？不行！你不可以放棄活下去！」

賽拉拚命地訴說。

『為何？』

「你應該去尋找在某處等著你回去的族人才對。」

『族人、已經、不在了。』

面對巨人悲痛的語氣，賽拉一瞬間有些怯懦，不過立刻就用認真的眼神開口否定。

「不會的！我相信！世界很寬廣！就算在這座大陸上沒有，也有可能去了其他大陸。他們或許只是躲在哪裡隱居也說不定！」

賽拉絕對不會向巨人的絕望屈服似的大聲說，拚命地說服他。

『沒用的。我等、「雲巨人」、身材高大。能躲藏的、地方很少。』

——咦？

「請等一下！」

「佐藤先生？」

「我知道雲巨人，也曾見過他們。」

現在回想起來，那些雲巨人孩子們的身高很接近聖骸巨神。

『那是、真的嗎！』

雲巨人抓著我的肩膀靠了過來。

不久前別說是觸碰了，他眼中甚至沒有我的存在。

儘管只是猜測，我想大概是接收了他的黑色閃電，才產生了聯繫吧。

「是真的。我最近才遇到『巨大的腳』等五個小孩。」

我和巨人拉開距離之後這麼說。

『「巨大的腳」！那是、我們一族、幫小孩、取的、名字！』

巨人用顫抖的嗓音說。

他的雙眼流下宛如瀑布的眼淚。

『我、已經、沒有、遺憾了。』

——為什麼會變成這樣？

「你不想見孩子們嗎？」

『當然、想要、見面。』

「既然如此，為什麼？」

『我已經、無法、抑制、龍神珠了。』

在巨人胸口燃燒的彩色火焰，目前處於憑藉些許黑線撐著才勉強沒有破裂的狀態。

即使是現在，火焰也就像產生共鳴般劇烈地搖晃。

「怎麼會……」

『聖女啊，無須、愧疚。託你們、的福，最後、才、得到了、希望。』

巨人滿足地閉上眼睛。

「……巨人先生。」

賽拉悔恨地低下頭。

——不能以這種結局告終。

「賽拉小姐，請抬起頭來。」

「佐藤先生？」

「要放棄還太早了喔。」

我對賽拉露出笑容。

「抱歉啊，巨人閣下。我遵從快樂結局至上主義，所以不會允許這種結局發生。」

我刻意用裝模作樣的語氣開玩笑，同時走到巨人面前。

注視著憑藉些許黑線支撐，不斷搖曳的彩色火焰。

只要稍微增加這個黑線就行了。

我將意識轉到染成黑色的雙手上。

這大概是某種類似魔神殘渣的東西吧。

跟去除侵蝕勇者隼人的魔神殘渣那時一樣，用過濾的方式將汙穢聚集在指尖。

——好痛。

儘管痛得要死，必須咬牙撐下去。

面對擔心地看著我的賽拉，我故作鎮定地露出笑容，同時在心中痛哭吶喊撐了過去。

染成黑色的指甲脫落掉了下來。

我抓起其中一片，用捏黏土的方式進行加工做出幾個堅固的圓圈，製作一個以火焰為中心的籠子。

收進籠子裡的時候，彩色的火焰侵蝕我的手，導致巨人胸前的火焰減少了一些。不過穩定性也因此稍微增加了，沒關係吧。

縱使燙得要命，並不是無法忍耐的程度。

我透過跟漆黑汙穢相同的方式處理侵蝕的火焰，將它聚集在指甲上化為彩色的碎片剝了下來。

這個系統連我自己也搞不懂。在我所擁有的技能中，能辦到這種事的大概只有那個神祕的空白技能，但由於無法任意操控就放著不管了。畢竟很方便嘛。

然而，光是這樣還不夠。

收納彩色火焰的籠子外面，巨人的身體如同燃燒殆盡的木炭般開始慢慢崩塌。

果然龍神珠那超越極限的力量從內部對巨人——聖骸巨神的身體造成了傷害。

怎麼辦？

將聖骸巨神的身體澈底翻修一遍就行了嗎？

不行，時間沒有那麼充裕。

還是從聖骸巨神體內拿出龍神珠的魔力爐？

不行，手邊沒有設計圖，沒辦法那麼冒險。亂來的話有可能會弄壞聖骸巨神，使得巨人的靈魂消失。

——嗶嗶嚕、嗶嚕。

細微的小鳥叫聲傳了過來。

我在視野的角落見到翡翠色的某個東西。

「──翡翠？」

翡翠在聖骸巨神的周圍飛翔。

似乎是擔心我而追了過來。

──嗶嗶嚕、嗶嚕嗶嚕。

牠看起來想告訴我某件事似的叫個不停。

是什麼呢──

這麼想的瞬間，我腦中閃過將魔物化的翡翠恢復原狀時的事。

儘管不久前才決定不隨便使用，我想在這個點子上賭一把。

我將一半意識返回肉體，將「理力之手」伸向龍神珠爐，把那裡當作起點從儲倉拿出大量「神酒」倒了上去。

依舊處在幽體脫離的一半意識確認到巨人的身體正逐漸再生。

恐怕維持龍神珠爐的部分，原本就是利用巨人的肉體製作的吧。

雖然是個勝算很低的賭注，看來成功了。

「很好，穩定下來了。感覺如何，巨人閣下？」

『難以、置信。爐心熔解、停下來了。』

那真是太好了。

這下小光也不用再哭泣了。

「那麼，稍微去一趟吧——」

我解除幽體脫離狀態，從副駕駛艙的內部觸碰聖骸巨神，反覆使用「歸還轉移」前往雲巨人的孩子們等待的碧領解放都市。

雲巨人的孩子們正在都市內製作的運動場四處奔跑。

『哦哦哦，就算親眼、見到、依然難以、置信。』

移動結束、進入幽體脫離狀態後，我發現巨人正淚流滿面地看著影像映照出的孩子們。

他的臉上掛著最初見面時完全無法相比，充滿幸福的笑容。

尾聲

「我是佐藤。大團圓之後，總會發生下一個事件是系列故事的老套路。但現實中發生大事件之後，總會希望能暫時度過一段和平的時光。波瀾萬丈的狀況發生在故事裡就夠了。」

『聖女啊，以及、我們的、救世主啊。』

巨人在我和賽拉面前跪了下來。

我在不知不覺間被他當成救世主了。

『感謝你、為我族、帶來未來。』

「如果不嫌棄，要在這裡守望孩子們生活下去嗎？」

『如果、這片土地、的王、允許、的話。』

巨人緩緩地低下頭。

「那個沒問題，已經得到允許了。」

畢竟我就是這座解放都市的主人。

『感謝你──』

巨人抬頭握緊拳頭，指縫間滲漏出天藍色的光芒。

他緩緩張開的手掌上，飄浮著一團微小的天藍色光芒。

『這是、感謝和、友愛的、證明。』

光芒離開巨人的手掌，途中一分為二朝我和賽拉飛了過來。

我們就這樣注視著那道光芒，只見它被我和賽拉的手吸了進去，在我們的手背上浮現出某種紋章。

『需要、幫助時、向這個紋章、祈禱。』

「祈禱之後會怎麼樣呢？」

『我會、被召喚、到現場、討伐主人、的敵人。』

感覺就像遊戲的輔助召喚獸一樣。

幫忙完之後，他好像就會回到作為基準點登錄的地方。召喚需要大量的魔力，因此依據召喚距離，似乎需要不同的準備時間。

我想既然有轉移能力，那麼前往公都時就不用走路，直接轉移過去不就行了嗎？然而聖骸巨神的轉移似乎跟我的「歸還轉移」一樣，只能前往有標記的地方，而他最多似乎只能登記三個地點。

姑且不論我，這下賽拉多了一位可靠的保鏢。

「差不多該出去了吧。」

因為聖骸巨神的失控狀況已經解除，裝甲溫度似乎也降溫了，我便決定離開這個幽體脫離空間。

《副駕駛艙，排水。》

不知從哪裡傳出的合成聲音響起。

《副駕駛員，甦醒。》

聽見這句話的瞬間，我才發現回到了自己的身體裡，於是我迅速從勇者無名的裝扮換成平時的打扮。

幸好賽拉仍尚未清醒，我抱著她來到外面。

前往碧領時能夠連續使用「歸還轉移」，就當作借用了聖骸巨神的能力吧。

「我要回去希嘉帝國的王都了。」

AR顯示上聖骸巨神的種族名稱變成了「真・聖骸巨神」，不過那應該不怎麼重要吧。

總覺得用萬靈藥代替神酒也行，但光靠人族使用的小瓶容量肯定不夠，所以我認為用神酒應該沒錯。

『知道了。需要、我的、時候、隨時、呼喚。』

聖骸巨神的表面逐漸開始石化。

根據ＡＲ顯示，那似乎是聖骸巨神的自我修復兼休眠模式。畢竟它的各個部位似乎因為失控狀態故障了，希望它能在這裡一邊守望孩子們一邊讓身體好好休息。

我告訴聚集過來的雲巨人孩子們下次會再來玩，趁賽拉尚未清醒的期間返回希嘉王國。

◆

「主人！」

我在塔爾托米納附近的轉移點和夥伴們會合，搭上留在機場的飛空艇返回王都。

中途賽拉醒了過來，因此我便說是亞里沙她們開飛空艇前來迎接我們。

「那是夢嗎？」

賽拉將毫無任何髒汙的美麗雙手放在燈光下說。

「那不是夢喔——妳看。」

我的手背上浮現巨人給予的印記。

看來只要注入魔力，印記就會浮現。

亞里沙見狀湊了過來。

「這是什麼？龍的紋章之類的嗎？」

「不是啦。」

又不是漫畫。

「唔，一對的。」

發現我和賽拉手背上浮現的紋章長得一樣之後，蜜雅顯得很不開心。

「那麼，下次我再幫大家製作一樣的裝飾品吧？」

「嗯，期待。」

我這麼提議之後，蜜雅的情緒便好轉，聽著這些話語的夥伴們也笑著表示贊同。

「一郎哥！」

飛空艇抵達王都的機場後，事先用遠話聯絡過的小光前來迎接我們。

「那位是……」

跟在我之後走下飛空艇的賽拉看著小光自言自語地說。

「初次見面，王祖大和大人。我是歐尤果克公爵的孫女，同時也是特尼奧神殿的巫女，名叫賽拉。由於我的不成熟給您造成了麻煩，在此向您致歉。」

「呃——？」

見到賽拉突然用巫女最高級的方式行禮，小光露出困惑的表情，求助似的看著我。

「坐在聖骸巨神副駕駛座上的人就是她。」

「喔，是這孩子啊！我聽佐藤說了喔！謝謝妳拯救了『空踏』——聖骸巨神的心靈。」

「不，拯救巨人先生的是佐藤先生。」

「不對喔。因為賽拉小姐奮不顧身的行動，他才會敞開心扉。」

倘若只有我一個人，我大概會強行設法對巨人動手吧。

「是小賽拉和佐藤一起努力的結果啦！」

「王祖大人這麼抬舉我，是我一生的榮幸。」

「太誇張了啦~說話輕鬆一點嘛。叫我小光就好了，王祖大和這個身分是祕密喔。」

「我明白了，小光大人。」

「還是很嚴肅。語氣更隨便一點，不要加大人！」

雖然小光這麼要求，賽拉說了句：「不敢當。」便繼續使用敬語和尊稱。

「小光，那四個人呢？」

「在我的宅邸。他們說之後就交給我們了。」

居住在迷宮下層的班他們似乎正在光圀公爵府休息。

之後得和小光一起去向他們道謝才行呢。

對了，也要感謝讓我產生靈感的翡翠。難得牠擔心我而追了過來，也得為把牠扔在深山裡的事道歉才行。

「……王祖大人、一郎、黃金騎士。」

順風耳技能捕捉到賽拉的自言自語。

她依序看著小光、我和獸娘們之後，露出理解的表情。

這代表勇者無名的身分被發現了嗎？

「那是祕密喔。」

「是的，是只有我知道的祕密。」

賽拉對這麼叮嚀的我說，接著在我耳邊小聲地說了句：「我的勇者大人。」給了我一個不知道有沒有碰到的臉頰吻。

「有罪！」

「慢著！趁亂親臉頰算是偷跑喔！我也要！」

亞里沙朝我撲了過來，打算強行親吻我。我往她頭上劈了記手刀阻止了她。

「NOOOOO！」

「天罰。」

蜜雅鄙視地看著誇張地表現疼痛的亞里沙，不停地點著頭。

此時一道新的聲音傳了過來──

「卡麗娜、潔娜！發現主人和娜娜了，我這麼告知道。」

「真的耶！小光小姐也在！」

「佐藤先生！」

卡麗娜小姐和潔娜小姐兩人跟娜娜的姊妹們一起朝我們走來。

我事先用遠話聯絡了姊妹們的長女愛汀，所以她們才會來迎接我們吧。

「巫女，沒事吧？」

「巫女，沒受傷吧？」

「你們也來迎接我們了呢。」

海獅孩子們從娜娜姊妹們的後方出現，抱住了賽拉。

在一旁張開雙手的娜娜看起來很寂寞，但小妹維兔代替海獅孩子們抱住了她慶祝重逢。

◆

「佐藤，飛空艇。」

經蜜雅這麼一說我抬起頭看向天空，正好看見一艘中型飛空艇飛進機場。

從船體上描繪的紋章看來，知曉那是一艘沙珈帝國的飛空艇。

「有股不好的預感。」

賽拉用嚴肅的表情說。

飛空艇降落，舷梯放了下來。

出現了一張我熟悉的面孔。

「哎呀！這不是佐藤嗎！是來迎接我的嗎？」

賽拉躲到我背後。

「賽拉也在啊？姊姊我很高興喔！」

對方似乎眼尖地發現賽拉，露出比見到我時更加燦爛的笑容跑了過來。

「好久不見了，琳格蘭蒂大人。」

「是啊，好久不見。因為無論等多久你都沒來沙珈帝國，我就主動跑一趟了。」

賽拉的姊姊，前勇者隼人的隨從「天破的魔女」琳格蘭蒂小姐開玩笑地笑著說。

「唔哇，超級大美女！」

我順著毫不客氣的聲音看了過去，發現有個年紀大約是國中生的人族少年正瞪大眼睛看著露露。

沒錯，他看著被大陸上幾乎所有人當作醜女的露露這麼說。

「琳格蘭蒂大人，他該不會是……」

「是的，這個孩子——」

琳格蘭蒂小姐對少年招了招手，向我們介紹他。

「這孩子叫做真。是透過召喚勇者儀式呼喚過來，來自勇者之國『日本』的少年。」

EX：勇者召喚

「我的名字叫做正義。是橫衝直撞的祐樹、唯我獨尊的芽依子和內向的楓，這些充滿個性的兒時玩伴們的指揮官。從小我們就一直在一起，雖然也會打架，總會在不知不覺間和好，就是這種無話不談的朋友。」

「新的卡包是今天開賣嗎？」

祐樹在回家路上這麼詢問楓。

明明難得一起回家，話題卻是卡牌遊戲，真有祐樹的風格。

「沒錯，我絕對要抽到菈米子。」

「啊～那個蛇女啊？雖然很強，但我想要巨乳的『天使祕書官』。」

祐樹還是老樣子喜歡胸部。

「咦～比起那種贅肉，精靈女孩更好吧？」

「別說贅肉啦，你這個貧乳教徒！」

居然藐視貧乳，這下要發動戰爭了喔？

「真是的～很丟臉耶。在外面不要這樣啦。」

楓滿臉通紅地阻止我們的爭執。

看到他那麼害羞的樣子，連我們都害羞起來了。

「去一趟便利商店吧？」

祐樹就像要轉移話題似的指著便利商店。

「啊，是小芽衣子耶！」

「真的耶——她怎麼帶著男人！那傢伙什麼時候交男朋友啦？」

楓發現了兒時玩伴的芽衣子，祐樹則發現她身後跟著男生。

總覺得有點震驚。我其實不算喜歡芽衣子——當然是指Love而不是Like喔——可是，見到從穿尿布時就認識的兒時玩伴和異性待在一起，總覺得很討厭。有種就像被拋下，不知道該怎麼說的焦慮感。

「那個人是真吧？」

聽見這句話，鬱悶的心情頓時消失。

「真的耶。真在和小芽衣子交往嗎？」

儘管楓這麼說，那是絕對不可能的。

「不可能啦，他可是真耶？跟芽衣子的喜好完全相反不是嗎？」

「畢竟小芽衣子很討厭小鬼頭嘛。」

祐樹、楓和我似乎有同樣的看法。

真是我們國中的同班同學，他那遊手好閒的父親前陣子失蹤，似乎對自己住在親戚家這件事感到很丟臉。

或許是這個緣故，他把自己打扮得像是昭和時期的混混來虛張聲勢。

順帶一提，大家早就知道真喜歡芽衣子，完全無庸置疑。他總是會時不時地用非常笨拙的方式在芽衣子面前表現自己，然後因為被冷淡地打回票而感到失落。

「哎呀～這不是真嗎？」

在我們用溫暖的視線守望芽衣子和真時，他們被看起來像高中生的人們找麻煩。

那是一個有著如同蛇一般恐怖的感覺、高大消瘦的瞇瞇眼男子，以及甚至讓人覺得真很可愛的昭和不良少年二人組。

這個時代居然還有飛機頭！立領學生服是上哪裡買的啊！

我知道對別人的穿著指指點點很沒禮貌，可是面對這種只會出現在昭和電視劇或漫畫裡的超級復古裝扮，我忍不住在心裡吐槽一番。

「還跟一個超可愛的女孩子在一起呢。」

瞇瞇眼彎腰窺探芽衣子的表情。

芽衣子很不開心似的別開視線。

「陸學長和海學長！」

「喔。」

「希望你能先喊我的名字呢～你是不是很討厭我啊？」

他們似乎是真的熟人。

「沒、沒那回事！」

「國中生嗎？妳叫什麼名字？」

「我沒打算把名字告訴不良少年。」

即使被飛機頭搭訕，芽衣子還是老樣子十分冷淡。

不不不，用那種態度應對，對方會使用暴力吧！

「唔哇～真的女朋友凶巴巴的耶。」

「我不是真的女朋友。」

「被甩掉了～真好可憐喔。」

芽衣子乾脆地否認了瞇瞇眼的發言。

「怎、怎麼辦，芽衣子有危險。」

「要叫警察嗎？」

「只會被當作惡作劇吧。」

楓十分著急地說，但我們又能做什麼？

「走吧。」

祐樹這麼說著走了出去。

「等、等一下。」

我慌張地抓住祐樹的手。

就算在卡片遊戲或扮演遊戲裡是拯救世界的勇者，現實世界的我只是隨處可見的國中生，沒有和別人認真打過架。如果不是在妄想中，我不可能反抗那種可怕的人。

「不能對兒時玩伴見死不救。」

「祐樹。」

楓用尊敬的眼神看著祐樹。

「我們到底能做什——」

說到一半，我發現祐樹正在發抖。

這樣啊。祐樹也跟我一樣感到害怕。

「我會爭取時間讓芽衣子逃跑。」

「你真是個笨蛋耶。」

我走到踏出步伐的祐樹身邊。

「芽衣子。」

呃，連楓都跟過來了。

你這樣不行吧？在後面等著啦。

「你們幾個……」

看到我們幾個之後，芽衣子很為難似的皺起眉頭。

「妳、妳也是來買卡包的嗎？」

祐樹……明明還有其他話可以講，第一句居然是這個嗎……

「一起去買吧。」

實在沒辦法，我也配合祐樹裝出偶然遇見的樣子。

「這些傢伙是怎樣？」

「真受歡迎呢～小芽衣子。好多護花使者喔。」

芽衣子咂嘴一聲，似乎對自己的名字被瞇瞇眼知道感到生氣。

「走吧，小芽衣子。」

楓抓住芽衣子的手走了出去。

「等一下，我們的事還沒結束。」

瞇瞇眼走到兩人面前張開雙手擋住去路。

真一副不知所措的樣子，從剛剛開始就一直發出「哇啊哇啊」的聲音碎碎唸。

可惡，誰都可以，快點來個英雄吧！

事到如今，我已經不奢望出現巡邏中的警察，所以無論是訓導處的光頭還是禿頭的班導都行，快來人啊！

或許是上天聽見了我的祈禱，一道凜然的聲音插了進來。

「陸！海！快住手！」

一名身穿高中制服、戴著眼鏡的美少女瞪著那兩個不良少年。

「超漂亮的美少女耶。」

「感覺像學生會長呢。」

聽見我忍不住脫口而出的話，祐樹立刻做出反應。

儘管楓和芽衣子輕蔑地看著我們，見到漂亮的大姊姊會有反應是每個國中男生都會做的事，希望他們能夠諒解。

「小空，好久不見啊～」

「不要隨便碰我。比起這個，別去找國中生麻煩。」

瞇瞇眼打算摟住美少女的肩膀，卻乾脆地遭到拒絕。

「少囉嗦，跟妳沒關係。」

「當然有關係！我不能眼睜睜看著兒時玩伴做壞事。」

飛機頭轉過頭去表示拒絕，但美少女毫不畏懼地再次走到他面前。

「我們好像被無視了耶。」

「可以直接回家嗎？」

「那樣不行吧——以做人來說。」

我對楓說的話有同感而打算離開，卻遭到祐樹拒絕。區區祐樹真是過分。

芽衣子似乎很在意那個叫做空的眼鏡美少女。

她該不會喜歡女孩子吧？

「——唔哇！」

當我想著這種蠢事的時候，突然被腳下的亮光嚇了一跳。

「這是什麼？」

「魔法陣？」

腳下出現了動畫裡常見的發光魔法陣？

「大家，快離開。」

芽衣子這麼說完後迅速跳開，魔法陣卻像影子般跟了過去。

「這個難道是——？」

楓用充滿期待的眼神看著我。

不不不，再怎麼說也不可能吧？又不是漫畫或輕小說。

下個瞬間，受到閃光和衝擊波的影響，我失去了意識。

◆

回過神來，我飄浮在一個輕飄飄的藍色空間裡。

祐樹和楓也飄在附近。環顧四周之後，我發現芽衣子也在。因為她穿著迷你裙，可以看見她穿著條紋內褲，不過這是不可抗力，希望她能諒解。

為了聊表歉意，我將芽衣子的身體轉成水平方向，讓她不再走光。

女孩子還真是柔軟。

——事先聲明，我只有碰她的肩膀和手臂。

就算對象是芽衣子，我也不會對失去意識的人做下流的事。

——《召喚》、《通知》、《確認》。

類似語言和概念的團塊在我的腦海中響起。

『這是什麼？』

聲音好奇怪。明明是自己的聲音，卻有種不是用耳朵聽，而是在腦中出現的感覺。

──《召喚》、《通知》、《確認》。

似乎是飄浮在藍色空間的那顆藍色光球發出來的。

『這裡是哪裡？』

芽衣子醒了過來。

祐樹和楓也一樣。

──《勇者》、《召喚》、《確認》。

傳送過來的形象有了變化。

看來我們被當成勇者召喚了。

──《吾》、《幼女神》、《相信》。

一個小女孩發出請求的形象傳了過來。

這孩子似乎就是召喚我們的幼女神大人。

──《汝》、《勇者》、《任命》。

是指幼女神大人要任命我們為勇者嗎？

『勇者？為什麼？』

芽衣子說出疑問。

——《魔王》、《討伐》、《希望》。

一道漆黑的巨大影子破壞城堡傷害人們的形象覆蓋上來。

那個影子是魔王，而我們似乎肩負作為勇者討伐魔王拯救人們的使命。

實在很像遊戲或輕小說。

『我們辦得到嗎？』

楓很沒自信地小聲說。

——《汝》、《資格》、《相信》。

懇切的願望飛進我心裡。

幼女神大人訴說著要我們相信自己有資格。

——《救世》、《渴望》、《選擇》。

希望我們能成為勇者拯救世界。

儘管她這麼期望，仍舊將最終的選擇權交給我們。

『我做、我做！』

祐樹舉起手大喊。

『我也一起做吧。』

畢竟只有祐樹一個人很危險嘛。

『如果祐樹和正義要做的話，我也一起。』

『等一下！我還有總聯的強化集訓——』

與受到我和祐樹影響的楓不同，芽衣子提出抗議。

——《歸還》、《相同》、《時間》。

完成使命回到原來世界時，時間似乎會和被召喚時相同。

『小芽衣子，這下就能放心了呢。』

『不，問題不在那裡——』

芽衣子的語氣變弱了。

她的聲音被祐樹的大嗓門蓋了過去。

『太好了！這是勇者祐樹和夥伴們的大冒險！』

——《感謝》、《承諾》、《勇者》。

幼女神大人傳來露出笑容的畫面。

——《託付》、《權能》、《選擇》。

這個是——為了讓我們能以勇者身分拯救世界，要給我們外掛的意思嗎！

「外掛來啦啊啊啊！」

「太棒了～！」

我和祐樹互相擊掌。

隔了一會兒，楓也有些拘謹地跟我們擊掌。

「慢著，我還沒——」

在芽衣子這麼大叫的瞬間，周圍的光芒開始快速流動。

——《警告》、《預料外》、《危險》。

幼女神大人傳來有些焦慮的形象。

看來似乎發生了什麼出乎意料的事。

——《權能》、《選擇》、《急迫》。

是要我們快點選擇權能嗎？

能看見周圍的光芒正逐漸被前方冒出來的黑洞吸了過去。

——《權能》、《選擇》、《時限》。

幼女神大人傳了時間不夠的形象過來。

「不好了，動作快！」

不必擔心祐樹，因為他已經開始挑選了。

我催促不知所措的楓和氣憤的芽衣子，自己也挑選起外掛。

如果可以，我比較希望能靜下心來慢慢挑選，可是要是拖拖拉拉，就會在沒有外掛的情況下被召喚到異世界。

於是我在千鈞一髮之際挑選好外掛。

選完之後，我和祐樹他們一起被吸進黑洞裡。

──《祝福》、《權能》、《取得》。

身後傳來幼女神大人的祝福。

──《注意》、《行使》、《過度》。

不要過度使用外掛的注意事項也傳了過來。

果然，這代表必殺技就是要小心使用吧。

──《希望》、《行使》、《救世》。

最後幼女神大人傳來希望我們透過得到的權能拯救世界的期望。

沒問題，我們一定會拯救世界。

賭上爺爺的名義！

◆

「勇者大人回應召喚嘍！」

聲音沙啞的老人發出的聲音和盛大的歡呼聲，使我混亂的意識變得清晰。

腳下發出的光芒非常耀眼，是有魔法陣模樣的光芒。

「這裡到底是——？」

話說到一半，我回憶起幼女神大人在藍色空間中說過的話。

我好像是被召喚到異世界的勇者吧？

魔法陣外側的昏暗區域有人群騷動的氣息。

「……嗯、嗯嗯。」

腳下聽到了呻吟聲。

祐樹他們就倒在我附近。與剛才不同，我雖然看不見芽衣子的裙底風光，要是被周圍的人看到實在很可憐，我脫下外套蓋在她的腰際。

「你們也被召喚了呢。」

聽見預料之外的聲音，我吃驚地回頭一看，發現那個戴眼鏡的美少女高中生正擺出凜然的表情觀察四周，飛機頭正在她背後粗魯地甩著腦袋站了起來。儘管看不清楚，瞇瞇眼和看起來像是真的人影似乎也在一起。

在剛剛的藍色空間裡沒有見到，他們究竟在哪裡呢？

「這裡是什麼地方啊？」

「小空知道嗎～？」

飛機頭和瞇瞇眼這麼問，不過眼鏡美少女只簡短地回答：「我不知道。」

接著他們用危險的眼神看了過來，我連忙搖頭表示自己不知道。

此時腳下的光芒逐漸消失，祐樹和芽衣子也甦醒站了起來。

「——好亮。」

牆邊的窗戶打開，外頭的光芒照了進來。

我一邊伸手遮擋，一邊環顧四周。這裡是一座如同神殿般的莊嚴大廳，我們所在的中央畫著類似巨大魔法陣的東西，外側圍著一群神官風格打扮的男女。他們看起來非常疲勞，感覺隨時都會倒下。

「真，快起來。」

見到瞇瞇眼用腳戳著真的背部試圖叫醒他，我也捏住楓的鼻子讓他醒過來。

「好過分喔，正義。」

「要抱怨等之後再說——」

因為我看到神官們分成左右兩側，後面的人群朝我們走了過來。

是位受到穿著全身鎧的騎士們所保護、非常漂亮的公主殿下。儘管距離很遠、看不太清楚，牆邊還站著帶有貓耳和犬耳的大姊姊。

找到了！是精靈耳！這裡也有長耳朵的精靈族大姊姊。真不愧是異世界，挺懂的嘛。

「居然是鎧甲？是哪來的角色扮演啊？」

「陸，不是說了要討伐魔王嗎？這裡應該是要把手環扔進火山之類的奇幻世界吧？」

「對喔，確實提到過。」

飛機頭瞪著身穿全身鎧的騎士們。

感覺他會突然上去找麻煩，真可怕。

「好猛～！是騎士耶！還有黑騎士！」

「黑騎士不就是貧窮的流浪騎士塗上防銹——噫噫噫噫！」

楓在科普知識時說到「防銹」的瞬間，黑騎士身上散發出連我都能感覺到的殺氣。楓被嚇到腿軟，抓著我的褲子。

喂，別躲起來啊。這樣不就換我被黑騎士瞪了嗎？

對不起、對不起、對不起，我道歉，拜託你不要再發出殺氣了。不，真的拜託你住手。可怕到我快要尿褲子了。

……殺氣總算停止了。

似乎是黑騎士身邊穿著漂亮禮服的公主殿下對他說了什麼。

好可怕。「防銹」是ＮＧ詞彙，我絕對不會忘記。

公主殿下他們來到逐漸失去光芒的魔法陣前停下腳步。

「勇者大人，感謝您回應了我們的願望。」

公主在我們面前彎下腰，用好像在電影裡看過、充滿奇幻風格的方式向我們打招呼。

我看著她的模樣，心裡冒出「她叫什麼名字？」和「她幾歲呢？」之類念頭的時候，腦中突然浮現了幾個情報。

公主殿下的名字叫做特麗梅努絲，是沙珈帝國的皇孫女，年紀是比我大一歲的十五歲。在得到獨特技能的時候，似乎還附送了類似鑑定技能之類的東西。

我試著在腦中冥想「想知道她的三圍」，卻沒有得到任何情報。真遺憾。

接著看向黑騎士。他的名字是琉肯．亞克基利斯，等級五十一。從周圍的騎士等級約為三十到四十看來，他的地位似乎更高。

這麼說來，我的等級是多少呢？

當我思考到這裡，得到了等級五十的答案。既然眼鏡美少女和飛機頭的等級也是五十，祐樹和楓也一樣看來，新人勇者的起始等級似乎固定是五十。

獨特技能也看得見嗎？除了眼鏡美少女只有兩個之外，其他人似乎都有三到四個。

此外還有「自我確認」、「鑑定」、「無限收納庫」和「翻譯語言」四項技能。這些大概是勇者們共通的天賦吧？

「我──」

「等一下！」

芽衣子用尖銳的語氣打斷了公主殿下的話。

「我沒有回應願望！也不打算當什麼勇者，把我送回原來的地方！」

「沒有回應？」

不妙。儘管公主殿下看起來並不在意，周圍的騎士紛紛說著：「無禮！」「居然打斷殿下說話！」感覺快要發火了。

「芽衣子，這樣不太妙啦。」

「少囉嗦！祐樹給我閉嘴！歸根究柢，都是因為你聽了那個幼女說的話吧！」

跟我察覺到同一件事情的祐樹試圖制止芽衣子，卻遭到怒火中燒的她牽連罵了一頓，不知該如何是好。

「勇者大人──」

「我叫芽衣子！才不是什麼勇者！」

雖然她這麼說，我透過鑑定技能得知芽衣子擁有「勇者」這個稱號。

「那麼芽衣子大人，您是指自己在來到這裡之前的藍色空間裡，並沒有答應巴里恩大人希望您成為勇者的請求嗎？」

「是的，沒錯——呃，如果像是幼女的藍色光芒就是祂的話。」

「應該不會錯。上一代勇者大人也說過，巴里恩大人的外表是個年幼的女孩子。」

畢竟她也說自己是幼女神嘛。

「女神？是指那個陰森的小鬼嗎？」

「喂，陸！」

「雖然說法不太好聽，我也跟陸有同樣的印象。」

——陰森？

我覺得天真可愛就是了……

說不定他們覺得把話語和印象壓縮在一個詞彙裡傳過來很詭異吧？

「不敬！」

「不像是身為巴里恩神使徒的勇者大人會說的話！」

「那些男人們真的是勇者大人嗎？」

不光是神官，連騎士們都因為飛機頭的失禮言論冒出殺氣。

雖然剛剛的「防銹」黑騎士比較可怕，這次感覺也非常不妙。

「那邊的勇者大人是對巴里恩神大人心懷不滿嗎？」

儘管語氣依然很恭敬，公主似乎也不太高興。

「不好意思！這孩子總是不經大腦就亂說話。」

「妳是我老媽嗎——」

「給我閉嘴！少說多餘的話，快點道歉！海你也是！」

眼鏡美少女強硬地按住飛機頭的腦袋，讓他點頭道歉。

公主殿下見到這幅光景居中調解，神官和騎士們才心不甘情不願地收起矛頭。

「喂，我的話還沒說完耶？」

明明事情好不容易告一段落，芽衣子卻用非常不高興的語氣插嘴說。

「慢著，芽衣子！妳也看一下氣氛吧！」

「吵死了，笨蛋！都是因為你和正義想都不想就接受幼女的請求，才會害我也跟著受到牽連吧！」

開口勸說的祐樹被芽衣子罵了一頓，頓時退縮起來。

這就是所謂的禍從口出吧。我還是別說話比較好。

「那麼芽衣子大人真的是……？」

「沒錯，我不記得自己回應了召喚。」

聽芽衣子這麼斷言，公主殿下用依賴的目光看著帥哥神官。

「荷姆斯神官，曾經發生過沒回應的人以勇者身分被召喚的例子嗎？」

「不，雖然在下記住了神殿紀錄上所有勇者召喚的情況，但請恕我孤陋寡聞，沒見過這種例子……」

「過去的事情一點都不重要。」

芽衣子乾脆地無視了公主殿下和神官一臉困擾說的話。

「我的要求只有一個，就是把我送回原本的地方。」

「那點我們辦不到。」

「為什麼啊！」

聽見公主殿下一臉為難地這麼說，芽衣子繼續逼問。

「我也很在意辦不到的理由。」

「我也很在意耶～因為她說會很受女孩子歡迎才答應，但要是回不去就另當別論了。」

眼鏡美少女和瞇瞇眼這麼說完，我和飛機頭也開口同意。

完全不打算回去的似乎只有祐樹和楓，以及動作很詭異的真而已。

「請別誤會，大家可以返回原本的世界。」

「那就把我送回去啊！」

「剛剛也說過了，我們辦不到。能將勇者大人們送回原本世界的只有巴里恩神大人。」

「那個幼女？」

「是巴里恩神大人。」

「那麼，妳快去跟那個巴里恩說啊。叫她把我送回去。」

芽衣子就像在挑釁公主殿下，不對幼女神加敬稱，直接稱呼名字。

公主殿下先是慢慢地深呼吸平復心情，才用勸說小孩子的方式對芽衣子說：

「我們沒有直接向巴里恩神大人請願的方法。」

「怎麼會——」

公主大人伸手制止打算插嘴的芽衣子繼續說：

「勇者大人回到原本世界的方法，只有討伐魔王。」

「咦？真的假的？」

那不就是回不去的異世界召喚範本嗎？

「這是真的。」

公主殿下肯定了我忍不住脫口而出的話。

希望她不是在肯定我的心聲。

「根據過去的勇者大人們所言——」

簡單地將公主殿下一板一眼的說法統整起來的話，只要成功討伐魔王，巴里恩神大人就會前來詢問我們是否要回去，選擇回去的話似乎就能回到原本的世界。

「有能夠證明那是事實的證據嗎？」

芽衣子用毫不掩飾疑問的態度提問。

「有的，幾個月前上一代勇者隼人成功返回了。當然，也有人能作證。」

「無論妳們那邊的人說什麼——」

「都沒辦法相信嗎？」

見公主殿下這麼說，芽衣子不開心地點了點頭。

「那麼如果使用能看穿謊言的魔法道具來傳達真相，妳是否能相信呢？」

芽衣子搖了搖頭。

就算這樣也不相信，芽衣子那傢伙還真固執耶。

我想她的內心大概也知道回去的方法只有討伐魔王一途了。

「也有數百年前透過錄影寶珠拍下來的影像紀錄，但您即使看了也無法接受吧？」

芽衣子再次點點頭。

「因此，我們只能用誠意接待各位，藉此獲得各位的信賴了。」

嗯，要應付芽衣子，這是正確的方法。

「我知道了。關於回去的方法，就先暫時保留。直到能夠接受之前，我都不會協助討伐魔王。」

「好的，我會努力得到勇者大人的信賴。」

公主殿下露出從容的笑容，看著將視線別開這麼說的芽衣子。

◆

「那麼，請容我重新自我介紹一次。」

儘管場面因為返回條件變得有些混亂，公主殿下依然回到原本的話題。

「我是希嘉帝國的皇孫女，名叫特麗梅努絲。奉皇帝陛下的詔命，執行了本次的『召喚儀式』。」

實際召喚我們的人，似乎不是幼女神自己，而是他們。

像這樣近距離一看，這位公主真的好漂亮。和藹可親又優美，每當她轉動頭部，那華麗的金髮就會像流動的黃金一般閃爍光芒，讓人忍不住看得入迷。

能不能像遊戲一樣，跟公主殿下一起去冒險呢？

這麼一來，我們當然會發展成戀愛關係，做些接吻之類的——不，這裡是異世界，就算有更進一步的發展——

「正義！我說你有在聽嗎？」

有人搖晃我的肩膀。

「芽衣子？不，雖然妳跟偶像一樣可愛，畢竟是兒時玩伴嘛。」

「你這個笨蛋！你睜著眼睛在睡覺嗎？」

芽衣子露出輕蔑的眼神敲我的頭。

我本來反射性地想要抗議，公主卻來到我面前。

「可以請教勇者大人的名字嗎？」

看來在我妄想的期間，似乎輪到我做自我介紹了。

「我、我是——」

我連忙報上名字。

由於太過慌張，連學校名稱和班級都說了出來，芽衣子見狀傻眼地說：「真是笨蛋。」

儘管楓安慰了我，不知為何祐樹卻說：「這也沒辦法。」表示同意。之後楓才跟我說，祐樹似乎做出跟我一樣的反應。

這也沒辦法嘛，被漂亮的公主殿下近距離注視就自然會變成那樣。畢竟思春期的國中生就是這種生物啊。

我一邊想著這要是被世上的國中生聽到肯定會氣勢洶洶地前來抗議，一邊聽著高中生們的自我介紹。最後只剩下真了。

「最後的勇者大人，能請教您的名字嗎？」

真一副不知所措的樣子。

他應該不是個怕生的人，是敗給漂亮過頭的公主殿下的壓力了嗎？

「真，在說名字。快點講出你的名字。」

『我、我叫真。葛咲真——呃……My name is 真・葛咲，這樣可以嗎？』

「為什麼要說英文啊。真果然很有趣耶～」

真那傢伙在開什麼玩笑啊。

公主殿下和帥哥神官都露出困擾的表情。

「不好意思，我之後會好好責罵真。」

瞇瞇眼打著圓場，接著話題進到下個階段。也就是確認外掛——獨特技能。

「可以請教勇者正義大人的獨特技能嗎？」

「是！我的是『正義心眼（真相只有一個）』、『探索邪惡（壞人在哪裡）』和『斷罪之劍（正義必勝）』三種。」

是能找出壞人，一擊必殺將其打倒，絕對不會冤枉人的組合。

瞇瞇眼聽完之後笑著挖苦：「是個名副其實的正義先生呢，真好笑。」結果被眼鏡美少女罵了一頓。很好，多罵幾句。

「每一項都是以前的勇者大人所擁有的出色獨特技能呢。」

在公主殿下身後的帥哥神官翻動厚重的書本說。

你這不是挺懂的嗎？

接著祐樹、芽衣子和楓也依序說出技能。

祐樹的是廣範圍魔法系，芽衣子是近距離斬擊系，楓則是組合了感覺像是獨行玩家的移動系、迴避系和對付小嘍囉專用的攻擊系技能。

「勇者楓大人的獨特技能過去沒有紀錄，在訓練前必須進行檢測吧。」

果然有訓練啊。希望不是熱血運動系或是新兵訓練系的類型。

「接著是勇者空大人，可以向您請教一下嗎？」

高中生組則由眼鏡美少女開始輪流說明。

「我的是『雲外蒼天（努力不會背叛）』和『乾坤一擲（僅有一次的奇蹟）』。」

「這位大人的獨特技能也沒有任何紀錄。」

「我的應該是為了能累積訓練，以及能完全發揮實力的技能。」

面對跟楓那時候說出同樣發言的帥哥神官，眼鏡美少女說明。

她似乎連外掛技能都選得很認真。

「真有小空的風格。」

「說得沒錯。」

瞇瞇眼和飛機頭一臉自豪地說。這種屬於同個圈子裡的感覺，他們肯定也是兒時玩伴。

接著瞇瞇眼和飛機頭也說出自己的獨特技能。飛機頭是近身粉碎系，瞇瞇眼則好像是提升速度系的技能。

「勇者真大人，可以請教一下您的獨特技能嗎？」

就算公主殿下這麼問，真依然沒有回答。

「真，別賣關子了，快點告訴她吧。」

就算瞇瞇眼這麼催促，真依然臉色蒼白地東張西望。

——話說，總覺得他的樣子很奇怪耶？

「你怎麼啦，真？」

「怎麼了？」

不光是瞇瞇眼，飛機頭似乎也注意到真的樣子不太對勁。

「快點把自己的獨特技能告訴人家啦。」

『獨、獨特技能是什麼——或者說，海學長和陸學長為何聽得懂這些人的語言啊？』

「——語言？」

這麼說來，雖然我們能用這些人的語言說話，真從剛剛開始就一直只說日語。

難不成——

「你聽不懂他們說的話嗎？」

聽見瞇瞇眼的問題，真點了點頭。

大家都朝真看了過去。

我的腦中浮現真的角色狀態。

『我看看——沒有獨特技能、沒有技能，等級是一。稱號是「被捲入的異世界人」——這是怎麼回事？真，你原來不是勇者嗎？』

瞇瞇眼用日語唸出與浮現在我腦海裡相同的情報。

『真好可憐～在異世界也是個廢柴耶。』

就是說啊。一般來說如果是輕小說，「被捲入的異世界人」之類的傢伙比勇者更會開外掛，才是固定橋段嘛。好比說能夠使用購物網頁，或是擁有看起來很普通的超級外掛技能之類的。

『海！不准說那種話！』

眼鏡美少女一本正經地斥責瞇瞇眼。

『咦？怎麼回事？意思是我是搞錯了，才會來到這裡？』

面對擺在眼前的現實，真眼眶泛淚地顫抖起來。

我懂他的心情。要是立場反過來，我一定會惱羞成怒開始遷怒周圍的人。

『不過啊，如果處於這麼絕望的狀態，我們還嘲笑他，就更可憐了吧？』

『真，別氣餒。我會連你的份一起痛扁魔王。』

『……陸學長。』

真抬頭看著飛機頭，露出一副感動不已的樣子。

「那個，各位勇者大人？可以請你們用沙珈帝國的語言說話嗎？」

眼鏡美少女對露出困擾表情的公主殿下說明事情經過。

「被捲入召喚儀式嗎……？應該不會有這種……荷姆斯神官。」

「至少神殿沒有這種紀錄。」

「真的假的。真還真是厲害，是史上第一個呢。」

『就算你這麼說，我一點也不高興……』

真實在很可憐。

「有辦法從現在開始拿到外掛——獨特技能嗎？」

我試著向公主殿下身邊的帥哥神官詢問，可是他毫不猶豫地回答：「沒有。」

「請把那個拿過來。」

公主殿下命令隨從，把某樣東西交給眼鏡美少女。

「那個戒指能夠翻譯勇者大人故鄉的語言和這裡的語言，請把那個交給真先生。」

「——的確是呢。」

眼鏡美少女注視戒指一會兒之後，將它交給真。

大概是在交給真之前，先用鑑定技能檢查過了吧。真是個面面俱到的人呢。我也急忙鑑定了一下，那個的確是「翻譯戒指」。

在召喚勇者的故事中，偶爾會出現一些橋段說是有用的道具，實際上卻是會把人變成奴隸的陷阱。不過這位公主似乎跟外表一樣是個正派人士。

畢竟要受這個國家照顧，知道這裡是個正派國家是個好消息。

「真先生，對於不顧您的意願使您捲入勇者召喚儀式一事，我深表同情。假如您願意，我可以保證您在這個國家的生活，只要您希望，也能讓您接受訓練和教育。」

「所以說，要我原諒妳？」

真用咄咄逼人的語氣逼問。

「不，我不會要求原諒。」

「意思是妳沒有做錯？」

「真，暫停——」

瞇瞇眼打斷露出火冒三丈的表情且打算伸手抓住公主的真。

「你沒注意到嗎？公主殿下稱呼真的時候，已經不是勇者大人，而是『真先生』了喔？敬稱從大人降格成先生了喔？要是繼續讓她有不好的印象，說不定在我們去討伐魔王的時候，你就被處刑了喔？」

「——處刑？」

瞇瞇眼摟住真的脖子，小聲地說服他。

不，應該說是威脅吧？真臉色蒼白地不停顫抖。

「現在就讓他們保障你的生活，累積在這裡活下去的知識和力量吧。如果想找她麻煩，等之後再說。」

在瞇瞇眼的耐心說服下，真不停地點頭。

「公主小姐，真似乎也接受了，那就拜託你們啦。」

公主殿下或許對真失去興趣，對瞇瞇眼的發言回了句：「我明白了。」接著命令隨從處理接下來的事。

「各位肯定都累了吧。我在舊都的離宮替各位準備了簡單的款待，請在那邊清潔身體，恢復召喚的疲勞吧。」

看來事情似乎告一段落了。

既然說是款待，大概是大餐跟宴會吧，我可是很清楚。

「在那之前告訴我一件事。」

芽衣子叫住公主殿下。

咦～還有事情嗎？快點去吃大餐啦。

公主殿下停下腳步，轉頭看著芽衣子。

「我們應該打倒的魔王在哪裡？」

剛剛明明才說過在接受之前不會幫忙，居然在意這種事啊？

「預言中會出現魔王的地方一共有七個。其中三個地方的魔王已經出現，而且都遭到討伐了。」

這麼回答的，是某個站在牆邊的人。

該稱呼她斗篷小姐嗎？這個人在鎧甲外面穿著外套，並將兜帽戴得很深，只能大致看出體型。從聲音看來大概是個年輕女性吧。

「剩下四個地方……都知道地點了嗎？」

「是的，當然。我們已經派出斥候，因此一旦魔王出現，就能立刻知道。」

剩下四個地方嗎——咦，等一下。

「這麼一來不就只有四個人能回去嗎？還是說只要一個人打倒，其他人也能回去？」

「只要一起戰鬥，所有人都會得到選擇權才對——我說得沒錯吧，荷姆斯神官？」

聽斗篷人這麼說，帥哥神官點了點頭。

「那麼，比起莫名地糾結，快點打倒牠們就能早點回去對吧？」

「如果妳辦得到。」

面對芽衣子挑釁般的發言，斗篷人諷刺地回嘴。

「勸妳不要太小看魔王。魔王可沒弱到會被鍛鍊前的新手勇者輕鬆打倒的程度。」

「是這樣嗎？該不會只是之前的勇者太弱了吧？」

「隼人——上一代的勇者比妳強好幾倍。妳連身為隼人隨從的我都贏不了。」

「哦？」

芽衣子很不開心似的咬著下唇。

「那就來試試看吧。」

芽衣子拿著不知從哪裡來的日本刀，朝斗篷人砍了過去。

「騙人的吧，喂！」

妳是哪裡來的殺人魔啊。

該不會是因為從幼女神那裡得到力量，理性的束縛鬆脫了吧？

「──天真。」

斗篷人用帶著紅色光芒的劍彈開芽衣子的日本刀，用劍尖抵住芽衣子的喉頭。速度快得要命。

芽衣子衝刺的速度簡直就像在拍電影，斗篷人則宛如瞬間移動般移動到她身旁，就像漫畫一樣。

「芽衣子的運動神經有這麼好嗎？」

「畢竟小芽衣子是韻律體操的選手嘛。小芽衣子她很厲害喔。」

「之前還參加過劍道社吧。」

小學參加千百樂時，她厲害到我一次都沒打贏過。

當我和祐樹跟楓兩人聊天的途中，芽衣子不知道從哪裡掏出另一把劍再次展開攻擊。

「不，那個動作跟韻律體操選手或劍道都毫無關係吧？」

「是啊～就算是奧運選手，也無法用那種速度行動。」

飛機頭和瞇瞇眼看著戰況閒聊。

「那一定是身為勇者的力量吧。」

眼鏡美少女加入兩人的對話中。

明明我正心驚膽戰地看著芽衣子希望她別受重傷，局外人還真是悠閒。

「妳還只能用一部分的獨特技能嗎？」

斗篷人輕鬆閃過芽衣子大動作的攻擊，挑釁似的將臉湊到她面前。

我現在才發現，這個人好強。等級比剛剛那個超恐怖的黑騎士還高。

「吵死了！不准逃！」

「那麼，我就攻擊看看吧。」

芽衣子用後空翻閃過斗篷人類似電話拳的大動作攻擊，並直接在空中揮出一記橫掃。

「身體能力很不錯，但戰鬥可不是在表演雜耍。」

斗篷人輕鬆地躲過攻擊，接著朝落地前的芽衣子腹部踢了一腳將其踢飛。

「小芽衣子！」

「唔哇！感覺好痛。」

楓大喊，祐樹則露出覺得很痛的表情。

「那、那個，可以請妳這樣就原諒她嗎？」

見到斗篷人逐漸朝著蹲在地上咳嗽的芽衣子走去，我擋在中間代替芽衣子道歉。

從小時候開始，幫失控的芽衣子和祐樹收拾善後的工作，總是會落到我頭上呢。

「好吧，她大概也知道自己目前的實力了。」

斗篷人將劍收回鞘裡。

我因為鬆了口氣當場坐在地上，看起來就像腳軟了。

「沒事吧？」

我看到她在斗篷底下的長相。

是個超級大美女。雖然公主殿下也很漂亮，眼前的美女具有不同類型的美。該說是凜然的感覺嗎？

「是、是的！我沒事！」

見到這種美女伸出手來，我想會緊張也是沒辦法的事。

「那、那個！可以請教妳的名字嗎？」

我反射性地喊了出來。

她先是露出有些驚訝的表情，接著向後掀起斗篷，露出銀色的長髮。她用威風凜凜的語氣對我說：

「我叫琳格蘭蒂。是上一代勇者勇者隼人的隨從，『天破的魔女』琳格蘭蒂。」

這就是我和琳格蘭蒂姊姊大人的初次見面。

而後讓她作為隨從，被譽為歷代最強的傳說勇者正義的勝利之路就此揭開序幕。

◆

「喂，正義！你又露出一副沉浸在妄想中的表情嘍！」

芽衣子敲了敲我的頭。

不知不覺間，人們已經開始離開召喚廣場。

「要走嘍。畢竟流了汗，身上還到處都是灰塵，我想快點去洗澡涼快一下。」

「咦？琳格蘭蒂姊姊大人呢？」

「那個女人的話，在你進入妄想模式之後，就露出苦笑離開了喲。」

「怎麼這樣～」

明明我還來不及拜託她當我的隨從耶……

「正義，快點走吧。」

「就是說啊，正義！要是不快點過去，大餐就要沒了喔！」

在楓和祐樹的催促下，我想起了自己還餓著肚子的事。

這麼說來，我們好像是在放學路上被召喚的吧。

「要走嘍，正義。」

我握住芽衣子的手站起身，從後面追上祐樹和楓。

雖然不知道接下來將會迎來什麼樣的日子，只要和這三個兒時玩伴在一起，就有一種船到橋頭自然直的奇妙感覺。

「好～我的傳說就要開始了！」

「正義，你那是被腰斬的漫畫喔。」

「中二病就該在國二的時候畢業啦。」

「不可能、不可能。正義一輩子都會是這種感覺啦。」

會這麼迅速且毫不留情吐槽我的，也就只有兒時玩伴了。

我稍微拍了拍背上的灰塵，從後方追上三人。

後記

您好，我是愛七ひろ。
非常感謝各位購買《爆肝工程師的異世界狂想曲》第二十五集！
目標是一百集！
——怎麼說也是開玩笑的，不過能像這樣順利地增加集數，都是多虧各位讀者的支持。
接下來我也會繼續追求比至今更加有趣的故事，還請各位今後也多多支持。

那麼，為了看過後記才決定是否購買的讀者，就來講述本集的看點吧。
這集無論如何，就是賽拉！
沒錯！在狂想曲第五集登場，在系列作經歷最波瀾壯闊情節的特尼奧神殿巫女賽拉再次回到了狂想曲。
不過嘛，這次也一如往常地有種會遭遇不幸的預感……
雖然戲分比ＷＥＢ版少很多，作者並不討厭她，還請各位不要誤會。不如說，個人非常喜愛她這個最典型的女主角。

那麼，說到賽拉，就得提到那個人了！

聯想到賽拉的姊姊、擔任勇者隨從的琳格蘭蒂小姐的人實在很遺憾，她這次沒什麼機會登場。

正確答案是夏洛利克第三王子。

因為佐藤解決的鯨魚——大怪魚托布克澤拉留下的寄生蟲導致等級大幅降低和老化的緣故，被當成無能王子扔到地方修道院療養的他復活了。

而且還得到了傳說中的超級兵器。

性格有些問題的王子帶著超級兵器回到王都。

危險的旗標不斷地冒了出來。

他究竟會跟佐藤和賽拉兩人如何產生聯繫，又會迎來什麼樣的結局呢？因為故事發展跟WEB版大不相同，已經看過WEB版的讀者一定也能好好享受。

當然，也有大量夥伴們大顯身手，以及懷念角色登場的篇幅，請各位放心。WEB版悄悄博得人氣的小鳥也發出「嗶嚕嗶嚕」的聲音叫個不停。

要是不小心寫太多導致劇透就不好了，所以看點的話題就到此告一段落吧。

後記

那麼接下來是慣例的謝詞！

對於責任編輯I和A，我無論怎麼感謝都不夠。不僅是精確的指摘和改稿建議，還能準確地找出作者漏看的矛盾點和沒寫到的地方給予輔助，兩位實在幫我非常大的忙。接下來也請兩位繼續鞭策指教。

對於用充滿魅力的插畫為狂想曲世界增添色彩並炒熱氣氛的shri老師，我也是怎麼感謝都不夠。接下來狂想曲世界的形象也請老師多多指教。

接著，我要向以角川BOOKS編輯部的各位為首，與本書的出版、通路、銷售、宣傳與媒體相關的所有人獻上感謝。

最後要向各位讀者獻上最深的感謝！

非常感謝各位將本作品看到最後！

那麼我們下一集〈穆諾伯爵領移民篇〉再會吧！

愛七ひろ

Silent Witch 沈默魔女的祕密 1~4 待續

Kadokawa Fantastic Novels

作者：依空まつり　插畫：藤実なんな

莫妮卡面對校慶明裡暗裡忙得不可開交！
此時卻有咒具流入校園!?

為確保第二王子能正式公開亮相，校方無視於棋藝大會的入侵者騷動，強行舉辦校慶。莫妮卡與反派千金及〈結界魔術師〉對此構築縝密的護衛計畫。然而就在以為準備萬全的當天清早，七賢人〈深淵咒術師〉卻忽地傳來了咒具流入校園的情報……

各 **NT$220~280/HK$73~93**

續・魔法科高中的劣等生

魔法人聯社 1~5 待續

Kadokawa Fantastic Novels

作者：佐島 勤　插畫：石田可奈

在聖遺物「指南針」的引導下
達也將前往古代傳說都市「香巴拉」！

從USNA沙斯塔山出土的「指南針」或許是古代高度魔法文明都市香巴拉的引路工具。認為香巴拉遺跡或許位於中亞的達也，前往印度波斯聯邦。此時逃離警方強制搜查的FAIR首領洛基・狄恩卻接見來自大亞聯盟特殊任務部隊「八仙」之一……

各 **NT$200~220/HK$67~73**

怕痛的我，把防禦力點滿就對了 1~15 待續

Kadokawa Fantastic Novels

作者：夕蜜柑　插畫：狐印

對抗戰進入白熱化連頂尖玩家也退場！
敵軍將梅普露設為頭號目標還以顏色！

嚴苛無比的大規模對抗戰開始還不到一天就白熱化，連頂尖玩家也一個接一個地退場！只以梅普露、莎莉、芙蕾德麗卡等三人執行的閃電戰術，使敵陣大為混亂。

認識到梅普露果真是頭號目標後，敵軍也還以顏色……！

各 **NT$200~230/HK$60~77**

國家圖書館出版品預行編目資料

爆肝工程師的異世界狂想曲 / 愛七ひろ作 ; 九十九夜譯 . -- 初版 . -- 臺北市 : 臺灣角川股份有限公司 , 2023.09-
冊 ; 公分 . -- (Kadokawa fantastic novels)
譯自 : デスマーチからはじまる異世界狂想曲
ISBN 978-626-352-896-3(第 24 冊 : 平裝). --
ISBN 978-626-352-897-0(第 25 冊 : 平裝)

861.57 112011238

Kadokawa
Fantastic
Novels

爆肝工程師的異世界狂想曲 25

（原著名：デスマーチからはじまる異世界狂想曲 25）

2023年9月13日　初版第1刷發行

作　　者：愛七ひろ
插　　畫：shri
譯　　者：九十九夜

發 行 人：岩崎剛人
總 編 輯：蔡佩芬
編　　輯：彭曉凡
美術設計：李思穎
印　　務：李明修（主任）、張加恩（主任）、張凱棋

發 行 所：台灣角川股份有限公司
地　　址：104台北市中山區松江路223號3樓
電　　話：（02）2515-3000
傳　　真：（02）2515-0033
網　　址：www.kadokawa.com.tw
劃撥帳戶：台灣角川股份有限公司
劃撥帳號：19487412
法律顧問：有澤法律事務所
製　　版：巨茂科技印刷有限公司
ＩＳＢＮ：978-626-352-897-0